文藝涵養與表達

明志科技大學編寫團隊 編著

五南圖書出版公司 印行

編輯凡例

一、本書為大一國文或類似課程而編製的教材。

二、希望藉由本教材，增進大專院校學生對華語文學作品的閱讀、思考、欣賞和寫作的訓練，提升基礎語文聽說讀寫的素養和表達能力。

三、本書共有七個單元，排序如下：「親情與愛情」、「家國與世界」、「社會文學」、「人生哲理」、「自然書寫」、「品味生活」、「附錄—閱讀與寫作」。

四、每一單元皆有「導論」，略述該單元之編輯旨趣及相關知識。每一單元有若干課，每課包括「題解」、「作者」、「課文」、「注釋」、「賞析」五個部分。

五、本書雖力求要言不煩，言之有物，避免陳言套語，然疏漏訛誤恐在所不免，尚祈讀者賢達不吝指正。

張淑芬老師　撰

總論

作為一門現代學科，「國文」這門科目從二十世紀初期發展迄今，已經有一百多年的歷史了；雖然因應不同時代的社會需求，國文這門學科從取材到編纂方式都有很大的變化。時至今日，國文課程仍復面臨不小的挑戰。例如，近年臺灣各大學入學申請或指考，時常聽聞部分院系不採計此科成績，反映出在學科激烈競爭下，此門課程之式微。

然而，我們相信大學國文課程，在變化快速的現代社會下，仍然具有必要性與重要意義。到了大學階段，國文課程所教授的，不再只是文字與文法，應該是更高層次的國族文化與人類文明。透過這些啓人心智的經典作品，我們追蹤作者的一字一句，看見他們所登臨的風景與時代，甚至讀進他們的內在世界，賞味這些奧妙的生命情境與星系圖象。學生不僅從閱讀中開啓了大學的視野，也學習使用優美精確的文辭，從書寫中剖析自我。

我們相信，任何重要學科都無法自外於傳統，因此，大學國文課程有必要對於既有的文化與文學成就，提供「一以貫之」的「統」緒，讓學生們可以尚友古人，站在巨人臂膀上，面對新的時代與生命問題。除此外，也許更重要的還在於「傳」續，國文課程不該只停留於刻板的知識複製，我們更希望學習者能嘗試表述時代的真貌，肩負起傳承與重建的責任。

提及一以貫之的統緒，我們在這本教材中歸納了六個主題單元，分別是：「親情與愛情」、「家國與世界」、「社會文學」、「人生哲理」、「自然書寫」、「品味生活」。為了學習者的方便，我們在每個主題單元下設有「導論」，在每篇選文作品中安排了題解、作者簡介、注釋及賞析等，希望能夠涵括每篇作品從字句到文理、乃至作者、主題及其時代背景等不同層面。至於篇末附錄，則收錄近年得獎作品，以利觀摩參考。

國文課本採取如此的主題式框架，當然是因為取法於近幾年來教育部政策，確立「生命教育」作為本課程的核心價值。然而，這樣的課程框架也有不足之處，以學生為主體的「生命教育」框架，往往容易把文化整體性割裂，變得機械化與淺碟化，因此，我們也看到許多大學利用相關課程提倡經典教育。

如前所述，大學國文課程不只是文學，還兼及於文化層面、過往的記憶與未來的理想。即就文學一面來討論，此門學科也不僅止於文字表面，這些選文總是寄託了某些人特殊的思想與情感。我們期待同學們不要泥於形式，就像孟子曾經提醒我們的，不只是「誦其詩、讀其書」，更要「知其人」，要「知人論世」。讀一篇文章如果不能夠意會到有背後的作者心靈與其時代關懷，那麼，再好的作品都可能成為莊子所言「古人之糟粕」。而如此深度之學習，當然需要學習者的努力思辨與自我提昇。

蒲彥光老師 撰

目錄

單元一　親情與愛情

導論

人間有情，世間有愛。生而為人，正可感受生命中各種情愛的滋味，在付出與接受的過程中，體悟生命的種種境界，進而成長、茁壯。

人間情愛，最先出現者，自然是與我們有著血脈關連的親情了！無論是父母對子女無怨無悔的付出，或是子女感念父母深恩的無盡思念，乃至手足情深，都在作家筆下譜成一首首動人的生命樂章。而隨著年齡逐漸長大，對愛情開始有了憧憬，於是相思成了唱不盡的千古戀歌，古今多少轟轟烈烈的愛情故事，跨越了生死鴻溝，更見證情愛的堅貞力量。尤其患難之中，更見真情之可貴。

在這個單元中，我們選錄了兩篇有關親情的作品，三篇有關愛情的作品。在文體上則有古詩、現代詩、現代散文及一篇現代戲劇，期望藉由多元的教材及內涵，呈現人間情愛的豐美、感人及引人深思處。

蘇軾〈辛丑十一月十九日既與子由別於鄭州西門之外馬上賦詩一篇寄之〉，這是蘇軾最早寫給弟弟蘇轍的一首詩，蘇軾兄弟二人手足情深，初次分離，即使是在赴任途中，亦難掩哀戚。全詩情深意切，深刻地抒發了兄弟間難捨的依依之情。

敻虹〈白色的歌〉，則以現代詩的表現方式，描述子女面對父母老去的心情，更道出這首「白色的歌」，自先民即傳唱至今，綿綿無盡的悲歌正是子女對父母的感念之情。

愛情的世界，令人憧憬，其中點滴，卻又使人心情百轉千迴，幾至無所適從。漢樂府〈有所思〉，描述相隔兩地的情侶，從愛戀到聽聞情侶變心的過程，詩中對女主角心情的起伏變化，有深刻真摯的描述。

張愛玲〈愛〉，二百多字的散文，具備了小說的故事性與深刻的愛情哲理。文章最後，作者寫出她對人生情緣的看法：「於千萬人之中遇見你所遇見的人，於千萬年之中，時間的無涯的荒野裏，沒有早一步，也沒有晚一步，剛巧趕上了，那也沒有別的話可說，惟有輕輕地問一聲『噢，你也在這裡嗎？』」

劉天涯《安麗太太》是一齣兩幕的現代戲劇，藉由一通簡單的電話透露出的訊息，就能讓人產生無限的解讀和遐想，帶出家人間的信任感竟是如此脆弱。雖然劇中夫妻對話顯露出無情與苛薄，可是當劇作家以虛擬婚禮作為此戲結尾時，我們仍不難讀出劇場人生裡的深情與救贖。

文學關照人生百態，好的作品歷經時空的焠鍊依然能感動人心，其原因即在讀者面對作品中扣人心弦的悲歡離合，一份深沉的感動在內心低迴不已，因而產生共鳴，達到文學淨化心靈、提昇情操，進而內化為自己的生命智慧！

林立仁老師　撰

〈辛丑十一月十九日既與子由別於鄭州西門之外馬上賦詩一篇寄之〉

蘇軾

題解

蘇軾、蘇轍兄弟繼宋仁宗嘉祐二年（一〇五七年）同科進士及第之後，嘉祐六年（一〇六一年）又同舉制策入等。此詩作於辛丑年，即嘉祐六年，當時蘇軾被任命為大理寺評事、簽書鳳翔府（今陝西省鳳翔縣）判官，蘇轍因擔憂仁宗春秋已高，因之制策「極言得失，而於禁廷之事，尤為切至」（《宋史》卷三三九列傳第九八，蘇轍本傳），策入，在朝廷引起軒然大波，而後授商州軍事推官。當時其父蘇洵奉命留京修《禮書》，於是蘇轍自請留京侍父。在這以前，他們兄弟一直生活在一起。

蘇軾、蘇轍兄弟手足情深，《宋史》蘇轍本傳稱讚蘇軾兄弟情誼：「轍與兄進退出處，無不相同，患難之中，友愛彌篤，無少怨尤，近古罕見。」蘇軾赴任鳳翔府，是他們第一次遠別，蘇轍送兄赴任，一直送到鄭州（今河南省鄭州市）西門外，才返回京城。蘇軾遂寫此詩，抒發離別愁緒。

作者

蘇軾（一〇三七年至一一〇一年）字子瞻，號東坡居士，北宋眉州眉山（今四川省眉山縣）

人。生於仁宗景佑三年（一〇三六年），卒於徽宗建中靖國元年（一一〇一年），年六十六。生平見《宋史》卷三三八列傳第九七。

蘇軾自幼聰慧，父洵遊學四方，由母親程氏授以經史。仁宗嘉祐二年（一〇五七年）與弟同科進士及第，應試所作之〈刑賞忠厚之至論〉為主考官歐陽脩所激賞，但疑為弟子曾鞏所為而擢置第二，殿試復以〈春秋對義〉居第一，歐陽脩曾言：「吾當避此人出一頭地。」足見欣賞之意。

神宗時，蘇軾曾上書反對王安石新政，因之自請外放，歷官杭州、密州（今山東省諸城縣）、徐州（今江蘇省銅山縣）、湖州（今浙江省吳興縣）等地。元豐二年（一〇七九年），又因「烏臺詩案」，入獄幾死，後貶為黃州（今湖北省黃岡縣）團練副使，築室東坡，自號東坡居士。哲宗即位，奉召還朝，後又屢遭貶謫，曾遠及惠州（今廣東省惠陽縣）、儋州（今海南島儋州）。徽宗時遇赦北還，病死於常州（今江蘇省常州縣），諡號「文忠」。

蘇軾是北宋中期的文壇領袖，詩詞書畫造詣皆高，其文縱橫恣肆，嘗自言：「作文如行雲流水，初無定質，但常行於所當行，止於所不可不止。」（《宋史》本傳）與父洵、弟轍皆有文采，世稱「三蘇」，同列於唐宋古文八大家之中。其詩題材廣闊，與黃庭堅並稱「蘇黃」。其詞開豪放一派，與辛棄疾並稱「蘇辛」，有《東坡全集》傳世。

課文

不飲胡爲❶醉兀兀❷，此心已逐歸鞍發。

❶胡為：胡，何。胡為，為何。

❷兀兀：昏沉貌。

歸人猶自念庭闈❸，今我何以慰寂寞。
登高回首坡壠隔，但見烏帽❹出復沒。
苦寒念爾衣裘❺薄，獨騎瘦馬踏殘月。
路人行歌居人樂，僮僕怪我苦悽惻。
亦知人生要有別，但恐歲月去飄忽。
寒燈相對記疇昔❻，夜雨何時聽蕭瑟❼。
君知此意不可忘，愼勿苦❽愛高官職。
（嘗有夜雨對牀之言，故云爾。）

賞析

這是一首抒發兄弟別離時，依依難捨的深刻作品。

❸庭闈：本指父母的居處，後借指父母。此處指蘇洵。

❹烏帽：黑帽，閒居所戴的帽子。陸游〈東陽道中詩〉：「風欹烏帽送輕寒，雨點春衫作碎斑。」

❺衣裘：泛指衣服。

❻疇昔：往昔，從前。

❼蕭瑟　草木被秋風吹襲的聲音。宋玉〈九辯〉：「蕭瑟兮草木搖落而變衰。」

❽苦：久。

開頭四句即語出驚人，既言未曾飲酒，卻昏沉似醉，其因即在作者之心已隨歸人（蘇轍）騎馬返回汴京；接著更言返京途中的蘇轍心中尚且懸念老父，更何況遠離家門隻身赴任的作者，其情何堪，「寂寞」二字直書其懷！心隨歸鞍，不僅見其不捨親闈，更反襯己身離親之惆悵。

之後「登高」四句，則寫別後思念弟弟的深情。登高遠眺，但因坡壠阻隔，只能看見蘇轍所戴的帽子時隱時現，一個「隔」字點出了兩人間的距離，而「烏帽出復沒」則見兩人距離漸行漸遠。此時，作者擔心弟弟天寒衣薄、月夜獨行，「苦寒」、「獨騎」已見悽愴之情；「苦寒念爾衣裘薄」，所謂「苦寒」，恐不只天候嚴寒，兄弟分別更苦矣！「苦寒」、「瘦馬」、「殘月」，是景語，亦是情語。而此處「念」字，當為作者心中揣想，承前句「但見烏帽出復沒」，進一步不捨其弟受苦，手足情深，隱然可見。

「路人」四句則抒發自身感受，以眼前所見「路人行歌居人樂」，反襯己身之離愁悽惻，此時作者以僮僕的反應帶出作品波瀾。進士及第、制策入等、赴任為官，何等風光，但作者之反應竟是「悽惻」，難怪僮僕「怪」之了！之後兩句，一則釋其「悽惻」之因，一則自我寬慰，人生何能無別，只是歲月飄忽，何能無慨！

末四句，則寄盼未來，早日團聚再享天倫。「寒燈相對記疇昔」是回憶過往，「夜雨何時聽蕭瑟」是寄盼早日相聚。最後更提醒彼此「慎勿苦愛高官職」，勿戀官職，一「慎」字、一「苦」字，也道出蘇軾對歸鄉團聚之殷殷期盼。

最後，作者自註「嘗有夜雨對牀之言」，是指嘉祐六年（一〇六一年）秋，他們兄弟參加科舉考試，寓居懷遠驛時，一夜風雨並作，讀韋應物詩，有感於即將遠離，於是相約早退。此事在蘇轍〈逍遙堂會宿二首並引〉中說：「轍幼從子瞻讀書，未嘗一日相舍。既壯，將遊宦四方，讀韋蘇州詩，至『安知風雨夜，復此對床眠』，惻然感之，乃相約早退為閒居之樂。故子瞻始為鳳翔幕府，留詩為別曰：『夜雨何時聽蕭瑟』。」在蘇軾〈感舊詩並敘〉中亦記此事：「嘉祐中，予與子由同舉制策，寓居懷遠驛。時年二十六，而子由二十三耳。一日秋風起，雨作，中夜翛然，始有感慨離合之意。」文中所提韋蘇州詩，當是唐．韋應物〈示全真元常〉（元常，趙氏生）詩：「余辭郡符去，爾為外事牽。寧知風雪夜，復此對牀眠。始話南池飲，更詠西樓篇。無將一會易，歲月坐推遷。」

此詩抒發兄弟離別愁緒，情真意摯，感人至深。於筆法上，既有實寫之眼前景，亦有虛擬之感受。所述事件既有當下之離別，亦有過往之記憶，更寓未來之冀望。全詩波瀾跌宕，流轉自如，誠如蘇軾所言其文如「行雲流水」之境界。

林立仁老師　撰

〈白色的歌〉

瘂弦

題解

〈白色的歌〉出自《瘂虹詩集》，是一首寫給父母的詩，寫出了父母的劬勞、慈愛、父母之間的愛及子女對父母無盡的感念。

全詩以子女和父母的觀點作對比，形成感情的張力。作者從人子的觀點出發，為父親因歲月和逆境而白了頭髮感到哀傷，但父親卻不以為意。其次，疼惜母親的衰老和辛勞，又將對母親的疼惜之情表現在對父親的責怪之上，對比出母親的無怨無悔，父母之間的情愛因之彰顯。最後抒發子女對父母無盡的愛與感念。

全詩表達為人子女對父母的孺慕之情，而「白色的歌」就像一首綿綿的、哀傷的曲調，千古傳唱不絕，更見證了父母對子女無私的愛與奉獻，和人子永無止息的感念之情。

作者

瘂虹（一九四〇年～），本名胡梅子，臺灣省台東人。國立師範大學藝術系畢業，文化大學文學碩士，東海大學哲學研究所博士班。一九七四年曾受邀至美國愛荷華大學「國際作家工作坊」訪問，曾任教於東海大學、臺北市立師範學院、美國西來大學等校。

瘂虹高中時代即開始寫詩，一九五七年詩作首刊於余光中主編的《藍星詩刊》，為藍星詩社成員，作品多發表於《藍星週刊》、《藍星詩頁》、《文學雜誌》、《文星雜誌》。

她的早期詩作偏向浪漫情懷，文字溫潤婉轉，以描寫親情、愛情以及台東家鄉為主。詩人余光中和瘂弦曾說她是「繆斯最鍾愛的女兒」（張默〈處處在在，化為微波——敻虹的詩生活探微〉）。張默則說她的詩：「從書寫小我的兒女私情，到揮灑大我的鄉土之愛，敻虹走過來的歷歷腳印是極為鮮明的。她的詩用語恬淡，調子輕柔，詩思敏捷，意象玄奇，往往不經意間，達至抒情境界的極致。」（張默編《剪成碧玉葉層層　現代女詩人選集・敻虹小評》）敻虹中年以後皈依受戒學佛，相較於前期作品，從《紅珊瑚》開始多了禪思以及佛理。余光中在《紅珊瑚》的〈序〉中，稱她為「浪漫為體、象徵為用的新古典中堅分子」。《觀音菩薩摩訶薩》、《向寧靜的心河出航》則是她創作佛教現代詩的結集，讚頌觀音菩薩以及重新詮釋《心經》。

敻虹在詩壇立足，與張默、瘂弦等人的創世紀詩社在一九六一年出版的《六十年代詩選》被選上有關。《六十年代詩選》是國民政府遷台後臺灣第一本詩人作品選集，此書收錄二十六位作家，只有兩位女作家，敻虹即是其中之一，自然備受矚目。

敻虹的第一本詩集《金蛹》是在寫詩約十年之後，即一九六八年出版的，此書現已絕版。一九七六年出版《敻虹詩集》（其中包括《金蛹》時期的作品及後來新作《白色的歌》），一九八三年又出版《紅珊瑚》，一九九一年出版《愛結》，一九九七年再出版《觀音菩薩摩訶薩》、《稻草人》、《向寧靜的心河出航》等書。

課文

爸爸的頭髮變成白的
變成我心裡一首
白白的歌，悲傷的調子唱的

但是爸爸不以爲然
他說白頭髮蠻漂亮的
歲月算什麼
逆境算什麼

媽媽的血壓很高
睡眠不好
我的憐憫從
她的嬰孩時期開始
我想媽媽從前

也是一個可愛的嬰孩
她的爸爸媽媽
多麼疼她
如何能知道
他們的寶貝，日後
受那麼多苦難
雙手的皮膚龜裂❶
指甲也不好看
臉上也不好看
有時候我就怪爸爸
爲什麼不知道痛惜❷她
但是如果爸爸有幾天不在家

❶龜裂：皮膚因嚴寒而裂開，此處指雙手因寒冷、長期的辛勞工作而裂開。龜，通「皸」。

❷痛惜：憐惜，疼惜。

她便那麼擔心害怕
一點也不是我想像
她會仇恨他的
那樣

因爲我是他們的孩子
就那麼不懂道理地
牽掛
你就是對我說一百遍
人總要變老變醜
我的心底仍爲他們唱
一首綿綿❸的悲歌
像古老的先民
從四野唱

❸綿綿：延續不斷的樣子。

慢慢唱出一首首民謠

那樣

賞析

此詩分五段，結構承轉清楚。第一段先寫爸爸轉白的頭髮，是一首「白白的歌」，用哀傷的調子唱的，為人子女的不捨之情隱然可見。第二段寫出父親對白髮、逆境的不以為意。人子的心情與父親的態度，形成對比，充分流露出父母對子女無怨無悔的付出，也拉開了全詩的情感張力。

第三段，作者的角度轉到寫母親的形象，從前那個「可愛的嬰孩」、父母心中的「寶貝」，而今卻變成「血壓升高」、「睡眠不好」，甚至「雙手的皮膚龜裂，指甲也不好看，臉上也不好看」的形象。藉由今昔對比，道出母親為孩子毫無保留的付出，及為人子對母親的憐憫與疼惜。

於是，詩人情緒一轉，責怪起爸爸不懂得憐惜媽媽。但是，看到母親擔心在外奔波無法回家的爸爸，一方面凸顯媽媽的溫柔寬厚，一方面也展現出夫妻間的深厚感情，使作品呈現另一層次的情感張力。

第五段抒發子女對父母無盡的孺慕之情，這首白色的歌，是一首綿綿不絕的悲歌，從古至今都在人們心中傳唱著。

全詩用字淺顯易懂，將父子、母子、父母之間的深刻情感發揮得淋漓盡致，兼具層次感與作品張力。余光中在《紅珊瑚》的序〈穿過一叢珊瑚礁——我看夐虹的詩〉中說：「〈白色的歌〉娓娓道來，卻能維持語言的表面張力，所以淡而不散，平易之中另有一股內斂力。」所言誠然。

林立仁老師　撰

〈有所思〉

漢樂府

題解

〈有所思〉是漢代流傳的樂府詩，作者已不可考。

本詩選自《樂府詩集》卷十六，為漢代樂府民歌。《樂府詩集》為宋代郭茂倩所編，共計一百卷，收錄漢、魏至唐、五代樂府歌辭，兼及先秦歌謠。網羅賅博，其解題敘述源流，尤為詳備。全書按其功用分十二類。〈有所思〉屬鼓吹曲辭，為〈鐃歌十八曲〉之一。

本詩以第一人稱敘述觀點，透過女子的口吻、動作和思緒，表現出他在愛恨糾纏中的矛盾和痛苦。全詩可分三段：首段五句，寫從前女子對「君」的情愛之深；二段七句，寫現在女子對「君」的怨恨之切；三段寫女子的猶豫不決，而期盼等待未來再做決定。特別的是：首兩段既對立對比，卻又相輔相成。因為過去的愛是如此地深，現在的恨才能如此地切。最後的猶豫、不能割捨，則進一步說明了女子對感情的專一和深刻。

作者

漢樂府

樂府詩是一種合樂的歌辭。廣義地說，古代的《詩經》也是樂府詩，不過樂府的名稱卻起於漢代。所謂樂府，本為漢代少府屬官。《漢書百官公卿表》記載：「少府：秦官，掌山海池澤之稅以給供養。有六丞。屬官有尚書、符節、太醫、太官、湯官、導官、樂府……。」另外，《漢書禮樂志》記載：「又有房中祠樂，高祖唐山夫人所作也。……孝惠二年使樂府令夏侯寬備其簫管，更名曰安世樂。」這裡所說的樂府令，屬於太樂，只是周、秦時代的樂官，並非後來的樂府官署。他所掌管的那些郊廟朝會的貴族樂章，與民間的歌詞尚無關聯。直到武帝時代，才在掌管雅樂的太樂官署之外，另創立樂府官署。《漢書禮樂志》曰：「至武帝定郊祀之禮。……乃立樂府，采詩夜頌，有趙、代、秦、楚之謳。以李延年為協律都尉，多舉司馬相如等數十人造為詩賦，略論律呂，以合八音之調，作十九章之歌。」

武帝所立樂府，或採民間歌謠入樂，或以文人詩頌入樂，非復漢初習常隸舊、專掌宗廟樂章之樂官可比。從此民間歌曲得以寫定；文人亦得與民歌接觸，並進而仿作。到了魏晉六朝，便將這些合樂的詩歌，稱為「樂府」或「樂府詩」。隨後便有文人起而仿作，有的根據樂府舊譜，重新創作新辭以入樂，有的只沿用樂府古題或體裁而寫但不入樂，這些作品亦稱為樂府詩。

課文

有所思，乃在大海南。何用問遺❶君，雙珠玳瑁簪❷，用玉紹繚❸之。聞君有他心，拉雜摧燒之。摧燒之，當風揚其灰。從今以往，勿復相思！相思與君絕。雞鳴狗吠兄嫂當知之。妃呼豨❹。秋風肅肅晨風颸❺，東方須臾高知之。

賞析

十八世紀德國啓蒙運動時期的劇作家、美學家、文藝批評家萊辛（Gotthold Ephraim Lessing）（一七二九年一月二十二日—一七八一年二月十五日）在其美學著作《拉奧孔》中提出了一個美學理論——「包孕性頃刻」的技巧。認為藝術作品所表現人物或事件的任何瞬間雖都包含一定意義，但具有包孕性的頃刻卻應具有更高的美學價值：從某一意蘊儲存量來看，這一頃刻必須是內涵特殊豐富的，能激發觀賞者探究其內在意蘊，故表現此頃刻就能以一當十；其二從因果關係上看，所展示的頃刻要連結著過去和未來，但表現出頂點反會束縛住觀賞者的想像力，要使人從這一頃刻去想

❶遺：ㄨㄟˋ，贈送。
❷玳瑁簪：ㄉㄞˋ，ㄇㄟˋ 以玳瑁為材質所製作的髮簪（ㄗㄢ），上有雙珠作為裝飾。
❸紹繚：ㄕㄠˋ，ㄌㄧㄠˊ，纏繞。
❹聞一多《樂府詩箋》：「妃讀為悲，呼豨讀為欷歔。悲欷歔……者，歌者至此當作悲泣之狀也。」
❺颸：ㄙ，迅速。

像前因後果。簡單來說，所謂「包孕性頃刻」，就是凝縮密度大而又沒到頂點，最能激發人想像力的頃刻。〈有所思〉正是以這種手法來表現。我們不知相思前的一切，也不知結局是什麼？全詩就聚焦在女子情緒翻騰最劇烈的那個包孕性片刻。

這是一首描寫女子相思的樂府詩，全詩都以省略的第一人稱的女子的口吻來自述。內容可分為相思、示愛、變卦、決絕、回憶、保留等幾個段落。將愛情的酸甜苦辣、百轉千迴、身不由己、難捨難離敘述得淋漓盡致。不愧是愛情的經典名作。

我們不知他們如何認識、交往，一開始便說我所思念的那個人，現今就在遙遠彼端的大海南。點出空間的距離帶來的情感思念！有人說時間加上距離是愛情的第一殺手，所謂「離久情疏」是也。所以，女子接下來就想要「贈物以言情」，贈送愛的禮物，以自己日用的雙珠玳瑁髮簪，再用玉加以纏繞而成的禮物，來表達兩情纏纏綿綿和自己如玉般的純潔愛情，希望情郎收到後可以「睹物思人」，讓兩情長長久久。

沒想到，在此同時竟傳來了情郎另有其他意中人的消息！這晴天霹靂讓女子產生強烈的情感反應，激動地將當初深情款款準備的以玉纏繞、雙珠裝飾的玳瑁髮簪一把折斷，折斷還不足以發洩心中的憤恨，又找來一把火將它燒毀，燒成灰了，都還是無法平息蕩漾的情緒，再隨風把一切都吹走，乾乾淨淨地，什麼都不留。「拉雜摧燒之。摧燒之，當風揚其灰。從今以往，勿復相思！相思與君絕。」這裡用了文學的頂真句法。而這動作實在夠衝動也夠激烈。陳祚明在《采菽堂古詩選》中說這是「望之深，怨之切」也！如果沒有那麼深刻地投入，也就不會有那麼直接的憤怒吧！接著並立下誓言：從今以後，不再為你相思。一刀兩斷，夠堅決地。但當情緒隨著這些動作逐漸平穩下來之後，開始回憶當初幽會時提心吊膽的情形，相思又悄悄來了。回想當時雞鳴狗吠的，難免不驚動到兄嫂，此事或許兄嫂早已知曉了吧？他們會如何看待這件事呢？想到此，不禁悲從中來而任眼淚撲簌簌地流了下來，肅肅的秋風在清晨急急地吹來，才發現時光流逝，一夜無眠，天就要亮了！一會兒東方的太陽將高高地升起，與君絕？不絕？到時候再決定吧！

當太陽高高升起時，這女子的決定是絕？還是不絕？恐怕一時之間任誰都無法決定的吧！「聞」君有他心，真有他心，就此放棄？還是會想極力挽回？假有他心，如何證明？太多不確定的因素在其中，這是所謂開放性的結局，保留給所有的讀者去做想像與思考。

陳玲碧老師　撰

〈愛〉

張愛玲

題解

〈愛〉最先發表在一九九四年四月的《雜誌》月刊上，後來收錄到散文集《流言》之中。故事以女主角坎坷飄零的一生作為對照，強調了初戀對於她人生的意義。她因為生在舊社會，被親眷拐賣他人作妾，後來又三番五次的被轉賣了，一生不斷地遭遇著被欺凌、被侮辱的悲慘命運，沒有尊嚴和地位，更加沒有作為一個女人而言嚮往的精神自由，追求的美滿愛情生活。因此她老了的時候永遠無法忘卻初戀的夜晚，這是她的一生之中唯一愛和被愛的記憶，她不僅僅記取了而且常常地向別人說起，相見短暫卻是她蒼涼灰暗的人生之中美麗溫馨的瞬間，因此，是愛和被愛的刻骨銘心而永久的記憶。

作者

張愛玲（一九二〇－一九九五年），本名張煐，河北省豐潤縣人。一九二五年進入上海黃氏小學，由張煐改名為張愛玲。出生於官宦世家，祖父張佩綸為清朝御史，祖母李菊耦是清末大臣李鴻章的女兒。父親張志沂因科舉的廢除而找不到出路，母親則是由妾所生的農民之女黃素瓊。父母名字因張愛玲才為人所知。相較於祖父輩的輝煌生涯，有非常大的反差！張愛玲天資聰穎，才華洋溢，十二歲時在校刊上發表短篇小說〈不幸的她〉，此後創作不輟。二十歲時便以一系列小說令文壇為之驚豔。她的作品主要以上海、南京和香港為故事場景，在荒涼的氛圍中鋪張男女的感情糾葛以及時代的繁華和傾頹。文學評論家夏志清教授將她的作品與魯迅、茅盾等大師相提並論。而之後許多作家都不諱言曾受到「張派」文風的深刻影響。

張愛玲晚年獨居美國的洛杉磯，深居簡出的生活更增添她的神秘色彩。但研究張愛玲的風潮從未止息，並不斷有知名導演將她的作品改拍成電影。一九九五年九月逝世於洛杉磯公寓。友人依照她的遺願，在她生日那天將她的骨灰撒在太平洋，結束了她傳奇的一生。著有散文集：《流言》；短篇小說集：《傾城之戀》、《第一爐香》；長篇小說：《半生緣》、《秧歌》、《怨女》、《小團圓》等。她以小說成名，但舉凡文學之小說、詩歌、散文、戲劇（含電影劇本）、文學評論都有作品發表，是位多才多藝、著作等身的多產作家。

課文

這是眞的。

有個村莊的小康之家的女孩子，生得美，有許多人來做媒，但都沒有說成。那年她不過十五六歲罷，是春天的晚上，她立在後門口，手扶著桃樹。她記得她穿的是一件月白的衫子。對門住的年輕人同她見過面，可是從來沒有打過招呼的，他走了過來，離得不遠，站定了，輕輕的說了一聲：「噢，你也在這裏嗎？」她沒有說什麼，他也沒有再說什麼，站了一會，各自走開了。

就這樣就完了。

後來這女子被親眷拐子，賣到他鄉外縣去作妾，又幾次三番地被轉賣，經過無數的驚險的風波，老了的時候她還記得從前那一回事，常常說起，在那春天的晚上，在後門口的桃樹下，那年輕人。

於千萬人之中遇見你所遇見的人，於千萬年之中，時間的無涯的荒野裏，沒有早一步，也沒有晚一步，剛巧趕上了，那也沒有別的話可說，惟有輕輕的問一聲：「噢，你也在這裏嗎？」

——宋以朗、宋元琳，經皇冠文化集團授權

賞析

這是一篇介於小說和散文之間的愛情文學作品。本文的第一句話就強調「這是真的。」若是真的就符合散文為情而造文的真情流露。但文中所敘述的又是一個具備主題、情節、人物等小說要素的完整故事。但小說的本質是虛構，刻意強調的真實，類似於六朝志怪小說於文末點明現實中確有其事。而文章最後又跳出來發表評論，類似於傳記類文學的寫作手法。但全文只有短短幾百字，所以有人會認為，這是一篇隨興之所至所創作的愛情小品文。

女孩子生得美，這是張愛玲小說的必備元素，因為她說：「如果她不是長得美的話，只怕她有三分討人厭。」在春天的晚上，她立在後門口，手扶著桃樹。意象正如《詩經．桃夭》中的：「桃之夭夭，灼灼其華。」寫的正是一個春光明媚，有桃花相繼開放的季節。她記得她穿的是一件月白的衫子。純潔如月色的白衣，正如她十五、六歲對情愛的想像，前所未有的純白無瑕。這段敘述讓人有如見其人般真實感。而春天的晚上，卻又很容易讓人和杜甫〈佳人詩〉的：「天寒翠袖薄，日暮倚修竹。」去做聯想。桃樹象徵愛情，白色象徵純潔。若有似無的美麗而純潔的淡淡情愫中，蒼涼似乎也在暮色中隱藏著。

和對門年輕人的會面，沒有任何花前月下的情景描寫，只淡淡一句：「噢，你也在這裡嗎？」似乎他注意過她？她也注意過他？這樣輕描淡寫在往後女子的生命裡留下深刻的印象，越是輕描淡寫的不經意，留下最多的空白，往往也越讓人有越無盡的遐想。

後來，小康之家、待字閨中的美麗少女，人生經歷了無情的轉折，先是被親眷拐子賣到他鄉外縣去做妾，又幾次三番地被轉賣。命運的捉弄，讓人不勝唏噓！但經歷了這麼坎坷漫長的驚濤駭浪之後，老了的時候，她常常說起的還是在那春天的晚上，在後門口的桃樹下，那年輕人。當她終於年華老去，總會想起一個純潔的、美好的那一瞬間，什麼也沒發生、什麼也不能發生，才是最令人愛戀的懸念！一生的波折與年輕時短暫的相遇形成強烈的對比，凸顯出那份情緣的價值，剎那即成了永恆！

文章最後發表對人生情緣的看法，於千萬人之中遇見你所遇見的人，於千萬年之中，時間的無涯的荒野裡，沒有早一步，也沒有晚一步，剛巧趕上了，那也沒有別的話可說，惟有輕輕地問一聲「噢，你也在這裡嗎？」有時候最令人想念而且緬懷的，往往就是那個什麼都沒有、也都來不及發生的一個轉瞬、雲淡風輕的留白。尤其經過了時間，遇過了形形色色的人之後，往往會想起的就是那個曾經止步停格的畫面。所以在相遇的永恆剎那，除了「噢，你也在這裡嗎？」之外，好像真的也沒有別的話可說了。這就像張健教授認為的張愛玲散文所具有的一個特色與技巧，能在出色的哲理之中同時又帶給人微妙的心理感受。

陳玲碧老師　撰

《安麗太太》（節選）

劉天涯

題解

劉天涯所編寫的《安麗太太》這齣戲，最早以「讀劇會」發表於二〇一九年十二月於台北市藝風巷二樓展演空間（導演吳璟賢，演員潘志遠、趙欣怡）。二〇二〇年十二月在明志科技大學演出時（演員為程時雍、羅振佑），於原獨幕劇又增添了第二幕情節。

其劇情簡介為：男人久病的父親立下遺囑，他和妻子正在討論該如何處理父親遺產時，突然接到療養院裡父親的電話，得知父親即將和一位叫做「安麗」的陌生女子結婚，這對夫妻開始為還沒過戶的遺產感到種種不安，一心想要阻止安麗太太的圖謀。

作者

劉天涯，一九九一年出生於江蘇徐州，二〇一二年來台定居。南京大學戲劇影視文學系、國立臺北藝術大學劇場藝術研究所劇本創作組畢業，主修劇本創作。劉天涯擔任過新竹縣政府文化局「新響藝術季」策展人，她所製作的舞台劇曾在中國大陸、加拿大、臺灣、日本、馬來西亞等地演出逾百場。現為盜火劇團團長、製作人、駐團劇作家、獨立劇評人。

寫作劇本時，劉天涯經常從生活經驗取材，強化某些戲劇性片刻：「我喜歡在對話裡面，發現生活的荒謬性，把它放大的時候，就會很有力量」。她的作品特別注目於人與世界的關係，例如在

《姊妹》裡，以「麻糬」來隱喻親人血緣割不斷的牽掛，而《幽靈晚餐》則以一場同學會的餐會，帶出集體隱藏的記憶傷痕。

台北藝術大學戲劇學系于善祿助理教授曾評論劉天涯劇作：「她的戲多從日常入手，也藉此將人物擺出場，隨著角色經受漸多，情節節奏逐漸趨緊，衝突與荒謬緊跟著引爆，能量四濺，自傷也傷人，到最後不見得會有和解，而是各自帶著各自的傷，繼續前行，留下驚悟、唏噓之感。」

劉天涯的書寫多元，作品涵括小說、散文、繪本故事等等，其小說《幻滅》、《一個女人的終結》、《裕子和李》發表於《山花》、《西部文學》等大陸核心文學期刊。反核劇本《六個尋找作者的輻射人》發表於詩人鴻鴻主編的《衛生紙詩刊》。劇本《謀殺歌謠》、《浮士德3》曾在南京、加拿大的蒙特婁演出。近期重要劇作還包括《米奇去哪裡》（編劇及製作人，二〇一九年，國家兩廳院實驗劇場）、《安麗太太》（編劇，二〇二〇年，明志科技大學）、《銀色異夢》（編劇及製作人，二〇二〇，員林演藝廳小劇場），擔任製作人之《消失台北》（二〇二〇年）更榮獲第十九屆台新藝術獎提名，備受藝壇矚目。

課文

人物

男人

女人

提示

劇本中出現△符號時，代表短停頓，劇本中出現○符號時，代表長停頓。

【篇幅所限，節略開場情節】

（手機鈴聲響。）

男人　是安養中心打來的。

女人　這麼晚了，怎麼會現在打來？

男人　該不會是爸爸出什麼事了吧？

女人　△你愣著幹嘛？快點接電話啊！

（男人接起手機。）

男人　喂，您好，喂？喂？不好意思，好像有點吵，我聽不到。喂？有有，現在好多了。△是，我是，出什麼事了嗎？

△噢，好的。

喂，爸？怎麼這麼晚打來？怎麼了？△喔，我不清楚耶，爸你放在

哪？……喔，好，那我找找看。你什麼時候要？△明天喔？明天……

欸，可是明天我……

是。△嗯，好，我知道了。

△好，好，拜拜。

（男人掛電話。）

女人　怎麼了？

男人　△沒事。

女人　沒事？

男人　對。

女人　沒事怎麼突然打電話來？

男人　爸讓我明天過去一趟。

女人　喔，那剛好啊。

男人　什麼剛好？

女人　剛好跟爸聊聊，房子的事。

男人　……

女人　◯怎麼了？

男人　爸讓我帶東西給他。

女人　帶東西？

男人　嗯。

女人　帶什麼東西？

男人　西裝。

女人　△西裝？為什麼突然要西裝？

男人　我也不知道，而且他好像很急，讓我明天一大早就送過去。

女人　◯欸，該不會是——

男人　什麼？

女人　該不會是，你爸覺得自己快要走了，所以他才——

　　　你覺得有可能嗎？

男人　我覺得不是。

女人　△爲什麼？
男人　妳記得吧，上次我們去看他的時候，爸的情況很不樂觀，對吧，
女人　對，
男人　我記得那時候，我還有問安養中心的護理師小姐，她跟我說，爸這樣已經快一個禮拜了。
女人　嗯。
男人　他就一直喊著要回家啊，妳也看到了吧。
女人　你現在說這些是什麼意思？
男人　剛剛他在電話裡的聲音，聽起來不太一樣。
女人　怎麼不一樣？
男人　聽起來不像爸，好像另外一個人。
女人　△什麼意思？
男人　聽起來爸的病好像好了。不對，應該說，聽起來，好像爸從來沒生過病一樣。
女人　△怎麼可能？
男人　是眞的，我剛剛聽到電話裡有卡拉ＯＫ的聲音。

女人　等一下，剛剛不是安養中心打來的嗎？

男人　對啊，但安養中心地下一樓有一間陽光會客室，是交誼廳，大家都在那裡唱卡拉ＯＫ。

女人　……

男人　爸之前最愛唱卡拉ＯＫ啊，所以我那時候才把爸送去這間。可是把他送過去以後，他就天天在房間躺著，從來沒去唱過。

女人　那剛剛是怎麼回事？

男人　所以我才覺得奇怪啊。

女人　◯那現在怎麼辦？

男人　什麼怎麼辦？

女人　你爸病好了，我們該怎麼辦？

男人　我們？△我們應該覺得高興啊。

女人　對，我們應該高興，我們應該快點把你爸接回家，請鄰居啊，親戚朋友啊，都來我們家，開個party好好慶祝一下。

男人　……

女人　然後河景第一排，花蓮老房子什麼的，統統不用想，我們就繼續住在這

男人　吧。喔，還要想辦法，幫你爸也弄一個房間。那我跟你呢，只能睡客廳。

女人　……

男人　還有，你不是想換新車嗎，就憑你現在的薪水，十年之後再說吧。

女人　等一下，我剛剛只是推測而已，說不定眞的跟妳說的一樣啊。

男人　哪樣？

女人　就，爸爸可能覺得自己快要走了，所以他才——

男人　一個快要走了的人怎麼可能還會有心情去唱卡拉ＯＫ！

女人　不不不，是有可能的。

男人　……

女人　妳設身處地想一下，如果現在住在安養中心的人是妳——

男人　喂，什麼意思？

女人　我只是做個假設。

男人　什麼假設？

女人　假設，現在躺在安養中心床上的人是妳，妳知道自己時日不多了，妳最想做什麼？

女人　我要Martin二十四小時陪著我。還有Tony。還有你，你也是。

男人　但如果，家人都不在身邊呢？

女人　不可能啊。

男人　我只是做個假設，我是說萬一，萬一呢？

女人　那，我就要把我捨不得買的衣服統統買，每天穿一件。捨不得背的包包統統買，每天背一個。

男人　這就對了！

女人　什麼意思？

男人　把自己喜歡做的事情統統做一遍，人生才沒有遺憾。

女人　△所以，你的意思是，你爸去唱卡拉OK，是因爲——？

（男人點點頭。）

女人　△你爸想要哪一件西裝？

男人　藍色的，雙排釦的，他結婚時穿的那件。應該還在舊箱子裡，爸從花蓮搬過來之後就沒開過。

女人　好，那你去找。

（手機鈴聲響。）

男人　應該是爸。

（男人接起手機。）

男人　喂？爸？△喔，我正在找了。

△什麼？戒指嗎？△喔，不是不是，我只是想說——對——

◯好，好，我知道，明天早上，我記得。

△可是爸——

喂？喂？

（電話斷了。）

女人　怎麼了？

男人　妳記不記得，我媽的戒指放在哪裡？

女人　戒指？

男人　對。

女人　怎麼了？

男人　爸要我把我媽的戒指給他。

女人　他要幹嘛？

男人　我不知道。

女人　這是什麼意思？

男人　什麼？

女人　他要你帶西裝，拿戒指，然後呢？

男人　……

女人　你爸搞不好要去結婚了喔。

男人　△別開玩笑了，快點，幫我一起找一下，

女人　等一下，我沒在開玩笑，之前就發生過一次，你記得嗎，幫你爸買了手機之後的那次？

男人　那不一樣。

女人　有什麼不一樣。

上次買了手機，就被加進一個什麼奇怪的群組，有個女生不是說想跟你爸結婚？還要騙他去馬來西亞投資。

男人　最後對方不是也沒得逞嘛。

女人　對，她沒得逞，我們費了多大的口舌才讓你爸相信這是一場騙局。他就是很容易被人家騙。

男人　好了好了……

女人　上一次我們之所以發現，是因爲你爸跟我們興奮地炫耀他的女朋友。但你說得對，這次不一樣，這次爸爸根本沒跟我們透露任何風吹草動。欸而且你爸要結婚，我們沒有被邀請耶。

男人　好了，妳到底要不要幫忙找啊？

女人　欸。

男人　嗯？

女人　你要不要先打電話去問清楚？

男人　問什麼？

女人　你去問一下他到底要幹嘛。

男人　我要怎麼問？

女人　該怎麼問就怎麼問啊。

男人　我要問說：喂？爸？聽說你要結婚了，恭喜恭喜，我都不知道耶，歡天喜地又一春，梅開二度更喜人啊。不過，我想請問一下，這位阿姨是誰啊？這樣？

女人　△嗯，這樣可以。

男人　妳是白癡嗎？

女人　什麼意思？

男人　爸都七十多了耶！

女人　這不是年齡的問題，好嗎？

男人　不可能，絕對不可能，這太誇張了。

女人　那你爸的這些行爲，你要怎麼解釋？

男人　我覺得妳想太多了，說不定爸只是想媽了。

女人　……

男人　說不定，爸只是想要重溫和媽結婚時的感覺。

女人　是、嗎？

男人　爸爸想要再看看媽媽的東西，用這種方式想念她。睹物思人，妳沒聽過嗎？

女人　不，我覺得不是，這太奇怪了。你冷靜一下，好好想想，你爸有沒有曾經跟你提過這件事？

男人　什麼？

女人　他有沒有曾經暗示過你什麼？

男人　沒有。

女人　你根本就還沒想啊──

男人　眞的沒有。再說了，原本我和爸的相處時間就不多，他去安養中心之後，見面的機會就更少了。就算爸想再結婚，我也不會知道。

女人　現在你知道，剛剛我爲什麼這麼說了吧？

男人　說什麼？

女人　我不希望讓Martin變成你跟你爸一樣。

男人　△那我們現在到底要怎麼做？

女人 如果你不知道，一定有別人知道。
男人 什麼意思？
女人 如果你爸要結婚，一定會跟什麼人提過這件事。
男人 不一定。
女人 爲什麼？
男人 爸是怎麼樣的人，妳又不是不知道。媽過世之後，他就變得不愛說話了。後來，我們決定搬來台北的時候，妳就說要開家庭會議，妳還記得吧？
女人 嗯，怎麼了嗎？
男人 自從那次之後，爸他一整個月沒跟我講話。
女人 你是說，那次家庭會議，有什麼問題嗎？
男人 不是—
女人 如果你不想送你爸去安養中心，爲什麼不在會議上提出來？
男人 ……
女人 那個時候，我們不是都達成協議了嗎？
男人 對，可是—

女人　搬來台北，是我們兩個一致決定的。
男人　△嗯。
女人　我這樣做，也是爲了Martin和Tony好，花蓮的學校，怎麼能跟台北比？
男人　我知道，我沒有要怪妳的意思—
　　　欸，等一下，我們怎麼突然在吵這個啊—這不是現在問題的重點吧。
女人　我知道重點是什麼了。
男人　什麼意思？
女人　找那個—那個誰—
男人　哪個？
女人　那個誰，她叫什麼來著？
男人　誰啊？
女人　你爸的護理師啊。
男人　妳說子婷嗎？
女人　對，子婷！打給子婷。
男人　不行—
女人　怎麼了？

男人　不能打給她。

女人　爲什麼？

男人　原因很簡單啊。
　　　妳想想看，子婷是每天照顧我爸的人，所以也是我爸最信任的人。

女人　對。

男人　越信任一個人，越容易受對方的騙。

女人　你的意思是——

男人　如果想騙我爸結婚的人就是她呢？

女人　△喔——對耶，我怎麼沒想到。

男人　是吧。

女人　那你有沒有聽說，你爸在療養院有其他的朋友？

男人　就算有我也不知道啊。

女人　所以我們現在什麼辦法也沒有嗎？

男人　△Tony。

女人　Tony？

男人　對，Tony。

女人　Tony怎麼了？

男人　搞不好，Tony會知道。

女人　怎麼可能。

男人　怎麼不可能，他跟爸的感情最好。

女人　爸怎麼會跟他說這些，他才國一。

而且如果他知道，他怎麼可能不跟我們講？

男人　說不定，是爸不讓他講。

女人　……

男人　妳現在就去打電話。

女人　打給誰啊？

男人　Tony啊。

女人　眞的假的？

男人　我看起來像在開玩笑嗎？現在就打給他，立刻馬上。

女人　可是每次去看爸，Tony都在我們旁邊啊，爸跟他說的每個字，我們也都聽得一清二楚，你什麼時候聽爸跟Tony說過——

男人　不是，是其他時候，是我們不在的時候。

女人 △不在的時候？

男人 對。

女人 △什麼意思？

男人 他其實都有偷偷去看爸。

女人 ……

男人 有一次被我發現。

女人 什麼時候？

男人 兩個禮拜之前。

女人 你怎麼發現的？

男人 他不是有上英文補習班嗎？那天是禮拜天，下大雨，他很晚回來那次，妳記不記得？

女人 我記得，那天我看到他鞋子都是泥巴，我還讓他去洗鞋子。

男人 對，後來過沒幾天，我有碰到他的英文老師。我就跟她問問Tony的狀況，結果才知道，Tony那天翹課。後來我問Tony，他才跟我說，他去安養中心了。

女人 該不會又給我偷跑去網咖吧！

男人　對，我也是這樣想的，還臭罵了他一頓。
女人　然後呢？
男人　然後他就給我看他的手機，手機裡有他跟爸的合照，禮拜天拍的。
女人　△你罵他的時候，他什麼都沒說？
男人　沒有，很奇怪吧？
女人　嗯。
男人　妳不是想知道到底發生什麼事了嗎？
現在Tony是我們唯一的線索。
女人　……
男人　所以現在要不要打給Tony？
女人　打。
……
【節略部分篇幅】
男人　不行，這件事絕對不能發生，我們一定要阻止。
女人　阻止你爸結婚？

男人　對。

女人　要怎麼阻止？

男人　明天，送東西給爸的時候，我要跟他好好談談。

女人　談什麼？

男人　談判。

女人　談判？

男人　對，談判。妳知道警察都是怎麼跟歹徒談判的嗎？

女人　我怎麼知道？

男人　有很多成功的案例。

女人　要嘛警察很聰明，要嘛歹徒很笨。

男人　廢話，而且這都不是重點。重點是，成功的警察在談判的時候，是從歹徒的角度出發的。

女人　什麼意思？

男人　你要站在歹徒那一面，用你的同理心，設身處地替歹徒著想，才能成功說服他。就像現在，如果要說服爸爸，我們必須要搞清楚，他爲什麼突然想要結婚。知道原因之後，我們才能再一一攻破，讓他打消這個主意。

女人　嗯，有道理。

男人　有什麼原因？

女人　嗯？

男人　妳覺得爸爸爲什麼突然想結婚？

女人　很明顯啊，你爸想要有人陪他。

男人　好，那我就跟爸說，我們以後會常常去看他。

女人　人家安麗太太可是每天陪著你爸耶。你要天天去看你爸嗎？做得到才怪。

男人　好，那不然，我們把他接回家。

女人　絕對不行。

　　　你以爲我的家庭會議是開來玩的是不是。

男人　……

女人　如果你是一個警察，一開始就輸掉了。

男人　不一定，也有可能不是這個原因，可能是爸想說，要減輕我們的負擔，日後多一個人可以照顧他。

女人　怎麼可能，如果你是安麗太太，你會想要嫁到別人家當保姆嗎？太傻了吧！

男人 嗯……

女人 你這什麼同理心談判啊，根本完全行不通。

男人 那請問妳有更好的辦法嗎？

女人 要完成一場成功的談判，警察一定會使出其他的招數。

男人 什麼招數？

女人 △你爸一定覺得，現在的自己，得到了安麗太太的愛，對吧。

男人 對。

女人 我們要做的，就是要讓他知道，他會失去什麼。

男人 ……

女人 我們要跟他說，我們要讓他見不到安麗太太。如果他執意要結婚，我們就會馬上辦理轉院手續，讓他和那個什麼安麗太太再也看不到彼此，不許他們聯繫，到頭來，朋友也做不成。

男人 還有呢？

女人 還有，我們要跟他說，我跟你再也不會去看他了。

男人 妳忘記一個更重要的人。

女人　誰？
男人　Tony。
女人　Tony？
男人　我們要跟他說，如果他結婚的話，他就會永遠見不到Tony。
女人　對耶，我怎麼沒想到！
男人　是吧。
女人　但是，如果和上次一樣呢，他偷偷跑去安養中心呢？你沒辦法控制Tony去看你爸呀！
男人　有辦法。下個禮拜，Tony從夏令營回來之後，我就會跟他說，以後不用再去看爺爺了。
女人　爲什麼？
男人　我會跟他說，爺爺過世了。
女人　△這樣會不會有點超過？
男人　爸如果有了自己的家庭，我們就是兩家人了吧。如果他不肯爲我們和Tony著想，大概也不配做一個爸爸吧。這樣自私的

女人　爸爸，存在或不存在都一樣吧，那跟死掉有什麼兩樣。
男人　那，就這樣講？
女人　就這樣講。
男人　感覺會是一場很精彩的談判耶。
女人　嗯。
男人　歹徒輸了啦。
女人　所以，妳現在要幫我一起找戒指了嗎？

（燈亮，隱約傳來卡拉ＯＫ聲，一男一女兩個老人坐在輪椅上。）
（女人伴隨著卡拉ＯＫ的聲音拍手唱歌。）

男人　妳好。
女人　你好。
男人　又來唱卡拉ＯＫ啦。
女人　我很喜歡唱歌的。
男人　我知道啊。妳就住在對面那棟嘛。

女人　我記不得我住哪裡，都是小姐推我過去。

男人　對面那棟，五○二。

女人　啊。

男人　我住這棟，三○一。

女人　妳家人常來嗎？

男人　很少來，我兒子工作太忙啦。

女人　我有一個女兒，天天來看我。

男人　有女兒是福氣啊。

女人　那邊那個，站在窗户旁邊的那個，我女兒。

男人　噢——

女人　哎。

男人　妳女兒叫子婷嗎？

女人　哎，一下子想不起來了。

男人　站在那邊的那個是子婷。

女人　啊，是嘛，你認識我女兒啊？

男人　她是護士小姐。

女人　啊，是嗎。

男人　對。

女人　啊，我常常搞錯。腦子不中用了。

男人　我也常常忘記事情的。

女人　你也是嗎？

男人　有的事情忘了是好事。

女人　你是做什麼工作的啊？

男人　退休前是公務員。

女人　公務員很好啊，穩定。

男人　妳呢？

女人　我在安麗工作。

男人　喔。

女人　我很多事情都不記得了，只記得這個。

男人　嗯。

女人　那時候我們公司常常安排我們出去旅遊，一整車的人。

男人　眞好啊。

女人 然後遊覽車上不是都會放卡拉ＯＫ嘛，麥克風永遠都在我手裡。從開車到下車，同事都睡著了，只有我唱啊唱，唱啊唱，一點都不累的，我很喜歡唱歌的。

男人 嗯。

女人 子婷她們都叫我安麗太太。

男人 是嘛，名字蠻好聽的嘛。

女人 謝謝。

女人 你聽說了嗎？

男人 什麼？

女人 隔壁床的那個王太太，她前幾個月結婚了。

男人 是嗎。

女人 是啊，眞的挺羨慕的，我也很想結婚的。

男人 妳沒有結過婚嗎？

女人 沒有。

男人 哦。

女人 我從很小的時候就想結婚了。我天天跟子婷講這事。我跟她說，哎呀，眞不知道穿婚紗是什麼感覺。結果有一天子婷跟我說，她幫我也準備了一件。

男人　很好啊，怎麼不穿呢？

女人　沒有人想跟我這個老太太結婚嘛。

女人　◯這地方也眞是挺無聊的啊，是吧。

男人　是啊。

女人　王太太結婚的時候，就熱鬧多了。

男人　要不，咱們也來熱鬧一下吧。我結婚時候的西裝，只穿過一次，雙排釦的，很氣派呢。

女人　眞的呀？

男人　對啊。妳的婚紗，也穿穿看？

女人　好啊。

男人　那咱們，明天穿？

女人　好，就明天穿。

男人　子婷啊，我要打個電話給我兒子。麻煩妳了，謝謝。

喂，嗯。我有一件西裝，跟你媽結婚時候的那件，幫我拿過來。△我也不知道，你找一下，舊箱子裡。對。△明天就要。你請個假過來，對，就是要明天。

（燈暗。）

賞析

過去我們編寫大學閱讀寫作教材時，比較少選擇劇本類作品，經常收錄的多半是篇幅較短的詩與散文，這一方面除了臺灣文學教育不以戲劇為主流外，同時也因為受限於課本的篇幅。不容否認的，戲劇在現代文學史已是非常重要的文類之一，所以嘗試收錄此篇劇作，且在有限的選材篇幅下，徵得劇作家同意，以節選方式收錄於課本中，未愜周全，特此聲明。

這齣戲劇當中有六個角色，分為兩個場景（家裡、療養院），首先是男人與太太，因為接到安養中心父親的來電，而感到不安。男人與太太的對話中，首先環繞著她希望先生趕緊去跟安養中心的公公談房子過戶的事情，可是後來聊到老人家似乎病好了，夫妻兩人反而覺得失望，因為想要買房換車的盤算，可能因此而落空。

其次是夫妻對話中時時提及的兩個孩子，就讀國中一年級的Tony與小學生Martin，他們被父母送去參加烹飪課的夏令營，劇情中的夫妻為了孩子著想，讓他們學鋼琴、補習英文，甚至未來上貴族學校、出國唸博士等，一心想要說服生病的老父親同意賣掉花蓮的老房子，好讓這兩個孩子有更大的起居空間。可是，劇本裡的太太說：「我不希望讓Martin變成你跟你爸一樣」，說明很希望兩個小孩能跟父母親更親密，不要像男子與老父親之間一般疏離、甚至無情。劇情中的大孩子Tony對於療養院裡的老人有無法割捨的情感，會隱瞞父母私下去看望爺爺。

最後是第二幕出現的爺爺（也就是被夫妻兩人送到療養院的父親）、與同住的院友鄰居奶奶「安麗太太」。兩位衰頹的老人家，只剩下卡拉OK可以消遣陪伴，相對於孫子還會偶爾探望的老爺爺來說，「安麗太太」感到更加孤單，一來是她連親人也不認得，把護理師「子婷」誤以為自己的女兒；二來是羨慕隔壁床王太太「前幾個月結婚了」，說她從小不知道穿婚紗是什麼感覺？（因此她並無家人，也無女兒，記憶錯亂而荒蕪。）至於兩人想要穿上西裝與婚紗，主要是「無聊」，想要「熱鬧一下」。老人家想以婚禮儀式，用來抗衡家人們所期待死亡之虛無。

這齣劇作在主題上，很容易讓人聯想及捷克作家卡夫卡（**Franz Kafka, 1883-1924**）著名的《變形記》（*Die Verwandlung*, 1915），同樣寫人情的澆薄異化，例如劇本裡提到如果老人家執意結婚的話，男人說他父親就「不配做一個爸爸」、「跟死掉有什麼兩樣」？

另一方面，這個故事或許也與劇作家的自身經歷有關。劉天涯於此劇〈創作自述〉云：「從未想過二十八歲的自己，突然要面臨單獨處理家族遺產的狀況。也因為這件事，我的生命裡產生了從未經歷過的複雜人際關係。本應和睦的家人之間，信任感竟會如此脆弱。猜測，懷疑，試探，一通簡單的電話透露出的訊息，就能讓人產生無限的解讀和遐想，雖然有可能徹頭徹尾如同安麗太太的存在本身那般，只是一個徹底的誤判。而這些種種，正是當時當下發生在我生命中的『抓狂小事』。」所以，我們應該體諒這齣戲乃是激憤之作，即便激憤，也能表現戲劇與人生的深刻領悟。

此外，創作者通常會有歷時發展的題材，例如這戲中所談到夫妻鬥嘴、教育子女等議題，可以參考劉天涯稍早的劇本《米奇去哪裡》（二〇一七年），盜火劇團前藝術總監謝東寧（也就是劉天涯的先生）特別說明：「法國劇作家雅絲曼娜・雷沙（**Yasmina Reza**）的《文明野蠻人》，相信大家都不陌生。劇中描寫兩對都市中產夫婦，為了孩子的教養問題，最後唇槍舌戰、甚至大打出手，上演文明人的醜態百出。《米奇去哪裡》描寫的也是一對中產夫妻，為了兒子的一隻寵物鼠，激辯教育問題，最後甚至因為彼此的謊言，驚動整座城市的瘋狂喜劇。在劇本寫作策略上，天涯是逼迫自己用簡單的生活語言構成對話。『口語化的戲劇』，其實是某種新寫實主義。在資訊氾濫的今日，容易感動人的，反而是自己平常使用、最熟悉的語言和情感。」顯然前作裡的語言特色與教育題材，也延伸到《安麗太太》。

先生過世後，劉天涯劇作隱伏對於死亡的思考，似可於此劇所新增第二幕中略窺希望，不妨參考《米奇去哪裡》於二〇一九年四月上演時，編劇劉天涯的說明：「『婚姻是什麼？』到底是怎樣神奇的力量，能讓兩個原本是陌生人的個體，決定鼓起勇氣、共同走完人生？今年，是我們步入婚姻的第七年，也是我陪伴著在死亡幽谷邊緣徘徊的他第十六個月。生活和生命，把婚姻的真實如此赤裸地展現在我們面前，時常會讓人覺得溺水般窒息。直到兩個月前，他從一次無意識的昏迷中甦醒後，對我開口說的第一句話是：『對不起，讓妳傷心難過了，妳不會丟下我吧？』那一刻的我才忽然發現，什麼才是婚姻的真實。」所謂生命與婚姻的真實，不過在於陪伴。

因此，即使《安麗太太》中夫妻對話顯露出無情與苛薄，可是當劇作家以虛擬婚禮作為此戲結尾時，我們仍不難讀出劇場人生裡的深情與救贖。

蒲彥光老師　撰

單元二　家國與世界

導論

「家國」一詞，所論既非「家」，也非「國」，在現代中文語彙裡其實是個晚出的辭彙，至少晚於大家所熟知的「國家」（nation-state）。自二十世紀九〇年代以後，臺灣學界與藝文界開始流行「家國想像」一詞，這個詞彙也許受到美國康乃爾大學班納迪克・安德森教授（Benedict Anderson, 1936-2015）《想像的共同體：民族主義的起源與散布》（*Imagined Communities: Reflections on the Origin and Spread of Nationalism*）一書之影響，認為「民族是一種想像的政治共同體」。

此外，也有些學者從社會學理論談中國傳統農業社會的「家國結構」（由農耕家族構成帝國）、與前現代之「天下之本在國，國之本在家，家之本在身」（《孟子・離婁》）的觀點，但就「家國」此一語彙之出現而言，多半還是運用於現代文學之批評範疇中。學界對於「家國」的定義，有強調「家與國的差別性和對應性，及其所產生的影響力」（黃夙慧、羅宗濤，二〇〇三），也有主張「家國書寫即是在家與國兩線軸的寫作思維中，所牽涉的政治、文化、血源、思想、情感、族群與認同等」（柯品文，二〇一〇）。

本單元收錄了四篇作品，首先是朱點人知名的小說〈秋信〉（一九三六），寫出日本統治臺灣四十年後，於台北城舉辦了「始政四十週年記念臺灣博覽會」，老秀才斗文先生面對殖民者／現代化的步步進逼，有深沉的興廢感慨。其次，是向陽二十四歲時贏得「時報文學獎」的之長篇敘事詩〈霧社〉（一九七九），描寫一九三〇年賽德克族發起霧社抗日事件的始末，增加了臺灣「家國」構成的複雜面向，日本政府帶給臺灣的現代化殖民，包括對於自然山林的剝削、與原住民族的暴力壓抑等。

復次，是陳義芝短詩〈雨水台灣〉（約為一九八九前），臺灣社會剛經歷了解嚴的政治紛擾，這首帶有自然主義氣息的鄉土作品，詩中擱置了觀看者「來自遠方」的身分，卻從田壤節氣與四季循環談起。換言之，是以「在地認同」包容了不同的文化身分。最後，則是著名劇作家陳玉慧的散文〈一九九八旅行手札〉（節選），談她在南非與澳洲的旅行當中，對於人類文明之感觸，以及異國見聞所映照的文化省思。

蒲彥光老師 撰

〈秋信〉

朱點人

題解

朱點人寫於一九三六年的知名小說〈秋信〉，以一九三五年日本殖民政府在臺灣舉辦的「始政四十週年記念臺灣博覽會」為歷史背景，內容牽涉多元的民族、歷史、文化與社會問題。小說主角為原大清帝國的臺灣秀人斗文先生，在大清帝國將臺灣移交給日本帝國後，因不願屈服高壓殖民統治，選擇隱居於鄉村務農自立，並時常讀誦〈正氣歌〉、〈桃花源記〉等傳統文學表明心跡。

某日在清國讀書的孫子託人帶信給斗文先生，希望他能參觀始政四十週年記念臺灣博覽會。原本對日本統治感到厭煩的他絕不可能參與此類活動，但在孫子的親情壓力下，決定前往臺北參觀博覽會。斗文先生選擇搭火車到臺北，他一身前清的漢裝打扮，與當時逐漸現代化的環境和紳士西裝風格格不入。在火車上，他因火車汽笛的巨響而驚嚇，飽受眾人嘲笑。抵達臺北之後，他滿眼見到的都是統治空間的轉換，身心因此受到衝擊，並在日本建設的臺北喪失方向感，也在展示帝國建設偉大的博覽會裡，因不懂日文而遭到日本學生嘲笑。斗文先生藉機痛罵這些嘲笑他的學生，敘述所謂造福臺灣的產業現代化，實質上都是為了日本帝國的剝削利益。斗文先生認為臺灣當時各項現代化舉措的益處全被日本獨占了，臺灣則由於被殖民因此無法享有任何好處，只能被宰割。

〈秋信〉透過一位不合時宜的臺灣前清老秀才，表達對於日本殖民現代化策略的不滿，並強烈訴求臺日間的不平等情況。也正因如此，〈秋信〉從預定刊載的《臺灣新文學》雜誌被刪除，寫作當時並未通過日本殖民刊行檢查制度。小說末尾的「蓬萊面影」象徵著臺灣島嶼臺灣人的影像，斗文先生站在改朝換代的植物園中，承受著微風敗葉，手裡的信箋無助的鬆脫掉落，一片殘破不堪而無奈的情景，隱喻著臺灣在日本殖民統治下的「秋信」情境。

作者

朱點人（一九〇三年－一九五一年一月二十日），原名朱石頭，後改名朱石峰。一九一八年自老松附屬公學校（今臺北老松國小）畢業後，於臺北醫學專門學校（今臺灣大學醫學院）擔任雇員。一九三三年與廖漢臣、王詩琅等組織臺灣文藝協會及籌辦刊物《先發部隊》，並與蔡德音負責稿件審查。第二次世界大戰後，朱點人曾加入臺共地下組織，並於一九四九年被捕，後於一九五一年一月二十日受刑槍斃。朱點人的作品以中文小說為主，張深切曾在〈評先發部隊〉一文中讚譽朱點人為「臺灣創作界的麒麟兒」。

朱點人於《先發部隊》創刊號發表〈偏於外面的描寫應注意的要點〉曾敘述：「一篇作品的成功與否，在主題、題材、描寫的三者之中，要看描寫的手段如何。不論思想怎樣豐富，題材如何清新，若沒有描寫的手段，結局無異一篇記事的文字。」可見在日本統治時期的朱點人，已對自身的文學寫作具有美學知覺，也因此決定了他在同時代作家中，更具有寫作的自覺與高度。

朱點人的小說寫作類型明確，例如〈紀念樹〉與〈無花果〉為描繪情感的小說；〈蟬〉與〈安息之日〉表現當時的平民日常生活；〈打倒優先權〉與〈島都〉則特別關懷殖民統治下的弱勢階級；他同時也具有民族意義的反殖民寫作，例如〈脫穎〉與〈秋信〉。

〈秋信〉對臺灣在殖民後的空間變化，以及主角斗文先生對今昔感受的描繪用力甚深，可見朱點人對場景與角色塑造的關注與穿透力。朱點人亦著力於身體書寫以表達殖民地病態，例如〈紀念樹〉、〈蟬〉、〈安息之日〉、〈長壽會〉等小說裡的人物都有病徵。此外，〈秋信〉面臨殖民地現代化衝突的遺民處境，也被認為一定程度上呈現朱點人的左翼思考，尤其特別著墨臺北各式建築因政權更替的變化，更突顯當時臺灣知識分子的憂愁與焦慮。

一九四三年賴和去世後，主張以白話文創作的朱點人特別以日文發表〈回憶懶雲先生〉悼念賴和，顯見對賴和的尊崇。一九四五年日本宣布在第二次世界大戰中失敗投降，國民黨政府代表盟軍接收臺灣後，朱點人受到臺共蔡孝乾的影響加入共產黨地下組織。一九四九年朱點人因「臺灣省工委會案」被捕，之後受刑槍斃於臺北馬場町刑場。

課文

斗文先生凝神靜氣，臨摹著文天祥的正氣歌❶那筆鋒剛柔相濟地、很靈活

❶正氣歌：南宋最後一任宰相文天祥於景炎三年（一二七九年）在元帝國大都（今北京）監獄中創作〈正氣歌〉，被視為彰顯士人氣節的經典之作。〈正氣歌〉：「天地有正氣，雜然賦流形。下則為河嶽，上則為日星。於人曰浩然，沛乎塞蒼冥。皇路當清夷，含和吐明庭。時窮節乃見，一一垂丹青。在齊太史簡，在晉董狐筆。在秦張良椎，在漢蘇武節。為嚴將軍頭，為嵇侍中血。為張睢陽齒，為顏常山舌。或為遼東帽，清操厲冰雪。或為出師表，鬼神泣壯烈。或為渡江楫，慷慨吞胡羯。或為擊賊笏，逆豎頭破裂。是氣所磅礴，凜烈萬古存。當其貫日月，生死安足論。地維賴以立，天柱賴以尊。三綱實繫命，道義為之根。嗟予遘陽九，隸也實不力。楚囚纓其冠，傳車送窮北。鼎鑊甘如飴，

地在紙上一起一落著。每當他臨摹得和拓本逼眞了時，便拍著桌叫絕，將筆放下，總要費點時間，再把自己寫的和拓本比較著看。

過了一會，轉爲捧起書冊來讀，放開喉嚨，咿咿嗚嗚地朗讀桃花源記❷。他的年紀雖過六十，但聲音卻不減當年，明朗而有餘韻的書聲，悠揚地顫動早晨

求之不可得。陰房闃鬼火，春院閟天黑。牛驥同一皁，雞棲鳳凰食。一朝蒙霧露，分作溝中瘠。如此再寒暑，百沴自辟易。哀哉沮洳場，為我安樂國。豈有他繆巧，陰陽不能賊。顧此耿耿在，仰視浮雲白。悠悠我心悲，蒼天曷有極。哲人日已遠，典型在夙昔。風簷展書讀，古道照顏色。」

❷桃花源記：晉朝劉宋陶淵明於永初二年（四二一年）寫作〈桃花源記〉，敘述一個沒有戰亂或壓迫，人人自給自足而和平的理想社會，突顯陶淵明對現實世界的不滿。〈桃花源記〉：「晉太元中，武陵人捕魚為業。緣溪行，忘路之遠近。忽逢桃花林，夾岸數百步，中無雜樹，芳草鮮美，落英繽紛，漁人甚異之。復前行，欲窮其林。林盡水源，便得一山。山有小口，髣髴若有光。便舍船，從口入。初極狹，才通人。復行數十步，豁然開朗。土地平曠，屋舍儼然，有良田，美池，桑竹之屬。阡陌交通，雞犬相聞。其中往來種作，男女衣著，悉如外人；黃髮垂髫，並怡然自樂。見漁人，乃大驚。問所從來，具答之，便要還家，設酒殺雞作食。村中聞有此人，咸來問訊。自云先世避秦時亂，率妻子邑人來此絕境，不復出焉，遂與外人間隔。問今是何世，乃不知有漢，無論魏、晉。此人一一為具言所聞，皆嘆惋。餘人各復延至其家，皆出酒食。停數日，辭去。此中人語云：「不足為外人道也。」既出，得其船，便扶向路，處處誌之。及郡下，詣太守，說如此。太守即遣人隨其往，尋向所誌，遂迷，不復得路。南陽劉子驥，高尚士也，聞之，欣然規往。未果，尋病終。後遂無問津者。」

的靜寂。

這是斗文先生的日課，並且是數十年來也未嘗間斷過的。他一做完了日課，嘴裏咬著竹煙斗，手裏提著他的孫兒自上海寄來的國事周聞，且行且看地走出稻埕來。

東方才發白，朝日還未露出它的臉，只把一片淡紅，渲染在對面山頭的天空。

籬笆邊蹲著一群鴨子，看見有人，便一齊爬起來，呷呷地叫著。一隻紅面鴨子，擺著屁股，行著不靈活的步，頸項伸縮地，走近他的腳邊亂啖著。

「小畜生呀！要出去嗎？」

他把籬笆門打開，那群鴨子，又是嘎嘎地叫，爭先走出去了，他也出了籬笆門，坐在門外的一株蒼古的茄冬樹下吸煙。

東山上的天空，由淡紅而鮮紅，罩住地面的霧也漸次稀薄著，不知不覺間已消散殆盡了。才被刈了穗的稻稿頭，已多半枯黃，田畔裏的草露像銀珠般閃著光。

他慢慢地在吸煙，從他的嘴裏溜出的煙，一陣陣掠著腦後過去，他把左眼的眼角一閉，看著前頭竹圍裏的炊煙。

從那邊的竹圍裏走出三個人，各人都帶著小行李。他們彎過一區田，來到附近的竹圍時，恰好裏面也走出三個人來，兩下停了足，聊過幾句話，就並在一起再拐了一個彎，沿著田畔，走向這裡來了。

「是陳秀才嗎？」❸爲頭的出聲在問著，「七早八早就出來收空氣嗎？」

他距來人還遠，認不得是誰，及至聽著招呼，才曉得他是前竹圍的吳想。

「你們也起得早啊！」他在回話間，他們已來到跟前了，他看見他們穿的是，較平日齊整的衣褲，就直覺得他們是要上哪去了，「唔，阿想！你們要到台北去是不是？」

「是啦，看博覽會去的！陳秀才！你也來去看啦，和我們一同去！」❹

---

❸秀才：大清帝國的秀才為經過院試的生員俗稱。具有秀才者，是進入士大夫階層的基礎門檻。成為秀才即有功名，在地方上會受到一定尊重，亦享有基本特權。臺灣進入日本統治時期後，原本具有秀才身分者頓失各項權利，也不再受到社會各界尊重。

❹日本帝國昭和十年（一九三五），臺灣總督府規劃「始政四十周年記念臺灣博覽會」彰顯在臺灣的殖民成績，同時為日本各殖民基地提供示範。博覽會分為四個會場，三十八個場館。第一會場位於臺北市公會堂，設有滿州館、交通特設館、交通土木館、產業館、林業館、第一府縣館、福岡館、朝鮮館、日本製鐵館、三井館、第二府縣館、興業館、礦業館、糖業館等十四館。第二會場位於臺北市新公園，包括愛知館、第一文化施設館、北海道館、大阪館、第二文化施設館、國防館、船舶館、京都館、奈良館、電氣館、東京館、專賣館、映畫館、

「不去。」

「不去是眞可惜的！別莊我不知，單就我們的莊裏，沒有一家無人去看的！聽說今天的團體很多，說不定臨時火車又要滿員了。陳秀才！做人無幾時，你的年紀又這樣老了，今日不看，要待何時！來去看好啦，多看一番光景，豈不好嗎？」

「不去。」

「不去嗎？不去待我們看了回來，再講給你聽啦，哎喲，時間不早了！我們得趕緊去搭車。」

在博覽會未開幕以前，當局者就已竭力宣傳，而島內的新聞亦附和著鼓吹，就是農村各地，也都派遣鐵道部員前去勸誘，本來並不怎麼有益的博覽會，一經宣傳的魔力，竟然奏了效，引起熱狂似的人氣。

「去！到大台北看博覽會去！」

凡是生長在台北以外的人們，誰都抱著這個念頭，簡直像一生中非看它一

孩子王國、迎賓館、音樂堂、演藝館等十七館。臺北市太平町設有分場，包含演藝館、菲律賓館、泰國館、南方館、福建館、馬產館等六館。臺北市郊草山設有溫泉觀光館。主要由臺灣總督府專賣局總籌主辦，會場廣大，參與人數眾多，博覽會充分展現當時臺灣社會的常民生活與現代化情況。

次不可的一件痛快的事情。

「阿公仔！警察來啦！」❺是初秋的傍晚，斗文先生正在書房閱報，忽聽見他的第三孫兒慌慌忙忙來報。

「怎麼不跟他說我沒有工夫見客？」

❺警察制度為日本殖民統治臺灣時建立的社會控制機制。日本統治初期警察制度經數次變革，在民政長官後藤新平任內確立警察制度，在臺灣總督府下設警察本署。以警察作為地方施政重心，各廳設警務課，以警部任支廳長，並以臺灣人擔任警察職務輔助者。警察具有行政、司法、思想、經濟等實際管轄權。一八九六年，臺灣總督府賦予警察署長輕罪司法審判權；一九〇三年，警察可在無任何法令依據下取締所謂的「浮浪者」，也就是針對無一定住居所、無固定職業且有妨害公安擾亂風俗之虞者均可逮捕取締；一九〇四年，總督府頒布犯罪即決例，讓警察官署具有可即決違警罪。由於「犯罪即決例」與「臺灣違警例」的實施，加上保甲制輔佐，日本警察對臺灣人民的生活具有監控與懲罰權力。一九〇七年，制定「臺灣浮浪者取締規則」，授權警察得戒告浮浪者，對受戒告後仍不改過者，警察得以地方行政官廳首長之名，經臺灣總督裁可，將浮浪者送到固定居所強制就業；一九二〇年，因改由文官監督，警察權力稍微削弱，但同時開始負責思想控制任務；一九二三年「治安警察法」的實施，讓警察能夠監視壓制政治活動；一九二五年「治安維持法」制定，開始設置特別高等警察，專事監督臺灣人的政治思想活動；一九三八年，在大日本帝國的戰爭動員體制，開始設置經濟警察，以強效執行戰時的經濟統制。

「我有對他講，哪知他都不聽，說他有什麼公務要見阿公仔的！阿公仔！公務是什麼？」

「好東西呀！動不動就要來打擾，今天又是什麼鳥務了！」

他很不樂地走出來，看見老巡查佐佐木笑嘻嘻地坐在廳裏等著。❻

「你又來了嗎？」

「陳秀才！對不住了，我也知道你忙碌，你且坐啦，我有話要對你講。」

他做了多年的巡查，經驗老到，說著閩南話簡直和臺灣人差不多。

「有話請你快說啦！」

「今天是戶口調查，順便帶點公務來的。」

「……」

「你去留學中國的孫仔，何時要返來？」

「沒有事情，回來做什麼？」

「臺灣要開博覽會，他敢不返來看？」

「那我不知道。」

❻巡查，為日本統治臺灣時其最基層位階的警察。

「唔，你不知曉？」

佐佐木說到這裡，做了個停頓，把話頭轉換過來了：

「博覽會的協讚會要募集會員，普通會員一口要……五元……」

「請慢說啦，協讚會和我不相干，怎麼說到這裡來！」

「哈哈……陳秀才！五元並不是叫你白了（即白花）的！若做了會員，協讚會就會給你一張會員券、一個紀念章，在博覽會的期間內，任你隨意出入，還要招待你……」

「那麼你的意思是要我加入嗎？」

「對啦，要你加入一口啦。老秀才！你去台北看看好啦，看看日本的文化和你們的，不，和清朝的文化怎樣咧？」

「清朝！」他聽見清朝二字，身體好像觸著電般地，起了個寒戰，呆呆地看著天窗出神。

博覽會開幕十多天了，本來只弄鋤頭過日子，連小可的雞母相踏都要引爲話柄的田莊人，一經歷遊台北和博覽會場，好比遊月宮回來還要歡喜，大讚而特讚著，引得沒去過的人，羨慕萬分。斗文先生雖然無動於衷，但每次聽著他們的稱讚，免不得總要傾耳細聽。然而可怪而又使他失望的，是從他們口裏說出的台北市街大都不是昔日的地名了。

「這就奇了，這台北就變得那麼快！」

他有時會這麼疑問著，想要徑到台北去。但是台北已非他的憧憬之鄉了！於是欲行又止，然而過了幾天突然接著他孫兒的同窗的一封來信，那信的內容是這樣的——

斗文先生：

夏天去後，我跟著秋一同回到南國來了。回來的目的，一是歸省，一是要看博覽會的。令孫兒R君勤於學課，無心回來，但只囑侄再三邀請先生，來台北看看博覽會呢！……

侄王北芳十月二十五日

寥寥幾行字，早把他的北行之心決定了。但他一點也不聲張，也不告知家人，又恐怕碰見相識，一個人悄悄地繞路從A驛搭上午九點鐘發的列車。

這天恰值星期日，車裏早就混雜著各色人等。斗文先生剛踏入車裏，不知怎的，一車視線都不約而同的集中到他的身上來了。在車裏的時裝——和服、臺灣衫、洋服的氛圍裏，突然闖進斗文先生的古裝——黑的碗帽仔、黑長衫、黑的包仔鞋，嘴裏咬著竹煙斗，尤其是倒垂在腦後的辮子……儼然鶴入雞群，覺得特別刺目。

他接著眾人的眼光，像受了侮辱，一時很難受，但旋即不以爲意地斜著眼角，把眾人睨了一眼，泰然自若地坐下去。

出發的時間到了，當車長的笛聲剛在嗚響的瞬間，他急急的把兩耳掩住，塞避火車的汽笛，引得車裏一陣的哄笑。

車體徐徐地動搖著，久住慣了鄉村，慢慢地向後退去。他頓時覺得一陣空虛，很無聊地把隨身所帶的《海外十洲記》❼掀開，機械地置在膝上。他的兩眼雖然落在書本上，但他的視覺卻不注到字裏去，車裏的會話，自然而然地響到他的耳朵來了。他慢慢兒抬起頭來，火車趕著速度，在甘蔗園邊走著。

「阿柳兄！你要哪去？」

「到台北去的。」

「唔，你平素是那樣勤儉，怎麼也甘到台北去？」

「這，一半是不得已的。」

❼《海外十州記》：應為《海內十州記》，漢代東方朔所著。十洲者，祖洲、瀛洲、懸洲、炎洲、長洲、元洲、流洲、生洲、鳳麟洲、聚窟洲也。由於臺灣當時已成為日本帝國，而非大清帝國（事實上博覽會舉辦時，大清帝國也已滅亡），因此「海內」變成「海外」。

「是你自己願意去，怎說不得已？」

「我莊的警察，強強押人去啦！」

「唔，是這樣嗎？阿柳兄！你也免怨悔，聽說博覽會是自有臺灣，也未曾有過的鬧熱啦，看一次，就是死也甘願！」

「看一次，就是死也甘願！」斗文先生鸚鵡般地隨他念了一句。他想，台北如果像人們所憧憬的台北，就不枉他北上一行了。他似乎忘記了台北已經如何地變遷，什麼府前街、府中街、府後街……一些昔日的市街，都一一浮上他眼裏來，火車走得愈快，他愈耽於幻想。

「艋舺艋舺！」

他聽著這叫聲，才由沉思回復了自己。

「艋舺……啊！一府二鹿三艋舺的艋舺！」

他像逢著久別故人般的，胸裏在躍動著。火車經過萬華驛，再通過了兩個路門（平交道）時，第一會場的糖業館的雄姿，早映到車窗來了。車裏的人們聽見說是會場，便爭著走近窗前看，他也踮起腳跟一看，啊！昔日的台北城址，已築了博覽會場，他的胸坎像著了一下鐵鎚，無力地落到椅上去。

火車三點鐘到了台北驛，久在車裏坐倦了的人們，蜂擁般地爭著下車去。

他亦隨著人流出了改札門（剪票口）。在混雜的人叢裏，每一移步，腳尖都要觸著人們的足跟，他一跛一跌，好容易被人流推到左邊的一角。他抬起頭來，望一望街上，許多自動車在街心交織著，十字路上高築一座城門，他猛然看見城門上寫著「始政四十週年紀念」，驚心駭魂的他即時清醒過來。巍然立在前面的雄壯的建築物，像在對他獰笑，他搖搖頭想起「王侯茅宅皆新立，文武衣冠異昔時」[8]的詩句，胸裏有無限滄桑的感慨。

斗文先生，自少就很聰明，十九歲中秀才，一向在撫臺衙辦事。二十七歲那年，正要上省應試，不料臺灣在那一年換了主，同時他的青雲之路，也就斷絕了。他再也不想進取，卜居在K莊，買了幾畝良田，想做農夫，過著他的一生。他的家裏藏著一本臺灣的詳圖，當臺灣要開始新政治的時候，因爲不諳於臺灣事情，好幾次要請他幫忙，但他不但執意不肯，而且還要謝絕一切的政客。

❽唐杜甫，〈秋興．其四〉：「聞道長安似弈棋，百年世事不勝悲。王侯第宅皆新主，文武衣冠異昔時。直北關山金鼓振，征西車馬羽書馳。魚龍寂寞秋江冷，故國平居有所思。」杜甫透過此詩感嘆長安城飽受宦官、吐蕃、回紇的侵擾，時局變化有如下棋般反反覆覆，令他憂心不已，同時也感慨自身漂泊不安。〈秋興．其四〉為〈秋興〉八首的第四首，為八首詩中的樞紐。

斗文先生在表面看來，純然是隱居生活，但他的內心卻不如是，他的熱血，常爲同胞奔騰著。當社會運動興起的時候，他雖然沒有挺身去參加實際運動，但對社會運動之一部分的文化運動，貢獻卻是不少。臺灣人會說日本話的愈多，理解漢文的愈少，他想臺灣人在謀生上，固然需要日本話，但在另一方面，卻不可不使他懂得漢文。臺灣人與漢文有生死存亡的關係的！他想要振興漢文，於是糾合些同志，創設詩社，提倡擊鉢吟。他們的提倡，很能刺戟社會，於是到處詩社林立，擊鉢吟便風靡了全島，當時所產生的詩人，差不多有盛唐那麼衆多。他正想借此可以挽救衰頹的漢文，不想那班無恥的詩人，反把它當做應酬的東西，巴結權勢，甚之，連和他們不關痛癢的日本政客死去，也要作詩去哭他。斗文先生看見這怪現象，後悔當初不該創設詩社。❾

❾臺灣的日本統治時代傳統社群眾多，包括詩社、文社、詞社均十分興盛，當中又以詩社為最大宗。根據學者黃美娥的統計，日本統治臺灣時期的傳統詩社超過三百七十個。詩社林立的盛況表現不少社會大眾熱烈參與傳統漢詩創作，在日本同化與日語情境裡，傳統詩社成為漢文的重要據點。然而因加入詩社者眾多，導致入社的動機越來越複雜，又詩社活動越接近日本統治後期，遊戲、娛樂與聯誼的特色越來越明顯，因此有如社交性社團。日本統治臺灣時期，以臺北「瀛社」（成立於一九〇九年）、臺中「櫟社」（成立於一九〇二年）、臺南「南社」（成立於一九〇六年）並稱為當時的臺灣三大詩社。

「擊缽吟不是詩，從凡夫俗子的口中唱出來的山歌才是詩。」❿

他常嘆息著說。以為自己創立了詩社，眞是臺灣文學界的罪人。一九××年的春，台北展開全島詩社聯吟的時候，他想要借著那個機會，改革擊缽吟的毛病。起初乘著火車，但不知是他的身體衰弱，還是沒有提防，當火車的汽笛嗚響的剎那，他嚇得昏迷過去了。

以後直到十五年後的今日，始到台北來。

台北驛⓫前的路上，人流浩浩蕩蕩地向著博物館推著，斗文先生像失了舵的孤舟，正不知該劃到哪去好。台北的地理，早從他昔日的記憶，他正在茫然自失間，不知在什麼時候，被推到第二會場的入口來了。他到這時候已無暇思索了，隨著人們走入第一文化施設館去。他看看芝山岩的模型，往左邊穿過去，

❿擊缽吟：為臺灣漢詩的傳統遊戲，與「詩鐘」相當類似的文學活動。日治時期的詩社同人在規定的有限時間內，完成同一命題詩作，用意在於在筆墨遊戲和創作技巧鍛鍊，當時間終止時，可用擊缽、刻燭、鳴鐘等方式宣告。擊缽所作詩體多為詩鐘或七律七絕。櫟社曾形容：「以擊缽吟號召，遂令此風靡於全島」。然而，連雅堂有「擊缽吟非詩」之說，指擊缽吟為遊戲，並非詩。目前所見重要的選集有：清光緒年間《臺海擊缽吟集》、曾笑雲編《東寧擊缽吟前集》、《東寧擊缽吟後集》；戰後則有《臺灣擊缽詩選》、《以文吟社擊缽吟集》、《臺灣古典詩擊缽雙月刊》（二〇〇二年停刊）等。

⓫台北驛：即臺北車站。

那門上寫的是：「第一室，關於教育的陳列」。他究竟是讀書人，對於教育特別有興趣，很細心地看著學校分佈圖，但頂使他失望的是他不解日本語，所以不能充分地理解它。他恨恨地搖著頭，立在一個圖畫前，那畫上畫的是三個學生一排地立在校庭，右二那個手裏執著鶴嘴鋤，左一個手裏提著算盤，作著威勢。斗文先生有些莫名其妙，但看看上面寫的字，又不懂得它的意義。他不得已挽住一個人問。

「拜託咧，上面寫的是什麼意思？」

「『產業臺灣的躍進，是始自我們』啦。」那個人解釋給他，還把他看了一下，哈哈地笑著。

「哈哈……」

「哈哈……」

和著笑聲，忽地在他背後又爆出兩聲笑，他急忙回頭一看，兩個日本人學生，兩腕叉在胸口，嘴裏還不知在說著什麼，對他投著鄙視的眼光。他受了這般侮辱，眞正有說不出的悲哀，他想，假使自己懂得日本話，便要和他辯論個到底。

「倭寇！東洋鬼子！」他終於不管他們聽得懂與不懂，不禁衝口而出了，

「國運的興衰雖說有定數，清朝雖然滅亡了，但中國的民族未必……說什麼博覽會這不過是誇示你們的……罷了……什麼『產業臺灣的躍進……』這也不過是你們東洋鬼才能躍進，若是臺灣人的子弟，恐怕連寸進都不能呢，還說什麼教育來！」

他已無心再看了，氣憤憤地走出來，心裏還在懊悔著，他想今天簡直是白走的了！與其看看博覽會，毋寧拜謁撫臺衙的好！他一想起撫臺衙，好像恢復了四十年前的自己，剛才的一肚子悶氣，不知消到哪去了。

「老先生！要到哪去，要坐車不坐？」會場邊蹲著一個人力車夫，看見斗文先生在躊躇的樣子，便立起來招呼生意。

「不要坐啦，我是要看撫臺衙去的。」

「撫臺衙？呀，老先生！你知道它在哪？」⑫

「在府中街啦。」

「啊，不對不對！」

⑫臺灣巡撫衙門位於當時的撫臺街（現今的博愛路），為劉銘傳於一八八七年所建。大約位於目前的臺北市中山堂附近，坐北朝南，門前立有東西轅門及旗杆兩座，日軍接收臺灣後因戰亂燒毀部份建築，一九〇〇年時全數拆除。

「不對？不對那麼……？」

「老先生！看來你不是本地人，也無怪你不知，若說撫臺衙的故址，現在已經起了台北公會堂了。」⓭

⓭ 一九二八年日本天皇裕仁登基，在臺日本統治高層為了紀念天皇登基拆除了清末布政使司衙門，將部分拆除的建築物移到植物園陳列，原址籌劃興建「臺北公會堂」。「臺北公會堂」於一九三二年十一月二十三日開始施作，一九三六年十一月二十六日完工，由總督府技師井手薰設計，當時總耗費九十八萬日圓，動用九萬四千五百人進行施工興建。建築物的本體採用鋼筋混凝土建造，具有耐震、耐火、耐風等優質性能。臺北公會堂在當時可算是大日本帝國的重要建築物，空間可容納人數僅次於東京、大阪、名古屋等公會堂，位居大日本帝國第四位。一九四五年，日本天皇宣布戰敗投降，臺灣省受降典禮在臺灣公會堂舉行，受降典禮由臺灣省行政長官公署長官陳儀代表盟軍中國戰區最高統帥受降，日方投降代表由臺灣總督兼第十方面軍司令官安藤利吉代表出席。戰後公會堂更名為中山堂，管轄權由臺北市政府接收。更名為中山堂後，主要功能為召開國民大會，並為政府舉辦重大集會場所。中山堂曾接待美國前總統尼克森、韓國前大統領李承晚、越南前總統吳廷延、菲律賓前總統賈西亞、伊朗前國王巴勒維等重要外國元首。中美簽訂共同防禦條約及中華民國第二、三、四任總統、副總統就職大典亦在中山堂舉行。一九九二年，中山堂列為國家二級古蹟。一九九九年改隸文化局，由臺北市立國樂團進駐使用，二〇一一年起設專任主任，成為臺北市教育、藝文與休閒等多用途空間。以現代的觀點來看，由布政使司衙門、臺北公會堂到中山堂的變化，呈現了空間解殖的重要意義。就小說主角斗文先生而言，由布政使司衙門到臺北公會堂的過程，則是具有今非昔比與遺民哀愁的意味。

「什麼！公會堂……那麼它……」

「老先生！不用著急啦，我招你坐車也就有目的了。我今天終是坐在這裡也沒有一錢賺，請你給我二十錢賺，我就拖你到撫臺衙去。」

十五分鐘之後，斗文先生在植物園裏的撫臺衙前下了人力車，車夫去後，他面朝撫臺衙坐在椰子樹下冥想著……往日那麼熱鬧的它，如今怎麼會這樣冷落！啊！屋貌依然，而往事已非了！他的胸裏充滿著興廢之感，他徐徐地立起來，倚著椰子樹，從懷裏摸出前日那封信來，抽出信箋，兩眼落到信箋上去，但他的眼睛偏在箋末搜出四字印刷——蓬萊面影——來。

氣候已是晚秋，時間又將向晚了，園裏連一個行人也沒有，微風吹著敗葉，沙沙地作響，他的手裏一鬆，那張信箋就乘著風飄到地面的一片梧桐的落葉上去。

——一九三六年三月三日《臺灣新文學》一卷二號

賞析

〈秋信〉的主角為「斗文先生」。從主角的命名就能清楚的看到朱點人設計小說時的巧妙。斗文兩字象徵著渺小的文字，或微不足道的文人。斗文先生在小說裡就通篇帶著這樣的心境，承受著從大清帝國到日本帝國的政權更替與心境轉換。由於斗文先生本身為臺灣前清秀才，原本屬於大清帝國基層士人的身分，更讓他感受到改朝換代的遺民情緒。

小說一開始斗文先生臨摹著文天祥的〈正氣歌〉，朗誦陶淵明的〈桃花源記〉，又過著隱居山林的鄉野生活，數十年來如一日，顯見對大清帝國的往昔歲月念念不忘。小說裡敘述「明朗而有餘韻的書聲」，更在在地呈現了斗文先生身為大清帝國「遺民」或「餘民」的心境。而當斗文先生一清早出門後，鄉鄰見到他仍稱「陳秀才」，可見秀才的身分於他而言為一生所繫。

然而，在甲午戰爭結束並清日雙方簽訂馬關條約後，一八九五年起日本統治臺灣已為既定的現實。經過日本殖民統治多年後，始政四十周年記念臺灣博覽會的盛大舉辦，直接衝擊了斗文先生的身心。

對於日本帝國而言，始政四十周年記念臺灣博覽會的舉行，不僅是對於殖民建設政績的陳列，同時也是日本帝國對外宣揚國力的展現。因此大量的動員臺灣人前往參觀博覽會，既是要表現博覽會本身辦理成功，亦是讓各界看到殖民地人民對日本帝國統治的歸順與正面感受。官方的各種宣傳不遺餘力，動員也十分成功，小說裡如此敘述：「單就我們的莊裏，沒有一家無人去看的！」、「引起熱狂似的人氣。」。

儘管全島人們前仆後繼搭火車前往參觀博覽會，但斗文先生內心只有大清帝國，自然不願參觀此博覽會。此時，老巡查佐佐木前來戶口調查，同時鼓吹斗文先生前去參加博覽會。原來，博覽會的協讚會組織正在動員群眾去參觀博覽會，費用為五元。對當時的尋常百姓而言，參觀的費用高昂，是一筆不小的負擔。深知斗文先生仍對大清帝國滿懷思念的巡查便說：「看看日本的文化和你們的，不，和清朝的文化怎樣咧？」這深深觸動了斗文先生心裡的傷痛。斗文先生不由得想起，已去臺北參觀過博覽會的人們說起臺北時，總會敘述著已全然不同的地名，讓他更加感傷。由於內心憂愁，更讓斗文先生不願前去參觀。

某天，遠在中國讀書的孫兒託人帶信給斗文先生，信中的內容囑咐他一定要去參觀博覽會，親情讓他改變了心意而決定前往臺北一探究竟。由於斗文先生過去一心只向著大清帝國，不願和日本帝國有任何瓜葛，也一再表明不可能去參觀如此宣揚日本殖民政績的博覽會，因此此番前往臺北，只好偷偷摸摸，不告訴任何親友鄉鄰，還特別繞路到火車站搭車，避免受人嘲諷。

儘管臺灣在清末劉銘傳時期已有鐵路建設，但距離極短。真正縱貫鐵道的完工啟用，仍是日本帝國為了殖民經濟而展開的基礎建設。火車同時也是臺灣日本統治時期現代化的象徵，昭示著臺灣工業與交通的起飛。斗文先生穿著傳統漢服搭上了火車，和車廂內穿著和服、臺灣衫、洋服的各路人等十分不協調。當火車啟動笛聲鳴響瞬間，斗文先生受到驚嚇將兩耳掩住，火車內傳來眾人的哄笑。小說敘述著舊時代的靈魂與外表，在現代化的空間裡受盡難堪。

斗文先生在火車車廂內聽著其他乘客的對話，連平時勤儉持家的人都在警察的強迫下，只能耗費錢財前往臺北參觀博覽會。而他自己，則不停的數念著臺北的街道舊名，隨著火車抵達了臺北。臺北的現代化與進步，在斗文先生的眼裡卻是滄海桑田。斗文先生過去曾在撫臺衙工作過，並有意赴京考取功名，不料卻遇上了臺灣易主，只好作罷，回鄉隱居。雖然他曾經有意參與社會運動，甚至在日本帝國的統治壓力下復興漢文，卻沒想過漢詩詩人們卻與日本當局互動良好，甚至成為日本統治成果的宣傳者，更後悔自己過去曾經創立詩社的行動。從此，就沒有再到臺北這個傷心地了。

如今，為了參與這場聲勢浩大的博覽會，終於還是踏進了臺北城。只是臺北的地表空間改變，讓他一時迷失方向，不知所措。迷迷糊糊間參觀了象徵臺灣產業躍進的博覽會，在由於不諳日語和學生們吵架之後，決定離開博覽會會場，去看看曾經工作過的撫臺衙。他搭了人力車抵達植物園的撫臺衙後，已經變成了臺北公會堂。斗文先生抽出信，露出蓬萊面影四個字，他卻再也找不到曾經的臺灣人模樣。那封信，就隨著秋風掃落，掉至地上成為落葉堆裡的廢紙。

除了場景與對話外，斗文先生的語言也表現了當時臺灣的特殊情境。斗文先生與鄉鄰的對談夾雜著臺語，在博覽會會場和日本學生吵架時用華話，和精通臺語的日本巡查談論時，老巡查佐佐木用臺語，斗文先生卻說華語。巡查發問時用「返來」和「知影」等臺語，斗文先生回答中卻是「回來」和「知道」等華語，一定程度上表現了斗文先生的文化認同或民族情感。

然而，時代是殘酷而無情的。秋天被運用於文學創作中，總是象徵著悲傷、荒涼、哀愁。前往參觀日本殖民重要成績的「始政四十周年記念臺灣博覽會」，斗文先生身歷其境的感受了火車、臺北城街道、博覽會陳列與臺北公會堂（撫臺衙）的變化，終於身心靈了解大清帝國和過去臺灣人的模樣已經徹底步入歷史了。小說最後的場景，斗文先生一生靈魂所寄的蓬萊面影，就如同斗大微渺的漢文，在秋風裡被無情的掃落在地，充滿無限的感慨與傷懷。

葉衽榤老師　撰

〈霧社〉

向陽

題解

向陽於一九七九年所寫的〈霧社〉為長篇敘事詩。創作完成當時，向陽僅二十四歲。〈霧社〉的內容為描繪一九三〇年臺灣賽德克族人（當時的原住民族群類型仍歸於泰雅族）抗日事件，即世稱的「霧社事件」。〈霧社〉全詩分為六個章節，由「子・傳說」、「丑・英雄莫那魯道」、「寅・花岡獨白」、「卯・末日的盟歃」、「辰・運動會前後」及「巳・悲歌，慢板」組成，結構井然，敘事清晰，具有史詩般的場景與氛圍。〈霧社〉不僅是向陽成名的代表作，也是臺灣現當代詩史的敘事詩代表作。

〈霧社〉為一九七九年時報文學獎敘事詩獎優等獎。當時的評審鄭愁予特別於揭獎五年後撰文〈為詩獎拔起高峰的一首詩——向陽的〈霧社〉一詩〉，肯定〈霧社〉的成就。鄭愁予認為〈霧社〉：「係通過敘事以達成現代詩精密技巧的要求，其詩藝形式的發展是異常突出的」。由於一九七九年十二月十日高雄的美麗島事件發生，臺灣政治與社會局勢不穩定，導致原本應當年公佈的時報文學獎延至隔年的一九八〇年一月揭曉，〈霧社〉一詩則延到五月刊出。

霧社事件為臺灣日本統治時期的重大抗日事件。一九三〇年十月二十七日，賽德克族的六個Tkdaya部落聯合於霧社地區進行出草行動，由於當時該地正在舉行運動會，因此不少日本高官聚集而受到衝擊。這次的出草事件有一百三十四位日本人被殺（有二名臺灣人因身穿和服被殺），共二百十五人輕重傷，霧社地區多處警察分駐所也受到原住民攻擊，出草行動後讓霧社地區完全被原住民奪回。

自一九三〇年十月三十一日起，臺灣總督府投入大量武裝軍警反擊霧社地區的反抗行動，賽德克族因不敵日方現代化武裝而逐漸敗走並藏匿於深林山洞。日方則緊追不捨，甚至陸續以大砲和飛機進行轟炸，除少數婦孺投降之外，多數反抗者相繼自殺。在這一波日方攻擊下，總計死亡六百四十四人，當中有二百九十六人自殺。事件結束後，六個Tkdaya部落餘生者五百六十一人及少數散居者遭強制收容。

日本殖民政府在事件終了後檢討臺灣原住民發起霧社行動的原因，包括：臺灣總督府對山林廣泛開發令原住民獵場限縮、伐木林場位於原住民祖靈聖地、日本警察深入原住民部落壓制部落領袖權力、總督府徵調原住民從事勞役與原種小米或打獵期有所衝突、原住民勞役工資低等，日久形成仇日心態。

霧社事件影響臺灣的社會與文化深遠，臺灣仁愛鄉現在設有「霧社事件紀念公園」，公園內有莫那魯道紀念碑。二〇〇一年臺灣銀行發行二十元紀念幣，以莫那魯道肖像為正面圖樣。漫畫家邱若龍曾繪製漫畫《霧社事件》，導演魏德聖於二〇一一年依據邱若龍漫畫進行改編，拍攝製作電影《賽德克·巴萊》，「賽德克·巴萊」本意指「真正的人」。《賽德克·巴萊》上集命名〈太陽旗〉象徵日本帝國，主要呈現一九三〇年莫那·魯道帶領族人反抗日本的霧社事件的情節；下集命名〈彩虹橋〉，敘述日軍大力反擊鎮壓，而莫那·魯道一路帶領賽德克族抵抗的始末。最終，賽德克族人犧牲後越過彩虹橋回歸祖靈。

作者

向陽（一九五五年——），本名林淇瀁，臺灣南投鹿谷人。一九五五年五月七日生於南投縣鹿谷鄉廣興村。中國文化大學東方語文學系日文組畢業，中國文化大學新聞研究所碩士，政治大學新聞研究所博士。一九八五年獲美國愛荷華大學國際寫作計畫邀訪作家。曾任《自立晚報》副刊主編、《大自然季刊》總編輯、《自立晚報》、《自立早報》和《自立周報》總編輯、《自立早報》總主筆、《自立晚報》副社長兼總主筆，現任國立臺北教育大學臺灣文化研究所名譽教授、吳三連獎基金會秘書長。

向陽著述豐富，獲獎眾多。曾獲國家文藝獎、吳濁流新詩獎、美國愛荷華大學榮譽作家、玉山文學獎文學貢獻獎、臺灣文學獎新詩金典獎、教育部推展本土語言傑出貢獻獎、傳統暨藝術音樂金曲獎最佳作詞人獎等獎項。著有詩集《十行集》、《四季》、《向陽詩選》、《向陽臺語詩選》、《鏡內底的囡仔》、《歲月》、《亂》，散文集《暗中流動的符碼》、《旅人的夢》、《寫字年代——臺灣作家手稿故事》、《臉書帖》、《寫意年代——臺灣作家手稿故事二》、《寫真年代——臺灣作家手稿故事三》，評論集《書寫與拼圖》，學術論文《書寫與拼圖：臺灣文學傳播現象研究》、《照見人間不平：臺灣報導文學史論》、《場域與景觀：臺灣文學傳播現象再探》等五十餘種，編有《二十世紀臺灣詩選》、《二十世紀臺灣文學金典》（小說卷、散文卷），譯有《大象的鼻子長——窗道雄兒童詩選》等三十餘種。

向陽的創作文類豐富而多元，包括散文、新詩、評論、兒童文學等，並各有傑出的表現。其中，以新詩創作廣為大眾熟知。向陽的臺語詩與十行詩獨步詩壇，前者成果表現於〈家譜〉及〈鄉里記事〉等系列作品中；後者則以《十行集》為重要代表作。向陽亦經營網路詩，並建構多個個人網站，為臺灣現當代具有實驗精神的重要詩人之一。除此之外，亦涉獵版畫、藏書票等藝術創作，同時也經營向陽個人臉書與向陽臉書粉絲團。

向陽作品〈霧社〉，為臺灣現當代重要的敘事詩，也是向陽早期的代表作。向陽後期以《亂》為代表作，此詩集距《心事》出版十六年，在此期間向陽由《自立晚報》副刊主編轉任報社總編輯、總主筆，從文學人走向編輯人，並透過詩創作與新聞結合。一九九四年向陽進入政治大學新聞研究所博士班，前後九年同時在教職和博士生身分間激盪，將變動的臺灣社會亂象聲軌，融入現代詩的寫作，並吸納了臺灣解嚴以來的喧嘩，以現代詩訴說臺灣社會的不安。

學者陳芳明認為向陽的作品能「緊緊與土地、節氣、家族、認同結合在一起。但他又不是以鄉土詩人一詞就可以蓋括。在藝術與庸俗之間，他頗有自覺。創作時，方寸拿捏得宜，又暗藏起落有致的節奏，總是動人心弦。」同時，向陽的詩作亦曾被編寫為流行歌曲，也多次參與舞台歌劇的演出。向陽能夠透過多元模式經營與傳播文學，並掌握時代脈動以實驗文學的多種可能性，並具有寫實意義與質感魅力，為當代臺灣詩壇的代表人物之一。

課文

子·傳說❶

傳說渾濛初開，所謂黑夜是沒有的
所謂陰暗疑懼即使夢也是看不到的
大地光明，太陽照個不停，向西方
跑掉一個太陽，自東邊又昇起一顆
不是月亮，因爲夜呵夜永不肯降臨
夜不降臨所以聽不見夜鶯歌唱沒有
哆嗦沈鬱一切恐怖的聲音，也不怕
鬼怪環伺。森林裏百花齊放而難凋

❶在過去臺灣僅有原住民族九族的年代，賽德克族被視為泰雅族的一部分，經賽德克族正名運動後，於二〇〇八年四月二十三日由國家認定為第十四個臺灣原住民族。賽德克族主要分布於現在的南投縣仁愛鄉、花蓮縣萬榮鄉和卓溪鄉。在賽德克族神話傳說裡，人死後會走彩虹橋，橋頭有螃蟹靈，祂會檢視亡者的手，手上有紅色印記代表生前遵守Gaya，若沒有印記會被祂的鉗子丟到彩虹橋下，只有通過試煉者能走向彩虹橋尾，即祖靈的所在。

她們只在烈日中僵笑，早晨和黃昏
才敢偷偷歎息，其實早晨和黃昏是
一樣的，悲酸的休憩，以便去接受
更漫長的壓榨和凌欺；河裏的游魚
也是一樣的，默默泅過昏睡的漣紋
太陽每天複述偉大而且不死的軌跡
爲世界驅逐黑夜，爲人間散佈光明
沒有黑夜，因此沒有恐懼不要鬼神
一切光明，所以禁絕隱私剝奪休息
連晨露也凝結不起來便無所謂幻滅
連晚霞也飛飄不上來更無需乎驚醒
所謂黑暗是沒有的，一切如此光明
傳說神祇指定，泰耶自彼巨木而生
巨木參天，留宿多少勇者善者之魂
雨暴風狂中，覆彼葉蔭以護我子民
雷擊電閃時，蔚其枝枒以衛我天經

善者不墮，凡姦淫擄掠的必墮地獄
勇者不驁，凡懦弱怯駭的將驁無門
彼巨木森然，以七層彩虹渡我族人
彩虹橋輕，唯輕德者因罪孽深重傾
彩虹橋隱，唯隱惡者以善勇純潔引
巨木成林，蒼蒼然守護我泰耶生靈
傳說泰耶降時，天上太陽斂其光色
皓然皎潔，倏忽夜色星影一同降臨
唯其夜色降臨，萬物各得闔眼憩息
百花解除僵斃的武裝夜鶯放膽歌唱
不受炙烤，族人歡欣若狂擊鼓而舞
聖哉泰耶神靈之子，露滴欣欣草木
露滴草木，而美景良辰，短暫如斯
第二日，風吹西北西，太陽照不停
依舊，依舊是西方初落東方昇一顆
族人惶懼，所謂黑夜，一點點休息

是必要的，所以檳榔樹下排排圍坐

樹下各社議決：即派六名青年武士

手挾長弓強弩，背負穀種與小泰耶

兼程望東，涉水跋山步征途以伐日

生命有限而彼蒼者天無邊何其有極

四十年光陰消逝而六人的白髮徒增

太陽依舊東西迴轉泰耶也不再年輕

是日落霧，社在東南東，六老一壯

張弓風滿，四矢齊發，閉目而屏息

但聞雷崩西北，紅雨斜落一日已墜

丑．英雄莫那魯道❷

這是古早的了，但古早

❷ 莫那．魯道（賽德克語Mona Rudo/Mona Rudaw，一八八〇年五月二十一日—一九三〇年十一月五日）：臺灣原住民族代表人物。臺灣戰後也稱為莫那道，為臺灣原住民賽德克族馬赫坡社的頭目。莫那．魯道最為人所知的身分為霧社事件領導者。在霧社事件抗爭尾聲自盡犧牲。

不是要我們輕蔑或者忘記。英雄
莫那魯道垂目說：我們
都是那泰耶[3]的子孫，當要牢記
天上的太陽無道，猶可誅之
何況地下一切殘暴的鷹犬
我會答應你們，反抗是必須的
然則拔塞毛，你是我的次子
當知我曾遠赴東京，因你阿姑
鄔瑪瓦利斯的姻親。說是榮譽
無寧是弱者容忍的悲戚，像狗
之餵養於主人，他們籠絡我
何嘗我不知？所謂「和番」
於我們是莫大的恥辱！恥辱莫大

❸泰耶：即泰雅族。臺灣早期的原住民族，賽德克尚未從泰雅族獨立出來前，亦同稱泰耶。

更須小心戒愼。花岡一郎❹
在臺中你受過他們的師範教育
必也羨慕日本，一切文明
奈良的莊嚴和香火鼎盛，還有
名古屋伊勢灣和熱海溫泉等等
溫柔等等，但羨慕何其悲酸
啊哈悲酸。你披赫沙坡，得先安靜
我不在意他們選擇我做馴順的狗
乾一杯！我豈會在意
離開雞籠碼頭時，長天碧海
我已想定，爲霧社忍耐
忍耐不是懦弱，暫時妥協罷了

❹花岡一郎（賽德克語Dakis Nobing，一九〇八年—一九三〇年）：臺灣賽德克族荷戈社原住民，改日名為花岡一郎，總督府臺中師範學校講習科畢業，日治時期警察兼蕃童教育所教師。為臺灣日本統治時期理蕃政策的樣板人物。擁有師範學歷，同時是臺灣原住民首位教師，接受日本的同化，被日本官方視為總督府理蕃政策成功的重要代表人物。

凡事謹慎，未嘗我們不可選擇
他們，日本花木扶疏
霧社的一草一樹，一砂一石
尤其有待我們用心。蛙丹樸夏窩❺
你剛剛氣憤著杉浦巡查❻，他
給了你兩個耳光嗎？呵兩個耳光
如果霧社無法站起來，以後
我們的子孫要失去兩顆眼睛
站起來，只有先吞忍紮根
站起來，必須在樊籠中偷偷壯大
我們的枝葉。你們都知道檜木
如何生長而後不畏雨打雷劈
小草如何衝破地表，始得長青

❺ 蛙丹樸夏窩：霧社事件的主要參與者之一。
❻ 巡查：為日本警察官官階中的最基層階級，大約等同目前中華民國警察官等的警員，相當於自衛隊下士官。

我們要自忍辱裏還給天地無畏的笑容
你們都沈默了都沈
默了嗎？再一次回想
祖先伐日的種種，如果
註定我們只能是背負泰耶的壯士
這場仗怕是不可避免了
但泰耶會回來，我彷彿看到
他澄澈的眼神，閃亮在今夜
溫煦的月裏。天道不經
不也可以人力改變嗎？更河況……
所以花岡、拔塞毛❼，還有披赫沙坡❽
你們不能不是霧社的，最後的希望
你們絕不可消，沈不可緘，默

❼拔塞毛：現通稱為巴索·莫那（？—一九三〇年），莫那·魯道次子。

❽披赫沙坡：現通稱為比荷·沙波（？—一九三〇年），為霧社事件主要的參與者之一，成功鼓吹六部落頭目共同起義抗日，性格剛毅，被稱為部落浪人。

我答應你們，泰耶的後裔會伺機而動
十年前我父親幹過一次，五年前
我也反了一次，又五年了
再乾一杯！沒有未來的孩子們
我們將死掉，所有希望幸福
來生成子孫的尊嚴和自由
我們毫無勝算，但要打勝這場仗
我們可以死掉，站著反抗，死掉

寅．花岡獨白

但是，哈保爾溪你衝過峭壁
就棄我們去了，是不是
天地間一切事物都如此
絕決呢？離開了便不再回來
是不是所有人類的種性
都那般歧異？生來就有貴賤

如同泰耶，日本何嘗不也是
僅僅一種代號，罷了！不是
稱謂的方便嗎？一樣
髮眼耳鼻口，一樣的手和腳
一樣不也是人嗎？哈爾保溪
你告訴我，從山地流下的
和從平地湧出的，一切
靜止無波的或洶湧奔騰的，不也
都是水嗎？和馬赫坡溪相較
你們又誰高誰下？僅僅代號
僅僅是稱謂的不同，然則你們
也爭戰嗎？也欺凌那些弱小的
水流？而終其極只是
一樣匯流入海，成爲無聲的泡沫
莫那魯道說：我們要自忍辱中
還天地無畏的笑容；五年前

教育所的課本如此啓示我
「只有對天皇陛下赤誠效忠
才配做日本人」，配不配呢
自小我像日本人一樣被教育
長大，一如野薑花之努力
我全心全意要長成一朵高貴的菊
但「像」了不是「是」
生爲薑花，我又豈配爲菊
我不配爲日本人，他們何嘗
配做泰耶？而我們從來只希望
一切愛情與和善的友誼
冷杉和翠竹形貌不同，勁直則一
人類種族各異，不也都是
崇尚正義愛好自由嗎？哈爾保溪
你回答我，有人強行
堵住你的去路，是不是

你先尋間隙以求出口，若被堵死
你會還他以微笑嗎？那種忍辱
但我，還有所有泰耶的青年
眞不能不是，霧社最後的希望了
差別教育、種族歧視以及種種
凌虐，或者暫時可以妥協，漸進
爭取，時間會支持我們。可是
關於森林，哈爾保溪你知道
是泰耶所繫，郁郁乎繁衍的生命
檜木成群聳立，蒼蒼然負載
霧社的天空。千百年來護持我們
餵育我們，賜我們力量的聖樹呵
他們竟用，刺刀、馬鞭以及
「馬鹿野郎」[9]逼我們砍伐自己

[9] 馬鹿野郎：日語ばかやろう，音baka yarō，日語罵語，意思等同中文的混蛋。

用泰耶賜我們的手，逼我們虐殺
賜我們生命的泰耶！逼我們的
泰耶發怒。呵哈爾保溪不准
你沈默，整個霧社靠檜木守護
失去天空，我們剩下什麼
我和我的朋友如其眞是，沒有未來
無寧我們飲刀一快碎殺所有幸福
子孫無辜，讓他們走一條坦蕩的路

卯・末日的盟歃

他們走在月光拂照下的
街道，四週的高山低垂
櫻樹詭異的枝枒戳入碧海似的
青空，油火在遠近的房舍搖曳
隱隱有笳聲，低迴，順著
水聲流過來——有人看到殞星

隨即右前方的窗間嘶聲啼泣地
一個嬰兒降生了。降生了
多麼不是時候，嘆息
在悲涼的回風裏，苦苓葉簌簌
下墜。多麼不是時候！前頭的
青年垂頭說道：我們不也是嗎
在殘酷的統治下追求所謂正義自由
多像樹葉！嘶喊著向秋天爭取
翠綠，而後果是，埋到冷硬的土裏
可是拔塞毛，你這樣說不正確
最多對了我們這一代，卻錯了將來
我們希望所繫的下一輩。右邊
花岡揚頭看了看沈鬱的山
又說：也許眞是，我們反抗
眞是樹葉索求青翠而被秋天摧毀
然則秋天會去的——秋天去了

左側的青年狠狠踢著石子，說
秋天去了，更毒酷的冬天跟著來
我們埋在土裏，也罷了
但整個霧社將更寒顫，更蕭索
整個霧社將連枯葉也沒有
是的，披赫沙坡，很可能
整根樹幹要更受寒冬欺凌，很可能
剛剛那嬰兒的哭聲，就是命運
我心頭也亂，不談這個
花岡接著又說：日本佔據臺灣
已經連續欺凌了我們三次，三個
冬天，每次寒冬之前
不都是高壓而肅的秋天嗎
他們用大砲轟炸我們的家園
以警察和軍隊殺戮我們的祖先
每次不都是寒酷的冬嗎

葉子落光，樹幹上是深劇的
傷痕，傷痕深劇，但霧社
霧社不倒。霧社是泰耶的子孫
我們是檜木的後裔，葉子掉
光了，更接近春風的來臨
如果我們眞註定，只是一群落葉
要有信心，讓新芽和春風接吻
而莫那魯道告誡我們，要
爲霧社忍耐，蛙丹在行列後
怯怯吐聲。忍耐不是懦弱
是嗎？蛙丹。花岡慘淡地笑了
月光斜斜，漾在他的鼻上
記得那夜我們去看莫那魯道
他口述的傳說嗎？我們的泰耶
如何射日！記得那夜的月光嗎
映在莫那魯道盈淚的眼裏，也要

記得他說：我們可以死掉，站著
反抗，死掉。我們都是霧社
最後的希望，我們沒有未來
猶豫什麼？新的生命已經降臨
夜深矣。月沈矣。他們隱入
一間草屋，一個老人點上了油燈

辰．運動會前後

所有準備工作已接近最後的
段落。斯夜各社青年潮水般
湧來莫那魯道家中，他們
頭佩白色布條，迎風站立
映著微弱的火光，豎耳傾聽
老人莫那魯道的叮嚀：去吧
拔塞毛，你率隊即刻出發
襲擊馬赫坡警察駐在所的日本人

披赫沙坡你要奪下博阿倫社
至於蛙丹你，去拿司克社
然後會合攻打尾上社、櫻社等等
要靜如貓狸，利若鷹隼，不讓
他們逃脫一個！還有花岡
你負責切剪霧社對外通信工作
子時全落！沒有疑問，就走
出發了，一隊人馬一個火種
散佈在霧社周圍所有駐在所
等待著，一個時辰一聲切齒
染黑天地花草和森林
有人興奮得哭了，沒有聲音
淚珠悄悄墜入薑花的蕊心裏
天空已沈，烏雲密佈
只有一幢幢身影閃若流星
憤意湧天雲，百年噩夢難清

刀鞘濺污血，千載悲情得洩
各路人馬乘黑再回莫那魯道身旁
所有社外的日警已全數消滅
莫那魯道抬眼望向漆黑的天際
搖頭自語：以恨反抗恨，以血
對待血，眞不知，對也不對
然後是日麗花香的秋晨。微風
霧社小學校運動場，漂亮的和服
蔚成一片錦繡，鳥雀一般嘰喳
聲浪壓不住所有泰耶的心跳
躲在運動場南側森林中的
莫那魯道和青年屏息著
他們的眼睛炯炯，探射在
警察制服的動靜上；霧社對外
一切通道和山徑，此刻是星羅棋佈
連日人宿舍都派了哨設了樁

微風依舊，徐徐拂吹
時間在跳動雲層變幻得十分美麗
期待正開始場內外兩種不同心情
該到的各分駐所警察未到
一個也不見，警察分室主任
佐塜愛佑等得非常不耐煩了
頻頻看錶，頻頻壓住湧上的痰污
捻跳動的眼皮：怪了，這些人
昨夜醉了酒春了夢不成
擔任司儀的花岡一郎已拉高號令
「運動會開始／全體肅立」
全體學童和日人肅立了，南森林
莫那魯道一群也豎立了
他們的耳和心情——當整個霧社
按號令向日皇下拜時，殺聲
突起。二百餘位泰耶子弟

迅雷一般擊入競技的運動會場
迅雷似的憤怒擊殺著殘酷的統治者
迅雷似的狂野血洗了小學校⑩的操場
迅雷迅雷，繼之以冷雨，斜落……

巳．悲歌，慢板

我們死守在此，嶙峋桀敖的麻海堡
左前方是黝暗、濃密的森林
右側萬丈直下，詭譎削立的斷崖
偶而傳來夜鳥哀啼，流水悲泣
部份同胞避向更深的山裏去了，我們
留置在此，灰黯鳥鬱的麻海堡岩窟
莫那魯道他面壁默坐，右手負傷
踱著來回巡走的是花岡一郎

⑩小學校：臺灣的日本統治時期初等國民教育分為公學校與小學校，公學校以臺灣學童為招收對象，小學校以日本學童為招收對象。

他緊抿雙唇，不時望向空無的
洞口，那邊躺下來衝動的蛙丹樸夏窩
沒有人説話，但一樣的心情
暗暗傳遞——我們總算幹了，畢竟
我們曾經反抗，站著反抗過
較之低頭嘆氣痛快多了。回想
運動會場上殺聲一吼，泰耶聽見
也會頷首微笑的。雖然其後
我們由攻而守，由守轉退，先攻陷
眉溪，後受挫獅子頭，再退守人止關
槍聲嘶吼不止，呼嘯呻吟迴盪
以至退回霧社，再被大砲逼入此地
無論如何，我們都不愧泰耶
我們已經盡力而爲，只求死掉自己
現世的幸福希望，來生成
所有子孫的尊嚴和一點點，自由

我們註定是，一群落葉
落要落在泰耶的土地，爛要
爛在霧社的根莖裏。春天會來的
那時新生的綠芽將吸汲我們的
養份……但我們是，已經疲倦了
請讓我們，此刻休息
而他們，日以繼夜包圍這岩窟
我們看到，洞外是警察和軍隊
還有幾架飛機，蜜蜂一樣
轟隆、盤旋，整座山谷都是
砲聲和機槍，塵灰同砂石
我們已抵抗了七夜七日，忽然
一切靜寂，湧進來灰白的煙霧
不能呼吸，充斥著嗆鼻的空氣
有人含淚倒下有人血濺森林有人跳崖
自殺，這灰煙白霧，無法吸呼，的空氣

現在我們必須走了，離開至愛的
霧社，泰耶的眼睛和雙手正等著
必死的反抗，打不勝的仗
馬赫坡溪的水流從此不回頭
必須走了，死去的弟兄
寂寞的靈魂在哭號，我們
要走了，秋天的樹葉一般
向霧社的大地落，傷痕太深
我們該走了，射日的祖先[11]正伸手
一群落，葉，我們不能不，走了

——一九八〇年一月十五日時報文學獎敘事詩優等獎

[11] 射日的祖先：在賽德克族傳說裡以前天上有兩個太陽輪流升落，每天都只有白晝沒有夜晚，所有農作物因此都枯死了。賽德克族有一群年輕人因此決定射日，當一個太陽升起時，他們射箭但沒射中；當此太陽下山，他們等候另一個太陽升起立刻發箭射中太陽，太陽流出大量的血，當中有年青人遭血淹沒，被射中的太陽變成月亮。存活的青年人們回家途中，發現自己已變成老人了。

賞析

這首〈霧社〉正如歷史上的霧社事件一般氣勢磅礴，整體一氣呵成，展現出當時抗日行動始末的波瀾壯闊。全詩分為「子・傳說」、「丑・英雄莫那魯道」、「寅・花岡獨白」、「卯・末日的盟歃」、「辰・運動會前後」、「巳・悲歌，慢板」等六大段，此即為這首長詩的結構。整首詩跟隨霧社事件的發展順序，發展人物的情感與行動，並利用氛圍的營造將霧社事件當時的情景立體化。

「子・傳說」以賽德克族人的太陽傳說為起始。許多敘事史詩的起首，也都運用了遠古傳說或創世神話，以追溯民族的精神起源。以神話傳說為開端，能夠體現出一個民族的意志與特徵。在這則神話裡，展現了賽德克族潔淨的靈魂，也為後來發生的抗日行動設下一個伏筆。傳說裡的原始太陽期，一整天裡是沒有黑夜的，於是一切「如此光明」，也象徵賽德克族是光明的族群。向陽寫作這首〈霧社〉時，臺灣原住民族尚未將泰雅族與賽德克族分開，因此又以泰耶為共同祖先。泰耶自巨木而生，並以彩虹橋接渡族人前往善息之處。有泰耶的降臨，才出現了黑夜，萬物因應而生，由此描繪了賽德克族的創世神話。然而次日起又是白晝不斷的日子，原來只有泰耶降臨時才有黑夜，泰耶沒有降臨時為永晝。族裡於是有六位年輕人前往射日，一去就是四十年，最後終於將其中一個太陽射落，才有了每日的黑夜。在此，象徵著賽德克族人的無畏精神。

「丑・英雄莫那魯道」讓霧社事件的英雄莫那魯道登場。跟隨「子・傳說」裡的傳說與神話敘述，莫那魯道說明所有族人都是泰耶的子孫，而在過去古早的時期，連太陽都可以射落，現在地上有殘暴的政權，當然可以起身抵抗。這裡運用了「射日」的神話，或許很巧合，剛好呼應了賽德克族的傳說，但也有隱喻抵抗日本的「射日」意義。日本的國旗即為日本旗，太陽即是日本的象徵，射日也具有打倒日本的意涵。莫那魯道透過民族傳說與神話精神，訓誡受日本教育的花岡一郎羨慕殖民臺灣的日本，是一種酸嗆的態度。莫那魯道也告知花岡一郎、拔塞毛、披赫沙坡和蛙丹樸夏窩等族人，若不能起身反抗，那麼如何能對得起「伐日」的祖先，還有創世祖神泰耶。「丑・英雄莫那魯道」以「我們可以死掉，站著反抗，死掉」結束，表明力求反抗的堅決心境。

「寅・花岡獨白」讓受日本教育，並改名為花岡一郎的賽德克族人自我獨白，從另一種視角來看當時賽德克族人的處境。花岡一郎認為臺灣人是人，日本人也是人，明明都有一樣的頭髮、眼睛、嘴巴、鼻子、耳朵，但所有人卻生來就有貴賤之分。為何同樣都是人，偏偏會有恃強凌弱的情事發生。花岡一郎透過努力學習與工作，改名為日本姓名，也明白「只有對天皇陛下赤誠效忠才配做日本人」，想循此與日本人平起平坐。但花岡一郎仍由於自身是臺灣人，因此和日本人有很大的差異。尤有甚者，日本由於本國國內的需求，利用了臺灣的原住民進行伐木。然而這觸犯了賽德克族的禁忌，因為祖神泰耶就是從巨木誕生，賽德克族就是樹木的子孫，入山伐木就有如「砍伐自己」。「寅・花岡獨白」表現了無論如何努力，原住民也無法變成日本人，兩個族群之間仍有著差異性。而日本帝國奴役原住民進行伐木的行為，也徹底惹怒了賽德克族人。

「卯・末日的盟歃」裡寫即將進入反抗行動前，部落裡的氣氛。標題以「末日」命名，有多重可能性：讓日本統治者將成為末日的意義，賽德克族人正處於末日情境的意思，前往反抗日本將會迎來部落末日的意涵。運用月光拂照、屋舍搖曳、水聲、殞星等環境的描摹，打造末日的氣息。這時有一個嬰兒出生了，嬰孩原本應該代表一個族群的繁衍而興高彩烈，卻因為末日氣氛的包圍，這個孩子「降生了／多麼不是時候」。莫那魯道和族人們的交談，加上秋天落葉的烘托，都呈現出一種即將慷慨赴義的悲壯。賽德克族人內心清楚明白，起身抗日將可能遭受到毀滅性的報復。然而，如果不起身反抗，已經受到日本殖民壓制的部落，在過去已經受到軍火大砲蹂躪過的家園，是沒有未來的。因此在權衡之後，雖然可能會迎來末日，但為了未來的可能性，仍需起而奮戰。在「卯・末日的盟歃」裡，將賽德克族明知不可為而為的精神，展露無遺。

「辰・運動會前後」直接切入霧社事件的行動本體，開頭便陳述莫那魯道的戰略與規劃。所有年青人都聚攏到莫那魯道家中，並且在運動會前就兵分多路襲擊各處的日本人，也運用花岡一郎的身分將當地日本人對外的通訊全部隔斷。由這些行動和布局，能夠看出莫那魯道被譽為英雄，不只是氣魄和無懼的精神，更是在於他相當有謀略與精準的判斷力。然而身為領導人的莫那魯道，也不禁詢問自己「以恨反抗恨，以血／對待血」到底是不是正確的判斷。緊接著便是運動會當日，在花岡一郎的廣播下，眾多日本人都聚集在運動會會場裡向天皇下拜，六個部落的兩百多位族人「殺聲／突起」，予以殖民者憤怒的痛擊。

「巳・悲歌，慢板」進入霧社事件的尾聲，正如史書上的敘述，以莫那魯道為首的反抗行動，最終在日方強勢的回擊下失敗，「悲歌」二字正是賽德克眾多戰士最終殉道的描述。賽德克族人戰士在運動會的痛擊後，由於日方槍砲的猛烈回擊只能不斷退守。莫那魯道勉勵族人，所有人都將變成落葉回到泰耶大樹之下。死守七日七夜後，賽德克族人殉身成為落葉，射日的祖先們前來迎接。最終的畫面以「慢板」進行描述，反抗結果終究是悲歌，但卻不愧於泰耶。

〈霧社〉不以天干為各段之名，而以地支分段落，有時間正在緊湊推進的意味，也表達了以土地存亡為全詩寫作重心的核心意念。「子・傳說」的寫作結構井然，表現向陽重視結構和格式的風格。全詩重視氣氛的營造，隨事件發生先後順序進行結構編排，強調人物的心境與民族文化的精神，向陽將〈霧社〉的核心人物莫那魯道的明知不可為而為，奮勇與雄略，在在地呈現出來。詩的末了，落葉歸根，犧牲的族人會回到泰耶祖神的身邊，成為祖靈的一部分。

葉衽榤老師 撰

〈雨水台灣〉

陳義芝

題解

〈雨水台灣〉收錄於作者詩集《新婚別》，陳義芝祖籍四川，此書卷一〈新婚別〉收錄政府開放探親後，他初次返鄉探親的所見與感觸。卷二〈綠色的光〉，則寫對臺灣的人、事、物的素描與感受，臺灣是作者成長的地方，因此自有深刻之情感，如〈雨水台灣〉即為經典之作。

余光中曾說：「陳義芝詩藝的兩大支柱，是鄉土與古典」、「像〈雨水台灣〉這樣泥味土氣的詩，必須有陳義芝這樣的成長背景才寫得出來。第三段裡的句子：『犁耙牽引／一畝畝一頃頃的田土踢腿翻身／睜開童濛的睡眼了』真能道出泥土的感覺。」（〈從嫘祖到媽祖—讀陳義芝的《新婚別》〉）張默也說：「卷二〈綠色的光〉，是對臺灣本土的素描，其中以〈雨水台灣〉最為傳神。『犁耙牽引，一畝畝一頃頃的田土踢腿翻身，睜開童濛的睡眼了……萌芽的稻種如頑皮的孩子，被木鏝輕輕摟進懷裡』。好一幅恬靜和諧的鄉野圖，任人徜徉。」（〈人性閃光——評陳義芝的《新婚別》〉）凡此，皆可看出此詩鮮明的題旨與寫作特色。

作者

陳義芝（一九五三年～），生於臺灣花蓮，三歲移居彰化，父親祖籍四川，母親則是山東人。國立高雄師範大學國文研究所博士，現任教於臺灣師範大學國文系。一九八二年－一九九七年間任職《聯合報》副刊，一九九七年起擔任《聯合報》副刊主任、主編，二〇〇〇年獲選「高級資深績優記者」。曾獲時報文學推薦獎、詩歌藝術創作獎、中山文藝創作獎新詩獎、山文藝創作獎散文獎、臺灣詩人獎等。

陳義芝的寫作領域廣泛，包括詩歌、散文及評論，他的詩風溫文儒雅，充滿人間情愛和鄉土關懷，雖然從傳統出發，表現出溫柔敦厚的寫作風格，卻不侷限於此，而能在題材的開拓及意象的處理上，關注傳統與現代的結合，因而能不斷開創新局。如同他在《新婚別》〈後記・一九八九年六月隨想〉所說：「寫詩如練劍，宜習正道大法，我常想，光懂技巧（花招）何用？空談主義更無益！我願不斷與現代詩的內涵、與從前的自己交手。尋找新的聲音。」楊牧曾在《青衫》序言中說：「我讀陳義芝的詩，特別為他之能肯定古典傳統並且面對現代社會，為他出入從容，不徐不疾的筆路情感而覺得感動。」

著有詩集《落日長煙》、《青衫》、《新婚別》、《不能遺忘的遠方》、《不安的居住》、《我年輕的戀人》、《邊界》、《掩映》等，散文集有《在溫暖的土地上》、《為了下一次的重逢》、《歌聲越過山丘》等，學術專著則有《現代詩人結構》，《聲納——臺灣現代主義詩學流變》、《從半裸到全開：臺灣戰後世代女詩人的性別意識》等。此外，還主編多種詩選、散文選及小說選。

課文

水牛靜伏
清溪緩緩流過牠的足蹄腹背

如臺灣，磐石[1]安置大海中
牛毛般的雨水降下
落在灺褐黑的土地
多汗孔的肌膚

反芻去冬飽溢的穀香
雨中，牛把頭沉入水裡再歡喜抬起
平遠的視界順命安時
沿著田埂和泥畦[2]
像農夫於午間進食時蹲坐樹下
自青草嚼舌的河岸
描繪霧雨蒼蒼的春原

犁耙牽引

---

❶ 磐石：厚重的大石頭。

❷ 畦：量詞，古代計算面積的單位，五十畝為一畦。《說文解字．田部》：「畦，田五十畝曰畦。」亦指計算園圃種植分區的單位。音ㄒㄧ，ㄑㄧˊ。

一畝畝一頃頃的田土踢腿翻身
睜開童濛的睡眼了
攝氏十五度吹東北季風
祖先明示立春❸
溝水湧向田央，地氣上騰
萌芽的稻種如頑皮的孩子
被木鏝❹輕輕摟進懷裡

早熟的甘蔗懷藏甜蜜的心事
白胖的蘿蔔渴望除去厚重的泥襖
當香蕉展笑臉，鳳梨吐出青澀的愛意
天地和合美麗的正月
雨水從曆書❺下到田裡

❸立春：節氣名，為二十四節氣之首，我國以立春為春季的開始，在國曆二月三日、四日或五日。
❹鏝：本指塗抹牆壁所用的工具，此指農具。
❺曆書：記載年、月、日、時、節氣等可供查考的書，也稱為「曆本」。

從童年的夢流至筆下
濁水溪旁的龍眼開出細白的小花
高雄芒果準備好交接蜂吻
屏東蓮霧呵，早早就訂了初夏之約
而我——來自遠方
正子時[6]之交，乘亂風而起
原本就是雨水
最親的兄弟

賞析

〈雨水台灣〉以「雨水」貫串全詩，不僅帶出作者對臺灣農業景象的記憶，也描繪了他對於臺

❻子時：古代以十二地支計時，子時是指夜晚十一時到一時的時間。十二地支為子、丑、寅、卯、辰、巳、午、未、申、酉、戌、亥。

灣的濃厚情感。

全詩分五段，以「水牛靜伏」開頭，描寫水牛泡在水中、把頭沈入水裡再抬起的形象，與早期臺灣農業社會的發展相結合。水牛正是農業社會的典型形象。「水牛靜伏」，又如臺灣「安置大海中」，點出地點「臺灣」及地理位置，最後「牛毛般的雨水降下／落在牠褐黑的土地／多汗孔的肌膚」，不僅點題，也將「水牛」、「臺灣」二者綰合，呈現更深刻的連結。

第二、三段，帶出農業社會的主角——農夫，藉由寫牛「平遠的視界順命安時」，點出臺灣農民順命安時、勤勞質樸的性格。「一畝畝一頃頃的田土踢腿翻身／睜開童濛的睡眼了」則用了擬人的寫作技巧，更將稻種比喻成「頑皮的孩子／被木鏝輕輕摟進懷裡」，寫農民們將作物視如小孩般照顧，也寓含農人辛勤農事之意。「霧雨蒼蒼的春原」、「攝氏十五度吹東北季風／祖先明示立春」，點出季節與氣候特色，不僅將傳統節氣融於詩作之中，更符合早期農業社會的景況。

第四、五段，寫這塊土地的物產，第四段先寫甘蔗、蘿蔔、香蕉這是春天的農作物，第五段，濁水溪旁的龍眼、高雄的芒果、屏東的蓮霧，可以看出地點的擴展，時間也由立春延至初夏，全詩充滿流動性，因而彰顯臺灣這塊土地的生命力。

此詩以「雨水」為題，「雨水」更是內涵豐富的意象，包括了：雨水、汗水、溝水、墨水、溪水；在描繪自然景觀的同時，也融入了文化的傳承及人文的關懷。

全詩充滿巧思，細細品味，當覺餘韻無窮。

林立仁老師　撰

〈1998旅行手札〉（節選）

陳玉慧

題解

〈1998旅行手札（節選）〉此篇收錄於《陳玉慧精選集》，主要是以三篇日記的形式來發表，選文橫跨了南非開普敦（Cape Town）、澳洲庫蘭達（Kuranda）、以及雪梨（Sydney）等三個城市。在陳玉慧的書寫中，她並不以旅途中的地景、也不以當地人物，做為其主要的書寫內容。很特別的是，作者是以旅程印證她所閱讀的書籍，不斷尋思關於東西文化特質、個人生命存有、與古代文明史之消失等等深刻議題。

此外，在陳玉慧這樣的旅行與思考當中，並不是簡單的外向尋奇，她並不把旅行當成是「快樂的享受」，而幾乎類似於一種唐吉軻德式的追尋。她在旅行中體會孤獨的「生存本質」，她思考生命的邈小與偶然，她反省現代物質文明的局限、試圖追蹤層次更高的精神世界⋯⋯。然而，引人玩味的是，她的追尋歷程也終究維繫著一種與家鄉的對話，不斷反問自己是誰，反芻對於臺灣的種種記憶與評論。

作者

陳玉慧，旅歐臺灣作家、小說家、新聞記者、導演、編劇等。法國高等社會科學研究院歷史系碩士及文學系碩士，語言系博士班畢業。曾就讀法國知名表演學院（L’ecole Jacques Lecoq），參與歐美重要劇場的演出，於紐約與臺灣執導多齣舞台劇，包括自己編劇的作品。曾在紐約及巴黎擔任駐外記者及編譯，現任臺灣聯合報駐歐洲特派員，經常出入國際新聞或戰爭現場，訪問國際領袖菁英。活躍於國際文化交流領域，為國際表演藝術之策展人，擅長抒情散文，著有《徵婚啟事》（一九九二）、《海神家族》（二〇〇四）等暢銷小說，不定期為多家德語媒體如法蘭克福廣訊報（Frankfurter Allgemeine Zeitung）及南德日報（Sueddeutsche Zeitung）撰稿，曾多次獲得著名新聞及文學獎項，包括：臺灣新聞評議會傑出新聞人員獎、國家文學獎、香港浸會大學世界華人文學紅樓夢獎、世界華文長篇小說獎決審團獎等等。

《徵婚啟事》為其成名之作，以新穎的創作手法引起文壇相當大的迴響，歷經多次改編，影響力歷久不衰。影射臺灣百年歷史的長篇小說《海神家族》，更獲得多項文學大獎，奠定她的文壇地位。散文集《失火》、《你是否愛過？》、《巴伐利亞的藍光》、《我不喜歡溫柔》、《遇見大師流淚》、《慕尼黑白》、《我的抒情歐洲》等，以自我內在獨白與旅歐心事而在文壇獨樹一格。舞蹈家林懷民譽為當代最動人的散文家，文學評論家陳芳明稱其為臺灣的「世界之窗」，作品曾被譯成多國語言出版。

課文

四月六日，開普敦

這家位於開普敦海邊的小旅館有個法文名字Belle Vu Manor（好風景莊園），這名字並不一定切實，讓我想起臺灣檳榔攤琳琅滿目語不驚人死不休的攤名，總是極盡賣弄和誇張。

旅館只是一棟粉紅色小閣樓，建築有些意思，但很小，事實上離海邊還二條街，不算Belle Vu。室內裝潢正如旅館女主人，到處是粉紅色，她自己連身上的T恤都是粉紅色，開著一輛粉紅色跑車。

旅館房間掛著大部分三顆星旅館都掛的那種類似的圖畫。一雙芭蕾舞鞋，與旅人何干？我並不喜歡大部分的現代舞蹈，更別提古典芭蕾舞了。要談下去的話，我也不喜歡中國民族舞蹈，我唯一喜歡的傳統舞蹈是印度舞蹈。但我在印度看過一些舞蹈家試著跳「創新」的舞蹈，令我十分不舒服。假設下面的構想果眞成立：京戲中的林沖❶出場了，手上不是提著象徵的馬鞭道具，而是眞的牽著一匹馬走出來，這到底是不是戲劇構想上的創新呢？

晚上我一人在旅館房間讀書，讀《對象回視》（*The Object Stares Back*）❷，

❶林沖：古典小說《水滸傳》的重要主角，小說情節曾被改編為相關戲曲。

❷《對象回視》：美國重要藝術評論家詹姆斯・艾金斯（James Elkins, 1955-）的著作"*The Object Stares Back: On the Nature of Seeing*"，「回視」在中文裡的意義複雜，學者林志明詮釋「Stare Back」是指被回視的對象也同時的看著回視者。放在藝術層面來談，意謂欣賞藝術者透過觀看對象卻反而洞察了自身。

上個星期我在非洲旅行時讀的也是這本書。

現在，旅館房間屋頂正在瞪著我，壁上的吊燈正在瞪著我。一張名片從書中滑了出來，我回想不出名片上的名字是誰？我必須努力地回想，逐漸我想起來了。

當時我因前去訪問布吉納法索總統龔佈雷，住在首都瓦加都古一家叫Silmande旅館，坐在游泳池畔讀這本書時，一個德國人走向我，他問我可不可以跟我說一句話，我摘下太陽眼鏡點點頭，他說：妳從德國來的嗎？妳剛才在前面櫃檯打長途電話時講德文。

你在酷熱的非洲突然想找人講德文嗎？我問他，他笑了，他在我面前拉把椅子坐下來說，他只是想找個伴說說話而已，但是這裡的人都說法文，而他不會說法語，以及，他想了一下：妳的長髮很迷人（有些男人對追求女人的說辭非常沒有想像力）。

他拿出一張他與家人合照的照片給我看，他是德國政府派來此地的外交官，目前他先來看房子，要在這裡停留兩個星期，他的眼神透露一種閃爍訊號，雖然他似乎不太清楚自己要做什麼，但我可很清楚。

他說，他是一個沒有家的人，因為職業，從一個城市到另一個城市，一個國家到另一個國家，他說他是一個沒有朋友的人，從一個居地到另一個居地，只有職業永遠不變，其他的一切都不斷在變化中。他的職業提供他身上的Armani西裝和Rolex表，他看起來比任何人都昂貴及不合時宜。

雖然職業不同，但我也常覺得沒有家，沒有朋友。他的說法我完全理解。我以爲英國作家布魯斯・恰特溫❸說的有道理，人是從遊牧生活起源的，也會再回到遊牧生活。但我們那時的談話內容已轉到「旅客可以在此地做什麼」之類的話題。

他問我要不要一起去逛街？我搖搖頭，在這麼酷熱的下午？他離開我時表示，他要先回旅館房間把他的勞力士表收在保險櫃內，換件衣服再出去。就在這個時候，他取出一張名片給我，並且將他的房間號碼寫上去。

---

❸布魯斯・恰特溫：英國著名旅行作家布魯斯・恰特溫（Bruce Chatwin, 1940-1989）一生的傳奇常被引為美談。當年在英國蘇富比拍賣公司擔任部門主任，有一天他辭去高薪工作，理由只是為了校正弱視，想遵照醫生的勸告多看看地平線。他到了非洲蘇丹，在遊牧部落住了下來，從此成為在沙漠上的遊牧者，不想再回到辦公室。他後來在許多作品中傳述遊牧的主題（The nomadic alternative），認為人類的生活是從遊牧開始，也會在此結束，他還說，遊牧生活是人類古老的生存記憶，當記憶甦醒時，局限於牆壁內的定居生活將不會使人滿足。

我看著他走出游泳池。他的孤獨感好像沒有一種深度，好像飲料中的冰塊，時間久了就失去形狀，也看不出內容。

我想像他將很快與別的女人搭訕，除了看房子，他有的是時間。但我也相信他有可能眞的只是想找人說說話，我曾經有找陌生人說話的衝動，因爲我膚淺地認爲，只要與人溝通便可以破解自我的孤獨。後來，我有人生經驗告訴我，那種作法相當愚昧，事實上只有使自己更感到孤獨。

好幾年前一個人在印度旅行，有一天在泰姬瑪哈陵（Taj Mahal）前，一個豔陽天之下，終於忍不住邊走邊流淚，當天除了被幾個喀什米爾人騙去幾百美金外，沒有什麼具體緣由，但我就是無法阻止那龐大的孤獨感，做爲單身旅人，還有什麼比遭受孤獨感突襲更困難對付的呢？

L說，他的一件叫「旅行」的藝術品在展覽後，台北媒體記者問他，他的「旅行」要表達什麼？L說，一種孤獨感吧，記者朋友睜大眼睛，「旅行怎麼會孤獨呢？」以及「我覺得旅行是最快樂的事情」，更有「工作一段時間後，去國外旅行簡直就是享受！」L說他無法理解那些從來沒獨處過的人，那些不知孤獨爲何味的人。

也許有人會辯解：孤獨是西方文明和個人主義的產物。東方文化中並沒有孤獨這種題目，像屈原那樣的人其實是政治上持有異議，遭君王摒棄，他所感嘆的孤獨並不是人類生存的本質問題，陳子昂的「前不見古人，後不見來者，念天地之悠悠，獨愴然而涕下。」也是懷才不遇的苦悶。

或者說，像村上春樹或大江健三郎這樣的日本作家的孤獨感其實也是一種「西化」的孤獨。東方國家社會的「現代化」、「民主化」過程與「西化」脫不了關係，中國奉馬克思爲師，印度到處建核子武器，我們包括那些「不知孤獨爲何味」的人或多或少接受了西化和現代化的影響，從來沒眞切認知「自己的文化本質」，又爲什麼不會理解孤獨呢？那就必須界定什麼是「我們自己的文化」，或者什麼是「東方文化中的孤獨感」。但那是更長的話題了。

外交官名片當時被我夾在書裡當書籤。現在我在非洲最南端的另一家旅館，我看著名片，想及這個人，回味著孤獨這件事。

四月十六日，克思到庫蘭達的路上

我坐在庫蘭達（Kuranda）熱帶雨林的森林旅館前，一棟木屋前的陽台，現在已是下午六時十五分，天逐漸暗下來了，耳邊各種聲音匯集在一起，有牛蛙、鳥聲、狗吠聲、各種蟋蟀聲、袋鼠（wallaby）跳過草地的聲音、野雞走動的聲音、人走過小路的聲音（很快便消失）。

眼下目及有木瓜樹、香蕉樹、松樹、白水草、苦蘭盤、尤加利、象牙樹、烏毛蕨等植物。鼻子吸進的是濃郁的茉莉花香。以及清涼的空氣。

現在是六時三十分。

四周漸趨黑暗，只剩下些微藍天及遮蓋住藍天的烏雲，群鳥飛過。一些飛蛾撲向屋前的一盞明燈。袋鼠不見蹤影，一隻巨大如虎的蜥蜴餓昏地走過陽台下的空地。

群鳥再度飛過。

這是我的眼前，我看到的眼前。但看不到的那一部分呢？及被忽略的那一部分呢？肯定仍有許多生物在叢林中活動著，而我聽不見也看不見。就像艾金斯（J.Ellins）在他的書中所舉的例子，我們看見樹林中一隻鳥疾疾飛到另一端，我們可能以爲牠的目的只是飛到那端去，其實牠可能故意反方向飛，爲了不讓其他動物發現在另一端鳥巢中有一群嗷嗷待哺的鳥兒。

我看到一隻蝙蝠低空飛去，但我並未看到棲息遠處的牠的同伴。我看到了什麼？

現在是七點正，天已全暗，我站在屋前的燈下飛快地記錄著，一隻螢火蟲閃閃在左前方發光，似乎在向我示意什麼？爲什麼蛙鳴鳥叫呢？牠們在溝通什麼呢？還是在示愛？我第一次感覺到自己正睜開眼睛打開耳朵地活著，我飢餓地看著大自然，不再害怕、心虛。

八時三十分，M從鎮上回來，帶了二瓶Chiraz紅酒，那是他找遍鎮上買到最好的年份。我們坐在陽臺上喝著那美味的酒，望著天空的星星。極有可能我們所瞭望的其中幾顆星，雖然如此皎亮，但早已不存在了，因爲距離如此遙遠，它的光透過幾萬億光年傳到地球，但它可能早已隕落，不存在了，它已經不在我們看到的所在。

我問M，那些星球上會不會有其他生物呢？他沒出聲，我也沒出聲。無論其他生物存不存在，在極短的片刻中，我認爲身爲人類是一種榮幸。更多的時候，我覺得身爲人類是一種不幸，生活便是苦難，我們幾乎無法僥倖解脱。也因此我認爲佛教的輪迴觀甚具想像力。

一位前蘇聯太空人曾説，當他第一次搭乘火箭前往外太空時，他在太空艙中望著愈來愈小的地球，直到地球滑失，眼前只剩下藍色的大氣層帶，在那一刻中，他説，在那一刻中，他心中升起無比及巨大的愛……

四月二十二日，雪梨

一七八八年，當時「大英帝國」的威廉大帝將其愛爾蘭囚犯妓女等幾百人全裝在十一艘船隊上，將他們放逐至傑克遜港，傑克遜港也就是今天的雪梨。

澳大利亞，從小對我而言是個牛肉和牛奶的代名詞，那時我不知道澳洲的原住民已在當地住了六萬年，而二百年前開始，原住民逐漸被講英語的白人趕出他們自己的夢土。

若要說文化震撼，也有。二年前我開始讀英國作家布魯斯．恰特溫（Bruce Chatwin）一本叫《歌路》（*Songlines*）的書時，我才知道澳洲原住民所謂的「前人的足跡」（footprints of the ancestors）是怎麼回事，歐洲人稱爲「夢的軌跡」（dreaming tracks或 songlines），指的是原住民的「無字天書」，如迷宮般穿越整個澳洲的隱密道路，沒有文字也沒有圖像，靠的是一代一代的傳唱。版圖由一首首隱晦不明的歌曲連接而成。整個澳大利亞可以像樂譜般閱讀，可以用歌唱出來。

對澳洲原住民來說，歷史存在是一種理解力，存在事實並不需要文字或語言的解說，是一種形而上的理解，由於超越任何形式，思想層次更抽象，也應當更高。音樂本來就是藝術中最不受形式所拘束，所以表現力最強。我的文化震撼便在於此，古老文明的智慧證明現代文明從來在精神上並沒有進步，現代文明是物質文明，是沒落文明。

恰特溫的《歌路》一書只對澳洲原住民文化進行單向探索，也有人針對恰特溫的書提出許多反駁，認爲他先有了答案才去找問題，要瞭解澳洲原住民文化基本上並不容易，不但對他，對許多考古學者也一樣困難。

但「恰」書啓發了我對澳洲原住民文化的興趣。澳洲原住民的古老思想有許多地方與中國道家思想相通，是的，深邃高遠的道家！我再一次重新看待人類文明史，科學及工業究竟給人類帶來什麼？更多的自由自主或即將而來的毀滅？

古澳洲文明早已消失，現在在澳洲只剩下到處販賣的原住民圖畫或者翻印在馬克杯上的一些壁畫，不但如此，古中國文明、古埃及文明又在哪裡？除了一些寺廟和陵墓？那些偉大而與現代文明難以共存的人文和思想，又維持在哪裡？古老文明已成爲現代文明的「失樂園」，既是現代人遺落的寶產，也是現代人最嚮往的精神世界。

臺灣原住民面對的是更弔詭的下場。幾乎已被西方基督教同化的原住民文化已陷入深刻的認同危機，在地方政府的支援下，原住民的傳統祭典儀式一場一場地舉行，但已改爲通俗的電視綜藝節目主持方式，通常都有擴音機廣播，並且有電子配樂，主持人在喧鬧的電子音樂中會以「普通話」勸示參與活動的人「來，大家一起來」，然後，便是那努娃之類的歌聲展開，穿著牛仔褲的城市青年拉著穿著縣政府補助剛剛從製衣工廠運來的原住民服飾的原住民，圍著營火跳舞，「跳得很不錯喔，來，我們給熱烈的掌聲」。

譬如，崇拜蛇群的魯凱族認爲他們的祖先是百步蛇，但是，他們在參加黑米祭❹前卻先去教會做禮拜，但在西方基督教義中，蛇是邪惡的叛徒，亞當與夏娃聽從蛇的話，從此被上帝驅逐出樂園。魯凱族人不覺得奇怪，他們去教會做

❹黑米祭：黑米祭（Tapakadrawane），是高雄市茂林區多納村魯凱族特有的祭典，於每年十一月一日至三十日舉行。黑米祭的由來，相傳是魯凱族一名婦女為了要種黑小米，只得任孩子在田邊哭泣，無暇照顧。有一次婦人的孩子哭得非常傷心，但一會兒，哭聲卻突然消失，當婦人忙完時，才發現孩子不見了。遍尋不著後，只得傷心地請族人協助尋找，但始終沒有結果。當大家都認為孩子再也找不到之際，沒想到有一天夜裡這名婦女夢見水神告訴她說，由於不忍婦女忙著耕種，因此要替她代為照顧孩子，等長大後再送回來，但條件是婦女要將其所收成的部份黑米，用來祭祀水神。這樣祭祀的情形持續了十幾年，而孩子也果不其然地長成英俊挺拔的勇士，回到村中幫助族人做許多的事。從最早期感謝水神協助婦女照顧孩子，慢慢地演化成為感謝神靈庇祐作物、可避免蟲害及惡靈詛咒，更進一步確保作物豐收的祭典，這就是黑米祭的由來。

完禮拜，然後由牧師（他們說現在牧師都是我們原住民了）主持黑米祭開始前的講話。

令人灰心失望的是，沒有人覺得不妥，大家都很開心，「而且所有的原住民祭典和文化都保存得很好，政府很支持。」這才是令人不寒而慄的「文化震撼」。

不知是故意或者無心，計程車司機從機場到Kings Cross費時極久，我打開地圖，我察覺他繞了一大圈路，也許，他腦中所建構的地圖與我手上的地圖不太一致。

我是不是該和他談談任何一種「文化震撼」呢？

賞析

誠如文學評論家陳芳明教授所說：陳玉慧為臺灣的「世界之窗」，在陳玉慧文筆下所書寫的世界，其中不僅具有國際觀點，更帶有中外文化比較、乃至觸及自我認識的層次。所以此篇儘管是寫旅行，卻會觸及旅行者「孤獨感」的存在問題。這類書寫，錢穆先生過去在寫中西文化比較的相關著作中也曾經論及，思考現代性與傳統的鄉愁；但是放在女性書寫以及旅行文類的散文來看，便格外顯出陳玉慧書寫格局之開闊、與其議論之閎深。

陳玉慧曾經提到自己寫作的心得：「在多年的國外放逐生活後，我的家國意識甦醒過來。在某一程度上，我為何寫作？我是為了修復那斷層和失家而寫。我為臺灣人而寫，也為歐洲人而寫，我也以德文在德文媒體發表散文。而多年來，我從年輕時期開始寫日記的習慣從未間斷，但我改變寫日記的記錄方式，我找到一種我稱之為『第三者』的角度和立場，我試著模擬那樣的眼光，我打量這世界，與我相關的一切。」（《慕尼黑白・我為何寫作？》）

因此我們在閱讀她的這三篇日記時，在某些片段，會有類似小說的寫法，看她如何把自己客體化，從一張陌生的名片，寫自己在開普敦遇到了一位孤獨的德國外交官，從這裡轉而把「情節」抽象化為普遍性的生存思考：藝術家L的說法、傳統文化中的屈原與陳子昂，以及日本作家村上春樹或大江健三郎。從而，在陳玉慧的思考中，旅行者的孤獨也許並不只是個別生命的問題，而可能是現代化的病癥，或者是東方文化中本來有就寓有一份深刻的孤獨體認。

四月十六日在庫蘭達熱帶雨林的日記，則從雨林裡的豐富生命——那些飽滿的聲音與氣味寫起，進一步思考自己「看不到的那一部份」，回歸到一種原始的生命狀態：「我第一次感覺到自己正睜開眼睛打開耳朵地活著」，從而跳脫出來看待自己的生命：「在極短的片刻中，我認為身為人類是一種榮幸」。微妙地寫出人在宇宙中的渺小與真實。

四月二十二日在雪梨的日記，也是從澳洲的歷史說起，進一步追蹤在白人之前、業已遭驅趕消失的澳洲原住民，繼之討論英國作家布魯斯・恰特溫對於澳洲原住民的相關研究，所謂「歷史存在」的形而上理解，以思考澳洲原住民「隱晦的歌曲」與中國道家思想相通之處，反省此刻（以白人文化為主的）現代物質文明之盲點。令讀者必須佩服的是，陳玉慧這些思考不僅是歷史的常識，更觸及哲理的深度。她的旅遊所見所思，乃試圖從物質現象之「有」，追溯我們業已失落之精神文明。

雪梨此篇，陳玉慧在篇末亦論及臺灣原住民傳統，經現代化「洗禮」之後的精神混雜現象。作者不滿傳統儀式之通俗化，反而遺失了部落文化原有的深度，對於行政部門的不以為意提出針砭。

蒲彥光老師 撰

單元三　社會文學

導論

《文心雕龍．時序》提到「文變染乎世情，興廢系乎時序」，文學發展經歷了許多變化，往往時代和整體人的生活，可視之其表現的內容核心；儘管歷史悠遠，歷代各有其文體和風格的變化，然而，倘若能深入掌握文學與社會的關係，那麼，我們一定能夠從文學題材和文學現象之中，發掘不同的歷史條件和社會環境下的文學風貌。隨著文學歷程和經驗的累積，我們也進一步發現，文學在社會環境中的特性和作用，經常反映在寫實的素材和議題，而嚴謹有自覺的創作者，即使瞭解到文學作品，未必能夠完全為人類的社會困境指出一條道路，或者說，文學是否提供全面性的答案，但我們總能透過文學家所懷抱深沉的人道精神和社會關懷，同時，驗證作品在其中所擔負的人類經驗和不可忽視的意義，文學家如同哲學家深具洞察力，也提供比社會學家更為具體的理性和感性。

在這樣的觀念和基礎，我們閱讀臺灣文學從日據時期到當代文學的寫實軌跡，藉由楊逵的批判精神，到現當代作家詹澈、胡淑雯和房慧真的社會關照，我們讀見文學與社會有著相互的依存和影響，在在表現整體社會的變遷和時代趨勢，同時它也為我們揭示了作家群的世界觀。楊逵透過〈送報伕〉揭露日據時期臺人在階級和國族身份的雙重壓迫，而其深受左翼思想影響的人道關懷，洋溢在字裡行間。當我們進入當代社會議題的關照，也讀見詹澈的〈鹽與雪〉，透過重審臺灣核電發展的種種公共議題的發難，反覆思辨核電議題的功與過。而胡淑雯在〈界線〉一篇中，更是透過小說角色的身份認同，重塑性別與階級無所不在的「界線」，並以之思考詞與義的矛盾，和社會道德的諸多弔詭。房慧真的〈達賴喇嘛．二〇一六〉則透過報導作品，以深度採訪和人文思維為觀察，讀者容或再次親近和認識達賴喇嘛的生平，同時也發現「西藏問題」，關乎宗教、文化、民族和政治諸多場域的衝擊。

一切文學／藝術的表現，當以人的參與為基礎，當文學家思考以何種藝術來表現形式，才足以傳達社群的情感和生活圖像，那麼，社會與文學的關連，是不會離開大眾生活的，文學家如何在現實經驗中開展和推進，從而發掘題材，現實的厚度往往雜糅於在日常生活的質地，它們是諸多生活面相的凹凸面，屬於人性的、慾望的，各種碰觸和傾軋的痕跡，如是的形式與內容的擷取，經常和民間和常俗文化發生關連，兩者之間的密切影響和相互作用，同時也在主題與文學表現上，體現了文學的內在意義和社會脈絡。

李桂芳老師 撰

〈送報伕〉

楊逵

題解

臺灣文學之有反抗風格向來承襲自日據時期以來的殖民地解放論，以及弱小民族自決論的思想啟蒙。楊逵深具歷史和階級意識的眼光，是三十年代深受日本左翼思潮影響的文學代表人物之一，其小說無一不為弱者復權，及提倡良知醒覺的重要性；被壓迫者如何可能為自己塑造命運，並起而決定自身的文化和社會責任是其信念。〈送報伕〉（日文原名〈新聞配達夫〉）於一九三四年入選東京《文學評論》，是臺籍作家首次進軍日本中央文壇，並確立小說家地位的作品，小說描述台籍青年前往日本從事移工的經驗，目睹了資本社會的邪惡，以及遭受強烈壓迫後起而對既有權力和道德的反抗；小說同時也凸顯日據時期勞資糾紛和失業問題，普遍反映了台人對殖民統治和經濟剝削的抵抗。日據時期，臺灣面對殖民統治法理的殘酷，不論是強徵農地或製糖會社的勞動剝削，又或是執法警察的兇惡，在在凸顯臺灣在日據時期的殖民地傷痕史，而楊逵作為日據時期重要的前輩作家，其對殖民統治與經濟資本的抨擊，還有反映統治者如何操縱臺灣社會的現實，和種種惡法束縛人心的社會矛盾，與經濟資本的扭曲面貌，都是其寫實關懷的指向。楊逵身為國際共產主義信仰的一員，作品大多體現一種樸素的正義感，冀望透過小說書寫表達大眾的覺醒，並且創造新的、正確的社會，正是其作品的思想的先進性和真摯態度。

作者

楊逵（一九〇五年至一九八五年）臺南新化人，本名楊貴，另有筆名楊健人，是臺灣日據時代重要的左翼作家和社會運動家。一九一五年進入新化公學校（現新化國小）就讀，一九二一年畢業，一九二二年考入臺南州立第二中學（現臺南一中）。一九二五年，二十歲赴日本進入東京日本大學文學藝能科夜間部，受三十年代日本左翼風潮的影響，留日期間曾參與勞工運動、政治運動，並參與文化研究會。一九二七年，由於臺灣農民運動愈演愈烈，日方壓制臺人的運動更形嚴峻，楊逵曾因異議發言遭日警逮捕，直至日本戰敗，楊逵前後為日警逮捕十次，楊逵對社會正義的思考和獻身文化理想的改革角色，一直帶有豐富的批判色彩。不論戰前或戰後，臺灣現代史所歷經的國家官僚、資本經濟體和殖民地的壓迫史，人民經常在受迫情境中企圖掙脫，楊逵終生執著改革的角色，也無懼統治階級的壓迫。一九四九年以後，國民政府來臺，楊逵曾因起草〈和平宣言〉並刊登於《上海大公報》在國共內戰的氣氛底下，遭到國民政府以叛亂為由，監禁綠島十二年。一九六一年，刑滿出獄，楊逵和妻子葉陶在臺中東海大學經營「東海花園」，前輩作家堅毅的身影依舊，為臺灣過去歷史所遭遇的不平待遇，作為見證者。重要作品：如《送報伕》、《鵝媽媽出嫁》、《壓不扁的玫瑰花》等，除了小說之外，亦有歌謠戲劇等創作，早期日據時期的作品出土不易，由於戒嚴體制和白色恐怖的噤聲，使得日據時期的作品要直到七十年代才有機會面世，而八十年代重要的編選集，有張恆豪編著的《楊逵集》，進入新世紀，史上最為完整保存楊逵生平手稿和相關著作的全集彙編面世，歷時五年之久的彙編巨作，主要由中研院彭小妍編著的《楊逵全集》，包括日文作品翻譯的校注，未定稿的重刊，歌謠集的整編，均可透過完整的全集內容，領略前輩作家的精神風貌。

課文

「呵！這可好了！……」

我想。我感到了像背著很重很重的東西，快要被壓扁了的時候，終於卸了下來似的那種輕快。

因爲，我來到東京以後，一混就快一個月了，在這將近一個月的中間，我每天由絕早到深夜，到東京市底一個一個職業介紹所去，還把市內和郊外劃成幾個區域，走遍各處找尋職業，但直到現在還沒有找到一個讓我做工的地方。而且，帶來的二十圓只剩有六圓二十錢了，留給帶著三個弟妹的母親的十圓，已經過了一個月，也是快要用完了的時候。

在這樣惴惴不安[1]的時候，而且是從報紙上看到了全國失業者三百萬的消息而吃驚的時候，偶然在××派報所底玻璃窗上看到「募集送報伕」的紙條子，我高興得差不多要跳起來了。

「這可找著了立志底機會了。」

[1] 惴惴不安：惴，音讀「墜」。因心中疑懼而感到不安。

躬。

我胸口突突地跳，跑到××派報所底門口，推開門，恭恭敬敬地打了個鞠躬。

「請問……」

是下午三點鐘。好像晚報剛剛到，滿房子裏都是「咻！咻！」的聲音，在忙亂地疊著報紙。

在短的勞動服中間，只有一個像是老闆的男子，頭髮整齊地分開，穿著上等的西裝，坐在椅子上對著桌子。他把菸捲從嘴上拿到手裏，大模大樣地和煙一起吐出了一句：

「什麼事？……」

「呃……送報伕……」

我說著就指一指玻璃窗上的紙條子。

「你……想試一試麼？……」

老闆底聲音是嚴厲的。我像要被壓住似地，發不出聲音來。

「是……的是。想請您收留我……」

「那麼……讀一讀這個規定，同意就馬上來。」

他指著貼在裏面壁上的用大紙寫的分條的規定。

第一條第二條第三條地讀下去的時候，我陡然瞠目❷地驚住了。第三條寫著要保證金十圓。我再讀不下去了，眼睛發暈……。

過了一會回轉頭來的老闆，看到我那種啞然❸的樣子，問

「怎麼？……同意麼？……」

「是……是的。同意是都同意，只是保證金還差四圓不夠……」

聽了我底話，老闆從頭到腳地仔細地望了我一會。

「看到你這付樣子，覺得可憐，不好說不行。那麼，你得要比別人加倍地認眞做事！懂麼？」

「是！懂了！眞是感謝得很。」

我重新把頭低到他底腳尖那裏，說了謝意。於是把另外鄭重地裝在襯衫口袋裏面，用別針別著的一張五圓票子和錢包裏面的一圓二十錢拿出來，恭恭敬敬地送到老闆底面前，再說一遍：

「眞是感謝得很。」

❷瞠目：瞠，音讀「稱」。瞪大眼睛，表示憤怒、驚訝的樣子。

❸啞然：內心感到驚恐，一時無法言語的樣子。《聊齋志異．卷九．楊大洪》：「道士接金，擲諸江流。公以所來不易，啞然驚惜。」

老闆隨便地把錢塞進抽屜裏面說：

「進來等著。叫做田中的照應你，要好好地聽話！」

「是，是。」我低著頭坐下了。從心底裏歡喜著，一面想：

——不曉得叫做田中的是怎樣一個人？……要是那個穿學生裝的人才好呢！……

* * *

電燈開了，外面是漆黑的。

老闆把抽屜都上好了鎖，走了。店子裏面空空洞洞的，一個人也沒有。似乎老闆另外有房子。

不久，穿勞動服的回來了一個，回來了兩個，暫時冷清清的房子裏面又騷擾起來了。我要找那個叫做田中的，馬上找住一個人打聽了。

「田中君！」那個男子並不回答我，卻向著樓上替我喊了田中。

「什麼？……哪個喊？」

一面回答，從樓上衝下了一個男子，看來似乎不怎樣壞。也穿著學生裝。

「啊……是田中先生麼？……我是剛剛進店的，主人吩咐我要承您照應……拜託拜託。」

我恭敬地鞠一個躬，衷心地說了我底來意，那男子臉紅了，轉向一邊說：

「呵呵，彼此一樣。」

大概是沒有受過這樣恭敬的鞠躬，有點承不住罷。

「那麼……上樓去。」說著就登登地上去了。

我也跟著他上了樓。說是樓，但並不是普通的樓，站起來就要碰著屋頂。到現在爲止，我住在本所（東京區名，工人區域）底××木賃宿（大多爲失業工人和流浪者的下等宿舍）裏面。有一天晚上，什麼地方底大學生來參觀，穿過了我們住的地方，一面走過一面都說，「好壞的地方！這樣窄的地方睡著這麼多的人！」

然而這個××派報所底樓上，比那還要壞十倍。

蓆子底面皮都脫光了，只有草。要睡在草上面，而且是髒得漆黑的。

也有兩三個人擠在一堆講著話，但大半都鑽在被頭裏面睡著了。看一看，是三個人蓋一牀，被從那邊牆根起，一順地擠著。

我茫然地望著房子裏面的時候，忽然聽到了哭聲，吃驚了。

一看，有一個十四五歲的少年男子在我背後的角落裏哭著，嗚嗚地響著鼻子。他旁邊的一個男子似乎在低聲地用什麼話安慰他，然而聽不見。我是剛剛來的，沒有管這樣的事的勇氣，但不安總是不安的。

——我有了職業正在高興，那個少年爲什麼這時候在嗚嗚地哭呢？……結果我自己確定了，那個少年是因爲年紀小，想家想得哭了的罷。這樣我自己就安了心了。

*　　*　　*

昏昏之間，八點鐘一敲，電鈴就「令！令！令！」地響了。我又吃了一驚。「要睡了，喂。早上要早呢……兩點到三點之間報就到的，那時候大家都得起來……」

田中這樣告訴了我。

一看，先前從那邊牆根排起的人頭，一列一列地多了起來，房子已經擠得滿滿的。田中拿出了被頭，我和他還有一個叫做佐藤的男子一起睡了。擠得緊緊的，動都不能動。

和把瓷器裝在箱子裏面一樣，一點空隙也沒有。不，說是像沙丁魚罐頭還要恰當些。

在鄉間，我是在寬地方睡慣了的。鄉間底家雖然壞，但我底癖氣總是要掃得乾乾淨淨的。因爲我怕跳虱。

可是，這個派報所卻是跳虱窠，從腳上、腰上、大腿上、肚子上、胸口上一齊攻擊來了，癢得忍耐不住。本所底木賃宿也同樣是跳虱窠，但那裏不像這樣擠得緊緊的，我還能夠常常起來捉一捉。

至於這個屋頂裏面，是這樣一動都不能動的沙丁魚罐頭，我除了咬緊牙根忍耐以外，沒有別的法子。

但一想到好容易才找到了職業，這一點點……就滿不在乎了。

「比別人加倍地勞動，加倍地用功罷。」想著我就興奮起來了。因爲這興奮和跳虱底襲擊，九點敲了，十點敲了，都不能夠睡著。

到再沒有什麼可想的時候，我就數人底腦袋。連我在內二十九個。第二天白天數一數看，這間房子一共鋪十二張蓆子。平均每張蓆子要睡兩個半人。

這樣混呀混的，小便漲起來了。碰巧我是夾在田中和佐藤之間睡著的，要起來實在難極了。

想，大家都睡得爛熟的，不好掀起被頭把人家弄醒了。想輕輕地從頭那一面抽出來，但離開頭一寸遠的地方就排著對面那一排的頭。

我斜起身子，用手撐住，很謹慎地（大概花了五分鐘罷）想把身子抽出來，但依然碰到了佐藤君一下，他翻了一個身，幸而沒有把他弄醒……

這樣地，起來算是起來了，但要走到樓梯口去又是一件苦事。頭那方面，頭與頭之間相隔不過一寸，沒有插足的地方。腳比身體佔面積小，算是有一些空隙。可是，腳都在被頭裏面，哪是腳哪是空隙，卻不容易弄清楚。我仔仔細細地找，找到可以插足的地方，就走一步，好容易才這樣地走到了樓梯口。中間還踩著了一個人底腳，吃驚地跳了起來。

小便回來的時候，我又經驗了一個大的困難。要走到自己的鋪位，那困難和出來的時候固然沒有兩樣，但走到自己底鋪位一看，被我剛才起來的時候碰了一下翻了一個身的佐藤君，把我底地方完全佔去了。

今天才碰在一起，不知道他底性子，不好叫醒他；只好暫時坐在那裏，一點辦法也沒有。過一會，在不弄醒他的程度之內我略略地推開他底身子，花了半點鐘好容易才擠開了一個可以放下腰的空處。我趕快在他們放頭的地方斜躺下來。把兩隻腳塞進被頭裏面，在冷的十二月夜裏累出了汗才弄回了睡覺的地方。

敲十二點鐘的時候我還睜著眼睛睡不著。

* * *

被人狠狠地搖著肩頭，張開眼睛一看，房子裏面騷亂得好像戰場一樣。

昨晚八點鐘報告睡覺的電鈴又在喧鬧地響著。響聲一止，下面的鐘就敲了兩下。我似乎沒有睡到兩個鐘頭。腦袋昏昏的，沉重。

大家都收拾好被頭登登地跑下樓去了。擦著重的眼皮，我也跟著下去了。樓下有的人已經在開始疊報紙，有的人用溼手巾擦著臉，有的人用手指洗牙齒。沒有洗臉盆，也沒有牙粉。不用說，不會有這樣文明的東西。我並且連手巾都沒有。我用水管子的冷水沖一沖臉，再用袖子擦乾了。接著急忙地跑到疊著報紙的田中君底旁邊，從他分得了一些報紙，開始學習怎樣疊了。起初的十份有些不順手，那以後就不比別人遲好多，能夠合著大家的調子疊了。

「咻！咻！咻！咻！」自己的心情也和著這個調子，非常地明朗，睡眠不夠的重的腦袋也輕快起來了。

早疊完了的人，一個走了，兩個走了出去分送去了。我和田中是第三。

外面，因爲兩三天以來積到齊膝蓋那麼深的雪還沒有完全消完，所以雖然是早上三點以前，但並不怎樣暗。

冷風颯颯❹地刺著臉。雖然穿了一件夾衣，三件單衣，一件衛生衣（這是我

---

❹颯颯：颯，音讀「薩」。形容風聲。《楚辭．屈原．九歌．山鬼》：「風颯颯兮木蕭蕭，思公子兮徒離憂。」

全部的衣服）出來，但我卻冷得牙齒閣閣地作響。尤其苦的是，雪正在融化，雪下面都是冰水，因爲一個月以來不停地繼續走路，我底足袋❺（相當於襪子，但勞動者多穿上有橡皮底的足袋，就可以走路或工作了）底子差不多滿是窟窿❻，這比赤腳走在冰上還要苦。還沒有走幾步我底腳就凍僵了。

然而，想到一個月中間爲了找職業，走了多少冤枉路，想到帶著三個弟妹走途無路的母親，想到全國的失業者有三百萬人……這就滿不在乎了。我自己鞭策我自己，打起精神來走，腳特別用力地踏。

田中在我底前面，也特別用力地踏，用一種奇怪的步伐走著。每次從雨板塞進報紙的時候，就告訴了我那家底名字。

這樣地，我們從這一條路轉到那一條路，穿過小路和橫巷，把二百五十份左右的報紙完全分送了的時候，天空已經明亮了。

我們急急地往回家的路上走。肚子空空地隱隱作痛。昨晚上，六圓二十錢完全被老闆拿去作了保證金，晚飯都沒有吃：昨天底早上，中午——不……這

❺足袋：指襪子，這裡指的是勞工常穿的一種工作用的橡皮底的足袋，類似襪子的造型。

❻窟窿：指孔洞。

幾天以來，望著漸漸少下去的錢，覺得惴惴不安，終於沒有吃過一次飽肚子。

現在一回去都有香的豆汁湯（日本人早飯時喝的一種湯）和飯在等著，馬上可以吃一個飽——想著，就好像那已經擺在眼前一樣，不禁流起口涎來了。

「這次一定能夠安心地吃個飽。——這樣一想，腳上底冷，身上底顫抖，肚子底痛，似乎都忘記了一樣，爽快極了。」

可是，田中並不把我帶回店子去，卻走進稍稍前面一點的橫巷子，站在那個角角上的飯店前面。

昏昏地，我一切都莫名其妙了。我是自己確定了店子方面會供給伙食的。但現在田中君卻把我帶到了飯店前面。而且，我一文都沒有。……

「田中君……」我喊住了正要拿手開門的田中君，說，「田中君……我沒有錢……，昨天所有的六圓二十錢，都交給主人作保證金了。……」

田中停住了手，呆呆地望了我一會兒，於是像下了決心一樣。

「那麼……進去罷。我墊給你……」拿手把門推開，催我進去。

我底勇氣不曉得消失到什麼地方去了。……

好容易以爲能夠安心地吃飽肚子，卻又是這樣的結果。我悲哀了。

「但是，這樣地勞動著，請他墊了一定能夠還他的。」這樣一想才勉強打起了精神。吃了一個半飽。

「喂……夠麼？……不要緊的，吃飽呵……」

田中是比我想像的還要溫和的懂事的男子，看見我這樣大的身體，還沒有吃他底一半多就放下了筷子，這樣地鼓勵我。

但我覺得對不起他，再也吃不下去了，雖然肚子還是餓的。

「已經夠了。謝謝你。」說著我把眼睛望著旁邊。

因爲，望著他就覺得抱歉，害羞得很。

似乎同事們都到這裏來吃飯。現在有幾個人在吃，也有吃完了走出去的，也有接著進來的。——許多的面孔似乎見過。

田中君付了賬以後，我跟他走出來了。他吃了十二錢，我吃了八錢。

出來以後，我想再謝謝他，走近他底身邊，但他底那種態度（一點都不傲慢，但不喜歡被別人道謝，所以顯得很不安）我就不作聲了。他也不作聲地走著。

回到店子裏走上樓一看，早的人已經回來了七八個。有的到學校去，有的在看書，有的在談話，還有兩三個人攤出被頭來鑽進去睡了。

看到別人上學校去，我恨不得很快地也能夠那樣。但一想到發工錢爲止的飯錢，我就悶氣起來了。不能總是請田中君代墊的。聽説田中君也在上學，一定沒有多餘的錢，能爲我墊出多少是疑問。

我這樣地煩悶地想著，靠在壁上坐著，從窗子望著大路，預備好了到學校去的田中君，把一隻五十錢的角子夾在兩個指頭中間，對我説：

「這借給你，拿著吃午飯罷，明後日再想子。」

我不能推辭，但也沒有馬上拿出手來的勇氣。我凝視著那角子説：

「不……要緊？」

「不要緊。拿著罷。」他把那銀角子擺在我膝頭上，登登地跑下樓去了。

我趕快把那拿起來，捏得緊緊地，又把眼睛朝向了窗外。

對於田中底親切，我幾乎感激得流出淚來了。

「生活有了辦法，得好好地謝一謝他。」

我這樣地想了。忽然又聽到了「嗚嗚！」的哭聲，吃驚地回過了頭來，還是昨晚上哭的那個十四五歲的少年。

他戀戀不捨似地打著包袱，依然「嗚嗚！」地縮著鼻子，走下樓梯去了。

「大概是想家罷。」我和昨晚上一樣地這樣決定了，再把臉朝向了窗外。

過不一會，我看見了向大路底那一頭走去，漸漸地小了，時時回轉頭來的他底後影。

不知怎地，我悲哀起來了。

那天送晚報的時候，我又跟著田中君走。從第二天早上起，我抱著報紙分送，田中跟在我後面，錯了的時候就提醒我。

這一天非常冷。路上的水都凍了，滑得很，穿著沒有底的足袋的我，更加吃不消。手不能和昨天一樣總是放在懷裏面，凍僵了。從雨板送進報紙去都很困難。

雖然如此，我半點鐘都沒有遲地把報送完了。

「你底腦筋眞好！僅僅跟著走兩趟，二百五十個地方差不多沒有錯？……」

在回家的路上，田中君這樣地誇獎了我，我自己也覺得做得很得手。被提醒的只有兩三次在交叉路口上稍稍弄不清的時候。

那一天恰好是星期日，田中沒有課。吃了早飯，他約我去推銷定户，我們一起出去了。我們兩個成了好朋友，一面走一面說著種種的事情。我高興得到了田中君這樣的朋友。

我向他打聽了種種學校底情形以後，說：

「我也趕快進個什麼學校。……」

他說：

「好的！我們兩個互相幫助，拼命地幹下去罷。」

這樣地，每天田中君甚至節省他底飯錢，借給我開飯賬，買足袋。

* * *

「送報的地方完全記好了麼？」

第三天的早報送來了的時候，老闆這樣地問我。

「呃，完全記好了。」

這樣地回答的我，心裏非常爽快，起了一種似乎有點自傲的飄飄然心情。

「那麼，從今天起，你去推銷定户罷。報可以暫時由田中送。但有什麼事故的時候，你還得去送的，不要忘記了！」老闆這樣地發了命令。不能和田中一起走，並不是不有些覺得寂寞，但曉得不會能夠隨自己底意思，就用了什麼都幹的決心，爽爽快快地答應了「是！」田中君早上晚上還能夠在一起的。就是送報罷，也不能夠總是兩個人一起走，所以無論叫我做什麼都好。有飯吃，能夠多少寄一點錢給媽媽，就行了。而且我想，推銷定户，晚上是空的，並不是不能夠上學（日本有為白天做事的人辦的夜學）。

於是從那一天起，我不去送報，專門出街去推銷定戶了。早上八點鐘出門，中午在路上的飯店吃飯，晚上六點左右才回店，僅僅只推銷了六份。第二天八份，第三天十份，那以後總是十份到七份之間。

每次推銷回來的時候，老闆總是怒目地望著我，說成績壞。進店的第十天，他比往日更猛烈地對我說：

「成績總是壞！要推銷十五份，不能推銷十五份不行的！十五份！想一想，比現在要多一倍。就是現在，我是沒有休息地拼命地幹。到底從什麼地方能夠多推銷一倍呢？

我著急起來了。

第二天，天還沒有亮，我就出了門，但推銷和送報不同，非會到人不可，起得這樣早卻沒有用處。和強賣一樣地，到夜深爲止，順手推進一家一家的門，哀求，但依然沒有什麼好效果。而且，這樣冷的晚上，到九點左右，大概都把門上了閂，一點辦法都沒有。

這一天好容易推銷了十一份。離十五份還差四份。雖然想再多推銷一些，但無論如何做不到。

累得不堪地回到店子的時候，十點只差十分了。八點鐘睡覺的同事們，已經睡了一覺，老闆也睡了。第二天早上向老闆報告了以後，他兇兇地說：

「十一份？……不夠不夠……還要大大地努力。這不行！」

事實上，我以爲這一次一定會被誇獎的，然而卻是這付兇兇的樣子，我膽怯起來了。雖然如此，我沒有說一個「不」字。到底有什麼地方比奴隸好些呢？

「是……是……」我除了屈服沒有別的法子。不用說，我又出去推銷去了。這一天慘得很。我傷心得要哭了。依然是晚上十點左右才回來，但僅僅只推銷了六份。十一份都連說「不行不行，」六份怎樣報告呢？……（後來聽到講，在這種場合同事們常常揑造出烏有讀者來暫時渡過難關。可是，揑造的烏有讀者底報錢，非自己剮荷包不可。甚至有的人把收入底一半替這種烏有讀者付了報錢。當然，老闆是沒有理由反對這種烏有讀者的。）

第二天，我惶惶恐恐地走到主人底前面，他一聽說六份就馬上臉色一變，勃然大怒了。臉漲得通紅，用右手拍著桌子。

「六份？……你到底到什麼地方玩了來的？不是連保證金都不夠很同情地把你收留下來的麼？忘記了那時候你答應比別人加倍地出力麼？走你底！你這種東西是沒有用的！馬上滾出去！」他以保證金不足爲口實，咆哮起來了。

和從前一樣，想到帶著三個弟妹的母親，想到三百萬的失業者，想到走了一個月的冤枉路都沒有找到職業的情形，咬著牙根地忍住了。

「可是……從這條街到那條街，一家都沒有漏地問了五百家，不要的地方不要，定了的地方定了，在指定的區域内，差不多和捉虱一樣地找遍了。……」

我想這樣回答，這樣回答也是當然的，但我卻沒有這樣說的勇氣。而且，事實上這樣回答了就要馬上失業。所以我只好說：

「從明天起要更加出力，這次請原諒……」除了這樣哀求沒有別的法子。但是，老實說，這以上，我不曉得應該怎樣出力。第二天底成績馬上證明了。

那以後，每天推銷的數目是，三份或四份，頂多不能超過六份。這並不是我故意偷懶，實在是因爲在指定的區域内，似乎可以定的都定了，每天找到的三四個人大抵是新搬家的。

「因爲同情你，把你底工錢算好了，馬上拿著到別的地方去罷。本店辦事嚴格，規定是，無論什麼時候，不到一個月的不給工錢。這是特別的，對無論什麼人不要講，拿去罷，到你高興的地方去。可憐固然可憐，但像你這樣沒有用的男子，沒有辦法！」

是第二十天，老闆把我叫到他面前去，這樣教訓了以後，就把下面算好了的賬和四圓二十五錢推給我，馬上和忘記了我底存在一樣，對著桌子做起事來了。

我失神地看了一看賬：

每推銷報紙一份五錢

推銷報紙總數八十五份

合計四圓二十五錢

我吃驚了，現在被趕出去，怎麼辦，……尤其是，看到四圓二十五錢的時候，我暫時啞然地不能開口。接連二十天，從早上六點鐘轉到晚上九點左右，僅僅只有四圓二十五錢！

「既是錢都拿出來了，無論怎樣說都是白費。沒法。但是，只有四圓二十五錢，錯了罷。」這樣想就問他：

「錢數沒有錯麼？……」

老闆突然現出兇猛的面孔，逼到我鼻子跟前：

「錯了？什麼地方錯了？」

「一連二十天……」

「二十天怎樣？一年，十年，都是一樣的！不勞動的東西，會從哪裏掉下錢來！」

「我沒有休息一下。……」

「什麼？沒有休息？反對罷？應該說沒有勞動！」

「……」我不曉得應該怎樣說了。灰了心，想：

「加上保證金六圓二十錢，就有十四圓四十五錢，把這二十天從田中君借的八圓還了以後，還有二圓二十五錢。吵也沒有用處。不要說什麼了，把保證金拿了走罷。」

「沒有法子！請把保證金還給我。」我這樣一說，老闆好像把我看成了一個大糊塗蛋，嘲笑地說：

「保證金？記不記得，你讀了規定以後，說一切都同意，只是保證金不夠？忘記了麼？還是把規定忘記了？如果忘記了，再把規定讀一遍看！」

我又吃驚了：那時候只是耽心保證金不夠，後面沒有讀下去，不曉得到底是怎樣寫的……我胸口「東！東！」地跳著，讀起規定來。跳過前面三條，把

第四條讀了：

那裏明明白白地寫著：

第四條、只有繼續服務四個月以上者才交還保證金。

我覺得心臟破裂了，血液和怒濤一樣地漲滿了全身。

睨視著我的老闆底臉依然帶著滑稽的微笑。

「怎麼樣？還想交回保證金麼？乖乖地走！還在這裏纏，一錢都不給！剛才看過了大概曉得，第七條還寫著服務未滿一月者不給工錢呢！」

我因爲被第四條嚇住了，沒有讀下去，轉臉一看，果然，和他所說的一樣，一字不錯地寫在那裏。

的確是特別的優待。

我眼裏含著淚，歪歪倒倒地離開了那裏。玻璃窗上面，惹起我底痛恨的「募送報伕」的紙條子，鮮明得可惡地又貼在那裏。

我離開了那裏就乘電車跑到田中底學校前面，把經過告訴他，要求他：

「借的錢先還你三圓，其餘的再想法子。請把這一圓二十五錢留給我暫時的用費。……」

田中向我聲明他連想我還他一錢的意思都沒有。

「沒有想到你都這樣地出去。你進店的那一天不曉得看到一個十四五歲的小孩子沒有，他也是和你一樣地上了鉤的。他推銷定户完全失敗了，六天之間被騙去十圓保證金，一錢也沒有得到走了的。」

算是混蛋的東西。

「以後，我們非想個什麼對抗的法子不可！」他下了大決心似地說。

原來，我們餓苦了的失業者被那個比釣魚餌底牽引力還強的紙條子釣上了。

我對於田中底人格非常地感激，和他分手了。給毫無遮蓋地看到了這兩個極端的人，現在更加吃驚了。

一面是田中，甚至節儉自己底伙食，借給我付飯錢，買足袋，聽到我被趕出來了，連連說「不要緊！不要緊！」把要還他的錢，推還給我；一面是人面獸心的派報所老闆，從原來就因爲失業困苦得沒有辦法的我這裏把錢搶去了以後，就把我趕了出來，爲了肥他自己，把別人殺掉都可以。

我想到這個惡鬼一樣的派報所老闆就膽怯了起來，甚至想逃回鄉間去。然而，要花三十五圓的輪船火車費，這一大筆款子就是把腦殼賣掉了也籌不出來的，我避開人多的大街走，當在上野公園底椅子上坐下的時候，暫時癱軟了下來，心裏面是怎樣哭了的呀！

過了一會，因爲想到了田中，才覺得精神硬朗了一些。想著就起了捨不得和他離開的心境。昏昏地這樣想來想去，終於想起了留在故鄉的，帶著三個弟妹的，大概已經正在被饑餓圍攻的母親，又感到了心臟和被絞一樣地難過。

同時，我好像第一次發現了故鄉也沒有什麼不同，顫抖了。那同樣的是和派報所老闆似地逼到面前，吸我們底血，剮我們底肉，想擠乾我們底骨髓，把我們打進了這樣的地獄裏面。

否則，我現在不會在這裏這樣狼狽不堪，應該是和母親弟妹一起在享受著平靜的農民生活。

到父親一代爲止的我們家裏，是自耕農，有五平方「反」（日本田地計數，爲一平方町的十分之一）的田和五平方「反」的地。所以生活沒有感到過困難。

然而，數年前，我們村裏的××製糖公司說是要開辦農場，爲了收買土地大大地活動起來了。不用說，開始誰也不肯，因爲是看得和自己底性命一樣貴重的耕地。

但他們決定了要幹的事情，公司方面不會無結果地收場的。過了兩三天，警察方面發下了舉行家長會議的通知，由保甲經手，村子裏一家不漏地都送到了。後面還寫著「隨身攜帶圖章。」

我那時候十五歲。是公立學校底五年生，雖然是五六年以前的事，但因爲印象太深了，當時的樣子還能夠明瞭地記得。全村子捲入了大恐慌裏面。

那時候父親當著保正❼，保內的老頭子老婆子在這個通知發下來之前就緊張起來了的空氣裏面，戰戰兢兢地帶著哭臉接續不斷地跑到我家裏來，用了打顫的聲音問：

「怎麼辦？……」

「怎麼得了？……」

「什麼一回事？……」

同是這個時候，我有三次發見了父親躲著流淚。

在這樣的空氣裏面，會議在發下通知的第二天下午一點開了。會場是村子中央的媽祖廟。因爲有不到者從嚴處罰的預告，各家底家長都來了，有四五百

❼保正：日據時代的地方基層總管，由日本殖民政府的警察指派，權力和地位次於警察，相當於現代社會的「里長」，保正處理的事務，主要包含地方糾紛的協調和仲裁，掌管里內戶口、稅金和各種救濟，相關政令宣導等。

人罷。相當大的廟擠得滿滿的。學校下午沒有課，我躲在角落裏看情形。因爲我幾次發見了父親底哭臉甚爲耽心。

鈴一響，一個大肚子光頭殼的人站在桌子上面，裝腔作勢地這樣地說：

「爲了這個村子底利益，本公司現在決定了在這個村子北方一帶開設農場。說好了要收買你們底土地，前幾天連地圖都貼出來了，叫在那區域內有土地的人攜帶圖章到公司來會面，但直到現在，沒有一個人照辦。特別煩請原料委員一家一家地去訪問所有者，可是，好像都有陰謀一樣，沒有一個人肯答應。這個事實應該看作是共謀，但公司方面不願這樣解釋，所以今天把大家叫到這裏來。回頭大人❽（日據時期台胞對警察的稱呼）和村長先生要講話，使大家都能夠了解，講過了以後請都在這紙上蓋一個印。公司預備出比普通更高的價錢……呃哼！」這一番話是由當時我們五年生底主任教員陳訓導翻譯的，他把「陰謀」、「共謀」說得特別重，大家都吃了一驚，你望望我我望望你。

其次是警部補老爺，本村底警察分所主任。他一站到桌子上，就用了凜然❾的眼光望了一圈。於是大聲地吼：

❽大人：日據時代臺人對警察的稱呼。

❾凜然：態度耿介，人格正直。

「剛才山村先生也説過，公司這次的計劃，徹頭徹尾是爲了本村利益。對於公司底計劃，我們要誠懇地感謝才是道理！想一想看！現在你們把土地賣給公司……而且買得到高的價錢，於是公司在這村子裏建設模範的農場。這樣，村子就一天一天地發展下去。公司選了這個村子，我們應該當作光榮的事情……然而，聽説一部分人有『陰謀』，對於這種『非國民』，我是決不寬恕的。……」

他底翻譯是林巡查，和陳訓導一樣，把「陰謀」、「非國民」、「決不寬恕」説得特別重，大家又面面相覷了。

因爲，對於懷過陰謀的余清風、林少貓等的征伐，那血腥的情形還鮮明地留在大家底記憶裏面。

最後站起來的村長，用了老年底溫和，只是柔聲地說：

「總之，我以爲大家最好是依照大人底希望，高興地接受公司底好意。」説了他就喊大家底名字。都動搖起來了。

最初被喊的人們，以爲自己是被看作陰謀底首領，臉上現著狼狽的樣子，打著抖走向前去。當上面叫「你可以回去！」的時候，也還是呆著不動，等再吼一聲「走！」才醒了過來，逃到外面去！

在跑回家去的路上，還是不安地想：沒有聽錯麼？會不會再被喊回去？無頭無腦地著急。像王振玉，聽說走到家爲止，回頭看了一百五十次。

這樣地，有八十名左右被喊過名字，回家去了。

以後，輪到剩下的人要吃驚了。我底父親也是剩下的一個。因爲不安，人中間騰起了嗡嗡的聲音。伸著頸，側著耳朵，會再喊麼？會喊我底名字麼？……這樣地期待著，大多數的人都惴惴不安了。

這時候，村長說明了「請大家拿出圖章來，這次被喊的人，拿圖章來蓋了就可以回去」以後，喊出來的名字是我底父親。

「楊明……」一聽到父親底名字，我就著急得不知所措，屏著氣息，不自覺地捏緊拳頭站了起來。——會發生什麼事呢？……

父親鎮靜地走上前去。一走到村長面前就用了破鑼一樣的聲音，斬釘截鐵地說：

「我不願意賣，所以沒有帶圖章來！」

「什麼？你不是保正麼！應該做大家底模範的保正，卻成了陰謀底首領，這才怪！」

站在旁邊的警部補，咆哮地發怒了，逼住了父親。

父親默默地站著。

「拖去！這個支那豬！」

警部補狠狠地打了父親一掌，就這樣發了命令，不曉得是什麼時候來的，從後面跳出了五六個巡查。最先兩個把父親捉著拖走了以後，其餘的就依然躲到後面去了。

看著這的村民，更加膽怯起來，大多數是，照著村長底命令把圖章一蓋就望都不向後面望一望地跑回去了。

到大家走完爲止，用了和父親同樣的決心拒絕了的一共有五個，一個一個都和父親一樣被拖到警察分所去了。後來聽到說，我一看到父親被拖去了，就馬上跑回家去把情形告訴了母親。

母親聽了我底話，即刻急得人事不知了。

幸而隔壁的叔父趕來幫忙，性命算是救住了，但是，到父親回來爲止的六天中間，差不多沒有止過眼淚，昏倒了三天，瘦得連人都不認得了。

第六天父親回來了，他又是另一付情形，均衡整齊的父親底臉歪起來了，一邊臉頰腫得高高的，眼睛突了起來，額上滿是疱子。衣服弄得一團糟，換衣服的時候，我看到父親底身體，大吃一驚，大聲叫起了出來：

「哦哦！爸爸身上和鹿一樣了！……」

事實是父親身上全是鹿一樣的斑點。

那以後，父親完全變了，一句口都不開。

從前吃三碗飯，現在卻一碗都吃不下，倒牀了以後的第五十天，終於永逝了。

同時，母親也病倒了，我帶著一個一歲、一個三歲、一個四歲的三個弟妹，是怎樣地窘迫呀！

叔父叔母一有空就跑來照應，否則，恐怕我們一家都完全沒有了罷。

這樣地，父親從警察分所回來的時候被丟到桌子上的六百圓（據說時價是二千圓左右，但公司卻說六百圓是高價錢）因爲父親底病、母親底病以及父親底葬式等，差不多用光了，到母親稍稍好了的時候，就只好出賣耕牛和農具餬口。

我立志到東京來的時候，耕牛、農具、家裏的庭園都賣掉了，剩下的只有七十多圓。

「好好地用功……」母親站在門口送我，哭聲地說了鼓勵的話。那情形好像就在眼前。

這慘狀不只是我一家。

和父親同樣地被拖到警察分所去了的五個人，都遇到了同樣的命運。就是不做聲地蓋了圖章的人們，失去了耕田，每月三五天到製糖公司農場去賣力，一天做十二個鐘頭，頂多不過得到四十錢，大家都非靠賣田的錢過活不可。錢完了的時候，村子裏的當局者們所說的「村子底發展」相反，現在成了「村子底離散」了。

沉在這樣回憶裏的時候，不知不覺地太陽落山了，上野底森林隱到了黑闇裏，山下面電車燦爛地亮起來了，我身上感到了寒冷，忍耐不住。我沒有吃午飯，覺得肚子空了。

我打了一個大的呵欠，伸一伸腰，就走下坡子，走進一個小巷底小飯店，吃了飯。想在乏透了的身體裏面恢復一點元氣，就決心吃了一個飽，還喝了兩杯燒酒。

以後就走向到現在爲止常常住在那裏的本所底××木賃宿。

我剛剛踏進一隻脚，老闆即刻看到了我，問：

「哎呀！……不是臺灣先生麼！好久不見。這些時到哪裏去了。……」

我不好說是做了送報伕，被騙去了保證金，辛苦了一場以後被趕出來了。

「在朋友那裏過……過了些時……」

「朋友那……唔，老了一些呢！」他似乎不相信，接著笑了：

「莫非幹了無線電[10]討擾了上面一些時麼？，……哈哈哈……」

「無線電？……無線電是什麼一回事？」我不懂，反問了。

「無線電不曉得麼？……到底是鄉下人，鈍感……」

雖然老頭子這樣地開著玩笑，但看見我似乎很難爲情，就改了口：

「請進罷。似乎疲乏得很，進來好好地休息休息。」

我一上去，老闆說：

「那麼，楊君幹了這一手麼？」

說著做一個把手輕輕伸進懷裏的樣子。很明顯地，似乎以爲我是到警察署底拘留所裏討擾了來的。當時不懂得無線電是什麼一回事，但看這次的手勢，明明白白地以爲我做了扒手。我沒有發怒的精神，但依然紅了臉，不尷不尬地否認了：

[10] 無線（Musen）和無錢（Musen）同音，所以因為無錢飲食（吃了東西不給錢）的罪名被警察捉進去的，叫做無線電。

「哪裏話！哪個幹這種事！」老頭子似乎還不相信，疑疑惑惑地，但好像不願意勉強地打聽，馬上嘻嘻地轉成了笑臉。

事實上，看來我這付樣子恰像剛剛從警察署底豬籠裏跑出來的罷。

我脫下足袋，剛要上去。

「哦，忘記了。你有一封掛號信！因爲弄不清你到哪裏去了，收下放在這裏……等一等……」說著就跑進裏間去了。

我覺得奇怪，什麼地方寄掛號信給我呢？過一會，老頭子拿著一封掛號信出來了。望到那我就吃了一驚。母親寄來的。

「到底爲了什麼事寄掛號信來呢？……」

我覺得奇怪得很。

我手抖抖地開了封。什麼，裏面現出來的不是一百二十圓的匯票麼！我更加吃驚了。我疑心我底腦筋錯亂了。我胸口突突地跳，一個字一個字地讀著很難看清的母親底筆跡。我受了大的衝動，好像要發狂一樣。不知不覺地在老頭子面前落了淚。

「發生了什麼事？……」

老頭子現著莫名其妙的臉色望著我，這樣地問了，但我卻什麼也不能回答。收到錢哭了起來，老頭子沒有看到過罷。

我走到睡覺的地方就鑽進被頭裏面，狠狠地哭了一場。……

信底大意如下：

——說東京不景氣，不能馬上找到事情的信收到了。想著你帶去的錢也許已經完了，耽心得很。沒有一個熟人，在那麼遠的地方，一個單人，又找不到事情，想著這樣窘的你，我胸口就和絞著一樣。但故鄉也是同樣的。有了農場以後，弄到了這步田地，沒有一點法子。所以，絕對不可軟弱下來，想到回家。房子賣掉了，得到一百五十圓，寄一百二十圓給你。設法趕快找到事情，好好地用功，成功了以後才回來罷。我底身體不能長久，在這樣的場合不好討擾人家，留下了三十圓。阿蘭和阿鐵終於死掉了。本不想告訴你的，但想到總會曉得，才決心說了。媽媽僅僅只有祈禱你底成功，在成功之前，無論有什麼事情也不要回來。……

這是媽媽底唯一的願望，好好地記著罷。如果成功以後回來了，把寄在叔父那裏的你唯一的弟弟引去照看照看罷。要好好地保重身體。再會。……——

好像是遺囑一樣的寫著。我著急得很。

「也許，已經死掉了罷……」這想頭鑽在我底腦袋裏面，去不掉。

「胡說！那來這種事情。」我翻一翻身，搖著頭出聲地這樣說，想把這不吉的想頭打消，但毫無效果。

這樣地，我通晚沒有睡覺一會，跳虱底襲擊也全然沒有感到。

我腦筋裏滿是母親底事情。

母親自己寫了這樣的信來，不用說是病得很厲害。看發信的日子，這信是我去做送報伕以前發的，已經過了二十天以上。想到這中間沒有收到一封信，……我更加不安起來了。

我決心要回去。回去以後，能不能再出來我沒有自信，但是，看了母親底信，我安靜不下來了。

「回去之前，把從田中君那裏借來的錢都還清罷。順便謝謝他底照顧，向他辭一辭行。」

這樣想著，我眼巴巴地等著第二天早上的頭趟電車，終於通夜沒有合眼。

從電車底窗口伸出頭去，讓早晨底冷風吹著，被睡眠不足和興奮弄得昏昏沉沉的腦袋，陡然輕鬆起來了。

「這或許是最後一次看見東京。」這樣一想，連××派報所底老闆都忘記了，覺得捨不得離開。昨晚上想著故鄉，安不下心來，但現在是，想會見的母親和弟弟底面影，被窮乏和離散的村子底慘狀遮掩了，陡然覺得不敢回去。這樣的感情底變化，從現在要去找的不忍別離的田中君底魅力裏面受到了某一程度的影響，是確實的。

那種非常親切的，理智的，討厭客氣的素樸……這是我當作理想的人物底模型。

我下了××電車站，穿過兩個巷子，走到那個常常去的飯店子的時候，他正送完了報回來。

我在那裏會到了他。

原來他是一個沒有喜色的人，今天早上現得尤其陰鬱。但是，他底陰鬱絲毫不會使人感到不快，反而是易於親近的東西。他低著頭，似乎在深深地想著什麼，不做聲地靜靜地走來了。

「田中君！」

「哦！早呀！昨天住在什麼地方？……」

「住在從前住過的木賃宿裏。……」

「是麼！昨天終於忘記了打聽你去的地方……早呀！」

這個「早呀！」我覺得好像是問我，「有什麼急事麼？……」所以我馬上開始說了。但是，說到分別就覺得寂寞，孤獨感壓迫得我難堪：

「實在是，昨天回到木賃宿去，不意家裏寄了錢來了。……」

我這樣一說出口，他就說：

「錢。……那急什麼！你什麼時候找得到職業，不是毫無把握麼？拿著好啦！」

「不然……寄來了不少。回頭一路到郵局去。而且，順便來道謝。……」

覺得說不下去，臉紅了起來。

「道謝？如果又是那一套客氣，我可不聽呢……」他迷惑似地苦笑了。

「不！和錢一起，母親還寄了信來，似乎她病得很厲害，想回去一次。……」

他馬上望著我底臉，寂寞似地問：

「叫你回去麼？」

「不……叫不要回去！……好好地用功，成功了以後再回去。……」

「那麼，也許不怎樣厲害——」

「不……似乎很厲害。而且，那以後沒有一點消息不安得很……」

「呀！有信。昨天你走了以後，來了一封。似乎是從故鄉來的。我去拿來，你在飯店子裏等一等！」說著就向派報所那邊走去了。

我馬上走進飯店子裏等著，聽說是由家裏來的信，似乎有點安心了。但是，信裏說此什麼呢？這樣一想，巴不得田中君馬上來。

飯館底老闆娘子討厭地問：

「要吃什麼？……」

不久，田中氣喘喘地跑來了。

我底全神經都集中在他拿來的信上面。他打開門的時候我就馬上看到了那不是母親底筆蹟，感到了不安。心亂了。

不等他進來，我站起來趕快伸手把信接了過來。

署名也不是母親，是叔父底。

我底臉色陰暗了。胸口跳，手打顫。明顯地是和我想像的一樣，母親死了。半個月以前……而且是用自己底手送終的。

我所期望的唯一的兒子……

我再活下去非常痛苦，而且對你不好。因為我底身體死了一半……。

我唯一的願望是希望你成功，能夠替像我們一樣苦的村子底人們出力。

村子裏的人們底悲慘，說不盡。你去東京以後，跳到村子旁邊的池子裏淹死的有八個。像阿添叔，是帶了阿添嬸和三個小兒一道跳下去淹死的。

所以，覺得能夠拯救村子底人們的時候才回來罷。沒有自信以前，絕不要回來！要做什麼才好我不知道，努力做到能夠替村子底人們出力罷。

我怕你因為我底死馬上回來，用掉冤枉錢，所以寫信給叔父，叫暫時不要告訴你……諸事保重。

媽媽

這是母親底遺書。母親是決斷力很強的女子。她並不是遇事嘩啦嘩啦的人，但對於自己相信的，下了決心的，卻總是斷然要做到。

哥哥當了巡查，蹧蹋村子底人們，被大家厭恨的時候，母親就斷然主張脫離親屬關係，把哥哥趕了出去，那就是一個例子。我來東京以後，她底勞苦很容易想像得到，但她卻不肯受做了巡查的她底長男我底哥哥底照顧，終於失掉了一男一女，把剩下的一個託付給叔叔自殺了。是這樣的女子。

從這一點看，可以說母親並沒有一般所說的女人底心，但我卻很懂得母親底心境。同時，我還喜歡母親底志氣，而且尊敬。

現在想起來，如果有給母親讀……的機會，也許能夠做柴特金女史那樣的工作罷，當父親因爲拒絕賣田而被捉起來了的時候，她不會昏倒而採取了什麼行動的罷。

然而，剛剛看了母親底遺囑的時候，我非常地悲哀了。暫時間甚至勃勃地起了想回家的念頭。

你的母親在×月×曰黎明的時候吊死了。想馬上打電報告訴你，但在母親手裹發現了遺囑，懂得了母親底心境。就依照母親底希望，等到現在才通知你。母親在留給我的遺囑裏面說她只有期望你，你是唯一的有用的兒子。你底哥哥成了這個樣子，弟弟還小，不曉得怎樣……

她說，所以，如果馬上把她底死訊告訴你，你跑回家來，使你底前途無著。那她底死就沒有意思。

弟弟我在鄭重地養育，用不著耽心。不要違反母親底希望，好好地用功罷。絕對不要起回家的念頭。因為母親已經不是這個世界底人了……

叔父

「看不到母親了。她已經不是這個世界底人了。」這樣一想，我決定了應該斷然依照母親底希望去努力。下了決心：不能夠設法為悲慘的村子出力就不回去。

當我讀著信，非常地興奮（激動），心很亂的時候，田中在目不轉睛地望著我，看見我收起信放進口袋去，就耽心地問：

「怎樣講？」

「母親死了？」

「死了麼？」似乎感慨無量的樣子。

「你什麼時候回去？」

「打算不回去。」

「……？」

「母親死了已經半個月了……而且母親叫不要回去。」

「半個月……臺灣來的信要這麼久麼？」

「不是，母親託付叔父，叫不要馬上告訴我。」

「唔，了不起的母親！」田中感歎了。

我們這樣地一面講話一面吃飯，但是，太興奮了，飯不能下咽。我等田中吃完以後，付了賬，一路到郵局去把匯票兌來了，蠻蠻地把借的錢還了田中。把我底住所寫給他就一個人回到了本所底木賃宿。

一走進木賃宿就睡了。我實在疲乏得支持不住。在昏昏沉沉之中也想到要怎樣才能夠爲村子底悲慘的人們出力，但想不出什麼妙計。

……存起錢來，分給村子底人們罷……，也這樣想了一想然而做過送報伕的現在，走了一個月的冤枉路依然是失業的現在，不用說存錢，能不能賺到自己底衣食住，我都沒有自信。

我陡然地感到了倦怠，好像兩個月以來的疲勞一齊來了，不曉得在什麼時候，我沉沉地睡著了。

因爲周圍底吵鬧，好像從深海被推到淺的海邊的時候一樣，意識朦朧地醒來的時候也常常有，但張不開眼睛，馬上又沉進深睡裏面去。

「楊君！楊君！」

聽見了這樣的喊聲，我依然是在像被推到淺的海邊的時候一樣的意識狀態裏面；雖然稍稍地感到了，但馬上又要沉進深睡裏面去。

「楊君！」

這時候又喊了一聲，而且搖了我底腳，我吃了一驚，好容易才張開了眼睛。但還沒有醒。從朦朧的意識狀態回到普通的意識狀態，那情形好像是站在濃霧裏面望著它漸漸淡下去一樣。一回到意識狀態，我看到了田中坐在我底旁邊。我馬上踢開了被頭，坐起來。我茫茫然把房子望了一圈。站在門邊的笑嘻嘻的老闆，望著我底狼狽樣，說：

「你恰像中了催眠術一樣呀……你想睡了幾個鐘頭？……」

我不好意思地問：

「傍晚了麼？……」

「哪裏……剛剛過正午呢……哈哈哈……但是換了一個日子呀！」說著就笑起來了。

原來，我昨天十二點過睡下以後，現在已到下午一點左右了……。整整睡了二十五個鐘頭。我自己也吃驚了。

老頭子走了以後，我向著田中。

他似乎很緊張。

「眞對不起。等了很久罷……」

對於我底抱歉，他答了「哪裏」以後，興奮地繼續說：

有一件要緊的事情來的……昨天又有一個人和你一樣被那張紙條子釣上

了。你被趕走了以後，我時時在煩惱地想，未必沒有對抗的手段麼？一點辦法沒有的時候又進來了一個，我放心不下，昨天夜裏偷偷地把他叫出來，提醒了他。但是，他聽了以後僅僅說：

「唔，那樣麼！混蛋的東西……。」

隨和著我底話，一點也不吃驚。

我焦燥起來了，對他說：

「所以……我以爲你最好去找別的事情……不然，也要吃一次大苦頭。……保證金被沒收，一個錢沒有地被趕出去……。」

但他依然毫不驚慌，伸手握住了我底手以後，問：

「謝謝！但是，看見同事吃這樣的苦頭，你們能默不作聲麼？」

我稍稍有點不快地回答：

「不是因爲不能夠默不作聲，所以現在才告訴了你麼？這以外，要怎樣幹才好，我不懂。近來我每天煩惱地想著這件事，怎樣才好我一點也不曉得。」

於是他非常高興地說：

「怎樣才好……我曉得呢。只不曉得你們肯不肯幫忙？」

於是我發誓和他協力，對他說：

「我們二十八個同事的，關於這件事大概都是贊成的。大家都把老闆恨得和蛇蝎一樣。……」

接著他告訴了我種種新鮮的話。歸結起來是這樣的：

「爲了對抗那樣惡的老闆，我們最好的法子是團結。大家成爲一個，同盟罷×……（忘記了是怎樣講的）」同盟罷×……說是總有辦法呢。「勞動者一個一個散開，就要受人躇蹋，如果結成一氣，大家成爲一條心來對付老闆，不答應的時候就採取一致行動……這樣幹，無論是怎樣壞的傢伙，也要被弄得不敢說一個不字……」這樣說呢。而且那個人想會一會你。我把你底事告訴了他以後，他說：

「唔……臺灣人也有吃了這個苦頭的麼？……無論如何想會一會。請馬上介紹！」田中把那個人底希望也告訴了我。

說要收拾那個咬住我們，吸盡了我們底血以後就把我們趕出來的惡鬼，對於他們底這個計劃，我是多麼高興呀！而且，聽說那個男子想會我，由於特別的好奇心，我希望馬上能夠會到。

向被人糟蹋的送報伕失業者們教給了法子去對抗那個惡鬼一樣的老闆，我想，這樣的人對於因爲製糖公司、兇惡的警部補、村長等陷進了悲慘境遇的故鄉底人們，也會貢獻一些意見罷。

聽田中說那個人（說是叫做佐藤）特別想會我，我非常高興了。在故鄉的時候，我以爲一切日本人都是壞人，恨著他們。但到這裏以後，覺得好像並不是一切的日本人都是壞人。木賃宿底老闆很親切，至於田中，比親兄弟還……不，想到我現在的哥哥（巡查），什麼親兄弟，不成問題。拿他來比較都覺得對田中不起。

而且，和臺灣人裏面有好人也有壞人似地，日本人也一樣。

我馬上和田中一起走出了木賃宿去會佐藤。

我們走進淺草公園，筆直地向後面走。坐在那裏底樹蔭下面的一個男子，毫不畏縮地向我們走來。

「楊君！你好……」緊緊地握住了我底手。

「你好……」我也照樣說了一句，好像被狐狸迷住了一樣。是沒有見過面的人。但回轉頭過來看一看田中底表情，我即刻曉得這就是所說的佐藤君。我馬上就和他親密無間了。

「我也在臺灣住過一些時。你喜歡日本人麼？」他單刀直入地問我。

「……」我不曉得怎樣回答才好。在臺灣會到的日本人，覺得可以喜歡的少得很。但現在，木賃宿底老闆，田中等，我都喜歡。這樣問我的佐藤君本人，由第一次印象就覺得我會喜歡他的。

我想了一想，說：

「在臺灣的時候，總以爲日本人都是壞人，但田中君是非常親切的！」

「不錯，日本底勞動者大都是和田中君一樣的好人呢。日本底勞動者反對壓迫臺灣人，蹧蹋臺灣人。使臺灣人吃苦的是那些像把你底保證金搶去了以後再把你趕出來的那個老闆一樣的畜生。到臺灣去的大多是這種根性的人和這種畜生們底走狗！但是，這種畜生們，不僅是對於臺灣人，對於我們本國底窮人們也是一樣的，日本底勞動者們也一樣地吃他們底苦頭呢。……總之，在現在的世界上，有錢的人要掠奪窮人們底勞力，爲了要掠奪得順手，所以壓住他們……。」

他底話一個字一個字在我腦子裏面響，我眞正懂了。故鄉底村長雖然是臺灣人，但顯然地和他們勾在一起，使村子底大眾吃苦……

我把村子底種種情形告訴了他。他用了非常深刻的注意聽了以後，漲紅了臉頰，興奮地說：

「好！我們攜手罷！使你們吃苦也使我們吃苦的是同一種類的人！……」

這個會見的三天後，我因爲佐藤君底介紹能夠到淺草家一家玩具工廠去做工。我很規則地利用閒空的時間……（原文刪去）

幾個月以後，我把趕出來了的那個派報所裏勃發了罷工。看到面孔紅潤的擺架子的××派報所老闆在送報伕地團結前面低下了蒼白的臉，那時候我底心跳起來了。

對那胖臉一拳，使他流出鼻涕眼淚來——這種欲望推著我，但我忍住了。使他承認了送報伕底那些要求，要比我發洩積憤更有意義。

想一想看！

鉤引失業者的「募集送報伕」的紙條子拉掉了！

寢室每個人要佔兩張蓆子，決定了每個人一牀被頭，租下了隔壁的房子做大家底宿舍，蓆子底表皮也換了！

任意製定的規則取消了！

消除跳虱的方法實行了！

推銷一份報紙工錢加到十錢了！

怎樣？還說勞動者……！

「這幾個月的用功才是對於母親底遺囑的最忠實的辦法。」

我滿懷著確信，從巨船蓬萊丸底甲板上凝視著臺灣底春天，那兒表面上雖然美麗肥滿，但只要插進一針，就會看到惡臭逼人的血膿底迸出。

——本篇原作日文，刊載於東京《文學評論》，中譯文為胡風授權

賞析

日據時期殖民統治的政治基調，乃樹立在如何維護殖民治權的正當性，日人對臺施行差別化的警察專制治理，以確立肅清的治安性格。此外，經濟體制的治理技術一方面表現在島內產業（鹽、糖、林、礦等）的現代化開發，同時也進行殖民經濟的箝控和剝削；楊逵的〈送報伕〉誕生在這樣的背景下，小說描寫臺籍青年因為家鄉生計碰壁，帶著母親的寄望來到日本謀職，卻也碰上三十年代全球經濟大蕭條，在謀職不易的情況下，主人公浮盪在陌生的異域街道，心內有恥於目睹資本主義的罪惡，又無法不能置身事外，繼之起而覺醒，進而反抗的勞動者的故事。

〈送報伕〉是以日文完成寫作的作品，最早刊於一九三四年東京的《文學評論》雜誌，三十年代初期，是臺灣農工運動最如火如荼的時間點，之所以爆發一串的農工運動，當是經濟因素使然，由於一九二七年文協的改組以來，旅日留學生深受世界無產階級思潮運動的影響，他們或懷抱共產主義，或傾向無政府主義，社會主義思想的萌芽和滲透，使得以啟蒙為主的文協在運動性格上有了很大的轉變，自此臺灣農民運動的性格裡多了以農民的民族性和階級自覺為政治訴求的特徵，而楊逵正是受此波國際主義社會思想影響的留日學生之一；這也是我們讀到〈送報伕〉裡主角的故鄉原

本是平靜的農村，何以因製糖廠進駐之後，鄉野明顯有了變調，小說主人公原本出身小康之家，自給自足的自耕農生活，卻因糖廠徵收土地的強制和不合理，導致主人公一家子默默承受這種被玷污而屈辱的生活，主人公的父親擔任保正，因為不願讓祖傳的土地失了根，起而抗拒警部卻突遭巡查以辱打的方式殘暴欺凌，返家後，悲情的父親，鬱鬱寡歡而終。當農人賴以生存的土地失卻了，而且是以賤價的方式被出賣，楊逵透過小說寫下臺人所遭遇的不平等待遇，提出社會控訴，這部小說也可說是從多方面的經濟實況作為一種社會文獻的採錄，其中包括：日人的官僚體系，和資本勢力的嚴密監控，還有殖民經濟分配的豪取強奪，犧牲多少臺人的生活利益和幸福。

　　楊逵如是以寫實手法揭露日本帝國主義對臺灣人民的經濟剝削與文化壓迫，也同時表現日據時代臺灣人民在物質生活和精神生活所遭受的雙重壓迫；小說中的主人公在東京遭到人面獸心的老闆欺壓之際，幾度憶及家鄉父親犧牲的悲哀往事，並體悟身處資本社會的東京，其實和家鄉沒有什麼不同，糖廠和派報社都同樣「吸我們底血，剮我們肉，想擠乾我們底骨髓，把我們打入地獄裡面」水蛭一般吞噬農村經濟的糖廠資本家，和惡鬼一樣的派報所老闆，它們的面目都是一樣的，臺人除了隱忍或屈從，到底還有什麼別的方法呢？失業的陰影仍然籠罩在異鄉孤獨遊子的肩頭，而勞資糾紛的困擾，也一而再侵擾他在異鄉打拼的信念，若不是家鄉的母親，在信中一再鼓舞這位青年，加上當了巡查大人的兄長猶如背叛鄉人的「陰謀家」，使得母親不願諒解兄長的行徑，更把所有的希望寄託在這位有志青年身上，小說主人公憶及慈愛而堅毅的母親，是怎樣一肩挑起家庭重擔，加上弟妹年幼盈室，身為家中「獨子」的主人公多麼不忍心這些遙遠的痛苦，仍然還是他們的痛苦……然而，苦難並沒有因為這些屈辱的日子而告終，母親為了讓兒子在東京安心工作，眼見強被徵收土地得來的微薄收入所剩無多，最後還是毅然決然地賣掉房子，把剩餘的錢寄給在東京的孩子，母親選擇自殺後，才寄出最終的遺書。主人公深切明瞭母愛的偉大，繼續活著，希望能夠在行動中補足對母愛的回饋。儘管母親已然在另一個世界，用她繼續去愛的方式，去實踐，主人公深深感受到自己島嶼身世的弱權和悲哀，最後從這股痛苦和憤怒的喪親之痛裡站起來，在新的世界觀及新的社會認識上，進行真正的社會實踐。

比較特別的是，這篇小說除了揭露資本體制下扭曲的勞動條件，和人性的罪惡的黑暗面之外，同時洋溢著濃厚的國際左翼色彩的堅定信念，「吟唱生活是不會勞而無功的」，這篇小說最後安排了主人公和日人田中君、佐藤君一起加入工運，並揭發派報老闆的壓榨。彷彿異鄉人也有溫暖的友誼，而在這友誼背後，其實是來自楊逵終生的左翼信仰，儘管小說大篇幅的段落在批判日本殖民統治的悲哀，但也有如小說中的田中君和佐藤君一樣有良知的日本人，他們和主人公一樣熱心公共事務，也冷靜觀察社會現實，更堅決抵抗人性和資本社會的罪惡；其中一段寫道臺日合作一起反抗資本家的情節，主人公反躬自道「日本底勞動者大都是和田中君一樣的好人呢。日本底勞動者反對壓迫臺灣人，糟蹋臺灣人。使臺灣人吃苦的是那些像把你保證金搶去以後再把你趕出來的那個老闆一樣畜牲。到臺灣去的大多是這種根性的人和這種畜牲們的走狗！但是，這種畜生不僅對於臺灣人，對於我們本國底窮人也是一樣的……總之，在現在的世界上，有錢的人要掠奪窮人們的勞力，為了要掠奪得順手，所以壓住他們……」這一段的描寫不只透露資本主義的邪惡和扭曲，同時也向異族遞出友誼的手，小說最後定調為勞動者而戰，為了獲取更大的生存尊嚴和自由而戰，正是楊逵有足夠的視野跳脫殖民統治的二元對立邏輯，透過揭露送報伕被壓迫的遭遇，和有良知的日本友人站上反抗，這是意識到「無產階級農民及城市工人的利害關係是跟小數地主資本家不能一致的」。當大眾的經濟利益與勞動生產的發生傾軋，階級作為一種戰略，才可能在一處瀕臨崩坍的世界，積極地找出大眾的路。

李桂芳老師 撰

〈鹽和雪〉

詹澈

題解

核四是臺灣社會重要的公共議題，過去三十年，蘭嶼卻是核廢料的儲存場，儘管一九九六年以後已禁運核廢料，蘭嶼時至今日依然承受著過去三十年惡靈般的詛咒，詹澈透過詩歌藝術的獨立精神，展示力的反抗。〈鹽和雪〉寫於二〇〇二年核四是否續建的爭議之中，也是針對臺灣反核運動階段性的反省，臺灣反核運動源起於八十年代中期，九十年代持續有所爭議，在經濟供電和非核家園的兩造聲浪中，核四興建的爭議話題一直有不同的聲音，這也是詩中對社會輿論和核電夢魘之間爭辯不休的批判，除了島內核電發展的議題之外，蘭嶼反核青年的身影在詩中有著野性的象徵，卻難以抵擋惡質文明入侵家園的傷害，蘭嶼長年飽受核廢料污染，卻經常被主流輿論拒絕在議題之外，本詩透過「鹽」和「雪」兩組意象，反覆思辯社會運動的功與過，同時也對蘭嶼的反核精神表達聲援，並寄望在反核議題上，臺灣社會有更冷靜的審視。

作者

詹澈（一九五四年～），原名詹朝立，彰化縣溪洲鄉人，國立屏東農專農藝科畢業。一九七九年臺灣黨外雜誌《春風》發行人，《夏潮》雜誌編輯。《草根》、《春風》、《詩潮》等詩刊同仁。詹澈被封為「農民詩人」，也是實踐力深的社運者。詹澈的詩路歷程，不僅僅是透過詩思靈光捕捉人與自然，人與土地的系譜，更多時候他著眼於人與歷史，人與社會的關係，九十年代以後，面對臺灣加入WTO後，和全球化的瞬變危機，也包括隨後開放的服貿協定，使得臺灣農林漁產加劇變遷，詹澈早年曾多次帶頭參加社會運動，歷經激烈流血衝突的五二〇農運抗爭，詩人不惟是僻居鄉間的沉默農民，更多時候是高亢領軍，振臂疾呼的行動家。其後，詹澈進入公部門服務，曾先後擔任台東地區農會推廣股長、會務股長、供銷部主任、企劃專員。台東縣政府文化局、民政局、旅遊局專員。二〇〇二—二〇〇五年擔任臺灣農漁會自救會辦公室主任。多次參與兩岸經貿農業論壇及農產品產銷工作。詹澈向來關心農業生產和政策的導向，從異議反抗的社運家到參與公共政策的制定，並曾擔任財團法人國家政策研究基金會顧問，任務型國大代表。顯示詹澈對政治事務參與甚深，他也是臺灣農權運動發起人，曾任臺灣農民聯盟第一屆副主席。從《西瓜寮詩輯》與瓜苗種籽同根呼吸，與土地相依生存，詩質峻急，懷抱悲憫。詩集：《土地請站起來說話》、《手的歷史》、《海岸燈火》、《西瓜寮詩輯》等，散文：《海哭的聲音》紀實報導：《天黑黑麥落雨》、《田殤》等。曾獲臺灣第二屆洪建全兒童詩獎、一九九八年第五屆陳秀喜詩獎、一九九七年臺灣現代詩獎、中國文藝協會詩歌獎。

課文

從亞熱帶的岩岸
環繞至熱帶海灘
我們以一天走完一個小島

從日出的地方走到日落原點
一路上我們用最熱烈的語言辯論
例如藍色的海辯論著白浪
口沫橫飛在陽光中
陽光中飄浮著唾沫的彩虹
飄浮我們白色的語言間雜紅色的思想

蘭嶼反核青年
你站立在高聳的礁岩上
長髮翻飛如知風草❶
背脊微弓如象牙木❷

❶知風草：禾本科植物名，俗稱程咬金，也用於中藥藥材，有活血化瘀之效。常見於臺灣低海拔田野、坡地。葉片條形，有圓錐花序開展，小穗紫黑色。

❷象牙木：柿樹科常綠小喬木，臺灣原生種植物。多分布於恆春、蘭嶼，和綠島，又稱「烏木琉球」、「黑檀木」。由於檀心生長，樹皮深灰黑，木質彌足珍貴，猶如象牙，是高貴的木材，又稱陰沉木。花期四到六月，花瓣略小，不易辨識，多為淡黃色或白色，果期為七到八月，現已有公園植株，但栽植不易。

你看不見核廢料❸顏色
在鹽和雪之間
在浪花，或則遠方的白雲母❹之間

這島嶼有用不完的海浪
有粗糙的鹽巴
但我們常常期待

❸核廢料：核廢料污染一直是相當棘手的核能發電課題。根據統計：臺灣的核電廠，各大機組，每年使用過的燃料約有一百五十噸低中強度核廢料，計有一萬五千桶核廢料。若以每個電廠有三十年的壽命為估算，當所有核電廠皆停止運作之時，臺灣將產生四千五百噸的廢棄燃料棒，四十五萬桶低中強度核廢料；再加上除役所產生的廢料，其數量據估計約等於運轉三十年所產生的數量。核能發電所產生的廢棄燃料（或高強度廢料）約九千噸，低中強度核廢料也高達九十萬桶（是蘭嶼儲存容量的九倍）。八十年代原委會和台電曾以興建魚罐頭工廠為名，在蘭嶼興建核廢料儲存場，九十年代，蘭嶼發生儲存桶銹蝕達數千桶，恐有輻射外洩之虞，其他核一廠在北海岸傾倒放射性廢棄物，也曾導致放射性污染。

❹白雲母：白雲母（Muscovite），是雲母類礦物中的一種。具有良好的電絕緣體和熱絕緣體特性，相當具有經濟價值。具有玻璃光澤到絲絹光澤，不僅僅只有白色，亦有淡淡的褐色、紅色或無色。

鹽一樣白的雪
期待在熱帶雨林
下一場大雪吧

我們用夢，用四肢划動這小島
離開赤道越遠，離開惡靈❺越遠
就越有下雪的希望
下一場大雪吧
從山頂覆蓋下來，覆蓋到海岸

❺惡靈：臺灣原住民的傳統信仰普遍有著泛靈思維，主要包括信仰人和自然山川皆有靈魂，除了萬物有神靈之外，也有對始源崇拜的祖靈信仰。蘭嶼的達悟族（Tao）是臺灣唯一離島的原住民，舊稱雅美族（Yami），這個族名最早見於日本人類學家鳥居龍藏在一八九七年的調查報告，所謂的「Yami」，意為「北方之人」，這裡的北方，是相對於蘭嶼的南方菲律賓的巴丹群島而言。眾所周知，臺灣的原民係屬南島語系的一環。達悟族是一支以漁業為生的原住民，最為著名的飛魚祭，相當具有達悟族自己的神話傳說和祖靈色彩。然而，自從八十年代核廢料傾倒蘭嶼的問題相繼爆發，當地原民生活起了很大的變化，而詩以「惡靈」指涉的是，核廢料的威脅，正是文明社會對蘭嶼的殘忍入侵。

雪的裙邊和海浪接縫
使這小島穿起新娘的白禮服

使我們在熱帶因冷而保持清醒
我們已逐漸疲倦困頓
十年反核，使我們沉重
在自己的慾望與全人類的慾望之間
我們逐漸失控，自我糢糊
我們只好用最熱烈的語言辯論
使海水和唾液迅速沸騰蒸發
在天空冷卻為雪　在海岸乾燥為鹽

賞析

蔣勳曾在詹澈的詩集《土地，請站起來說話》的序文中提及：「詹澈的詩，充滿生命活力，沒有陽光沒有水分，不可能壯大的另一種詩。」詹澈來自彰化農家，其後隨父親遷徙至屏東務農維生，曾經親手栽植過西瓜、木瓜。詹澈的人生抉擇，並非是懷抱文人恬淡的田園情調而僻居鄉野，而是貼近自己的心聲，透過生活與鄉野圖像的相互交融，藉以傳達農村子弟對土地的認同，真正屬於泥土的氣味，他不僅以作為農民詩人為傲，更是在守護家園的熱望中，堅若磐石地道出內在的信仰和執著，每一件田園生活的聯繫，在被汲取的孤獨裡，享有誠實與感恩的自然儀式。

八十年代初期，最受到矚目的文化動向是為「中國結」與「臺灣結」的論爭，從文學文化的轉向再到政治的統獨之爭，同時也是「鄉土文學」過渡到「本土文學」，再到「臺灣文學」的吶喊年代；特別是「美麗島事件」後，備受壓制卻日見高漲的反對運動，反倒開啟臺灣民主政治的新頁。臺灣文學成為以政治為實體的文學自主論述。在這樣的政治生態之下，詹澈的書寫有著強大的歷史動能，回到更早的一九七六年，「中壢事件」爆發時，青年詹澈曾如是回顧他的寫詩的歷程，他憶及服役期間的心境，時值鄉土文學方興未艾的論爭熱潮，他曾在駐兵夜哨時，將詩抄夾在頭盔裡就著四十燭光的微明啃讀鄉土文學重要的論著，詩人幾乎不曾稍稍遺漏任何一篇關於鄉土文學的討論，甚而，「中壢事件」最激昂對峙的那一夜裡，他站在民眾的另一方，詹澈事後回想起那一晚衝突事件是相當重要的轉捩點，他開始去思考文學的、社會的、政治所折射的各種意識型態的光譜，但他也不急於在政治漩渦的激情裡表態，他審視自身的定位，儘管此後他也曾自我質疑過當一名詩人站在街頭的前沿，是否就是代表那個時代的前進號角或使命感？伴隨著臺灣民主化運動愈演愈烈的社會激辯和對立，他曾與羅青、張香華等人創辦的「草根詩社」，但面對《夏潮》和《鼓聲》相繼遭到停刊的命運，加上「美麗島事件」的衝擊，歷經幾次民主化歷程的運動，都可以看見詹澈的身影，而他最後選擇和農民站在一起，或多或少是受到政治事件的影響。

〈鹽和雪〉是發表在二〇〇二年的作品，當時核四是否持續興建的議題正在延燒，然而，關於核四，實際上要推至八十年代中期臺電選定臺北縣貢寮鄉（今新北市貢寮區）為核四預建地，核四在興建之初即有相當激烈的社會論辯，而這其實與解嚴前後的社會氣氛有著相當密切的關連，解嚴前後，臺灣的政治禁忌相繼鬆綁，家國神話的破滅，加上風起雲湧的社會運動各有擅場，在在反映解嚴前後臺灣社會變遷的加速；再加上一九七九年美國三浬島的核子事故殷鑑不遠，還有一九八六年蘇聯車諾比核災事變，更是帶給世人嚴重的警訊，臺灣島內的反核聲浪高漲，也在同一年，由黨外團體和環保團體在臺電大樓發起「要孩子不要核子」的反核運動，臺灣漫漫的反核之路自此展開。一九九四年，「核四公投」主張更將反核運動推向公共議題，主要運動發起人有林義雄、林雙不和高俊明等宗教和社會運動人士，主張透過公民表決的方式，表達「非核家園」的願景，然而，島內對「擁核」和「反核」的主張，各有立場，在科技文明與環境安全的兩造論辯之中，始終無法達成共識，而國家資本的介入和立法機關的強渡法案，數次導致議題和政策的空轉；詹澈在新世紀之初寫下對島內核安的思考，主要將焦點放在的社會輿論的徒然消耗，同時暗喻臺灣文化的迷惘，遙想九十年代反核苦行的身影，從臺灣頭走到臺灣尾的千里苦行誌，那些無數人的奉獻和願力，是多麼希望保有臺灣美麗的鄉土。詹澈長年在街頭運動，眼見愈演愈烈的社會對立和路線之爭，又親眼目睹國家預算法案和政策的搖擺不定和顢頇無能，使得官方和民間產生很大的認知差距，詹澈在詩中不免表達他的隱憂。

當然更不為世人所知的是，臺灣核電廠的廢料運送問題，第二段開始，詹澈描繪了一名蘭嶼原民青年的形象「蘭嶼反核青年/你站立在高聳的礁岩上/長髮翻飛如知風草/背脊微弓如象牙木」我們讀見蘭嶼原民青年崇高的野性和尊嚴，原民有自己的生活樣貌，他們嫻熟山林海野的自然語彙，應當以他們的部落身份為傲，然而，臺灣主流社會經常令人錯愕的是對原住民課題的投注過於流於表象，特別是漢人社會對原民形象的形塑，也經常投射特定的族群想像。這無疑原民和異己的衝突，也是原民和漢人社會的矛盾，那些部落傳說與世襲的文化精神，經常使得部落生命力在主流社會受到戕害。儘管，聯合國在一九九二年「世界人權日」特別提倡：「原住民族，應該是一個新夥伴」並且鼓勵在此新關係，應該促進原民和主流社群公平地建立於互相尊重與瞭解的基礎上。然而，在臺灣反核的議題上，原民真正能夠發聲的機會不多，尤其，蘭嶼長期忍受核廢料隨意傾倒的政治騙局。「你看不見核廢料顏色／在鹽和雪之間／在浪花／或則遠方的白雲母之間」「看不見」意味著一場災禍的降臨，《聖經》裡羅得之妻在逃離罪惡之城時，往後回顧而變為鹽柱的景象，在蘭嶼青年看不見危懼時刻之前，是否足以避開一場浩劫的降臨？會不會因著守住家園不讓它變成鹽柱之城而備感艱難？詹澈曾在〈輕與重〉詩中運用到「白雲母」的礦岩意象「時間是怎樣穿透空間的／當聽見聲音沈重又輕微／是火車剛鑿穿隧道聲音／從白色的雲母背後傳來」，這裡的「白雲母」是觀山睇海之餘，由遠而近，由輕而重，雲屏如雪白的城垛排山倒海而來的遼闊景象。我們回到〈鹽和雪〉的意象交疊，那是蘭嶼青年站在白色雲朵展開的視景下御風而行的英姿，然而，他將如何面對他心中的矛盾和掙扎，那也像是將雲母握在胸膛一般的捶擊和鍛鍊，是海浪回聲之中如石質般堅毅的應答，我們彷佛聽見詹澈控訴的正是原民並未真正能夠自決屬於他們的生活；這是誰荒蕪的家園？是否要走到更遠的地方？誰，又在注視永恆的岩峭？如蘭嶼青年在風中搖擺。

社會運動的路線之爭，國家機器的粗糙顢頇，島國之民的圍城之陷，我們沒有全面性的檢討核安機制，國家單位也無能提供安全無虞和穩定供電的承諾，而公民覺醒也仍是漫漫長征，這些課題顯示我們的核安問題困難重重。詩人在第三段似乎提供了一個和希望等同的妄念，或者說是寄想，讓亞熱帶的島嶼下一場雪吧，或可緩解這個躁鬱國家的妄想和惡念，「我們用夢，用四肢划動這小島／離開赤道越遠，離開惡靈越遠／就越有下雪的希望／下一場大雪吧」在核爆陰影的內因和外因之間，雜糅著詩人所不欲見的島嶼悲歌，如果我們還有夢，如果我們還能實踐，那麼啟動核安的覺醒，才是離開熱火言論和冷靜思考的起點。「十年反核，使我們沉重／在自己的慾望與全人類的慾望之間／我們逐漸失控，自我模糊」現代社會如何定義「進步」？核安的威脅，對人類社會的根本意義何在？科技失控的夢魘和陰影，到底又如何蕈集恐怖與暴力於無聲、無嗅的地步？311日本大海嘯引發福島核電災變，才剛掀起新世紀的哀嚎，所有的生命都脆弱得無所遁形。我們總是過於安逸於歡樂生活的表象，並不曾真正看到這些災難在不同生命史裡糾葛著龐大的記憶、情感與命運，我們總是陷入錯亂，痛苦失序的哭笑時分，又如何能夠面對自身的真實呢？環境正義，被視為人類高貴的希望，卻也同時使人類迫不得已地鋌而走險，科技與文明秩序，在肯定人類尊嚴及其平等權利的確認之際，我們大而無畏地宣示免於恐懼、免於匱乏，人生而自由且平等的呼聲。但，種種無視的蒙昧和無知，卻也同時毫無止盡地繼續玷污人類的良心。如同核電安全和能源開發彼此爭論不休，它們彼此以何種關係建立現代社會的文明秩序？詹澈從千里苦行的反核身影和體驗出發，伴隨著行旅途中的內心節奏，我們是否能夠如同謙卑與善意的行旅者，在思量經濟、政策與環保的權衡得失之中，也能夠思考人性的貪婪與混亂，並抵抗？當人類生活在大量科技文明掛帥的口號下，如何能夠印證它是一場生存冒險或是永恆家園的追尋？是否如同蘭嶼青年身為勇者，也不受奴役？

李桂芳老師　撰

〈界線〉

胡淑雯

題解

〈界線〉於二〇〇四年獲得第二十七屆時報文學獎散文首獎，此文收錄於小說集《哀豔是童年》，被視為胡淑雯童年寫照，〈界線〉人物背景亦取材自作者年少時住家鄰近的廣慈博愛院、貴族私校。

〈界線〉主角為一小女孩，家住城市的邊緣，公車站底，鄰近博愛院，父親為計程車司機、母親辛苦經營雜貨店，父親為了讓女兒有更好的將來，將她送進貴族學校，希望她能擺脫社會下層生活，擠身上流社會。然而，貴族學校裡同學的言行表現，師長勢利舉措與過度期許，使得女孩變得十分自卑，常以謊言掩飾自己與同學的不同，拉近彼此的距離，努力地跨越自己與同學之間的「界線」，將自己從「醜小鴨」活得像「天鵝」，打扮得像別人家的孩子，告別熟悉的童年。

〈界線〉探討了一個無所不在卻常被忽略的社會階級問題，主角為了得到同儕的認同，父母彷彿不曾存在，「不說話、不現身、不在場。繳完學費就撤退、離場。」主角將自己「置入『品、類、階、格』的力量」之中，卻難以掩飾內心的恐慌。多年過去，主角對社會有了深刻體驗後，終於領悟出「他們之接納我，不是出於一種抹除界線的意圖，而是另一種──不斷強化界線的需求。」同儕越是假裝接納，越是凸顯彼此的不同，「界線」越是明顯存在。作者通過敘述這個故事，指認階級的界線，以便模糊它、消除它。

作者

胡淑雯，一九七〇出生，臺北市人。胡淑雯小學唸有名的貴族私校復興小學，高中就讀北一女，國立臺灣大學外文系畢業。歷任新聞記者、新聞編輯，專職婦女運動、新聞編輯，目前專事寫作。曾獲梁實秋文學獎散文獎、教育部文藝創作獎短篇小說獎、時報文學獎散文首獎。

胡淑雯創作以小說為主，又以女性為主要題材，展現出層次豐富的感性，道出情欲的多面性與人性在多變中的不變，擅用冷淡的口氣，剖析世間複雜的生命情愛，駱以軍認為她的小說「精準得像一隻花極長時間觀察人類愚行與不幸的貓」。著有短篇小說《哀豔是童年》、長篇小說《太陽的血是黑的》，主編並合著《無法送達的遺書》，記錄白色恐怖政治犯的遺書與家書。二〇一八—二〇二〇年與駱以軍、童偉格、陳雪、黃崇凱、顏忠賢等出版短篇小說實驗集《字母會》，已出版A到Z共二十六冊。另與童偉格主編《讓過去成為此刻：臺灣白色恐怖小說選》共四冊。

二〇〇六年出版短篇小說集《哀豔是童年》，結集十二篇短篇小說，筆調辛辣，善用嘲弄口吻探索命運、對抗傳統。各篇章皆以女性為主體，多以女性第一人稱書寫，且書中女角多為年輕的都會女子，其次為出身低下階層的女孩。這些女孩在逐步成長過程中，對傳統道德、愛欲、命運的反抗，不泥於保守框架之中，展現個人價值觀。《哀豔是童年》入選「二〇〇八台北國際書展」大獎，其評語為「《哀艷是童年》由十二篇短篇小說組成，篇篇寫來一氣呵成，展現胡淑雯層次豐富的感性，把女生最私密的一面娓娓道出。十二篇作品焦聚所在，殆情欲的多面性與人性在多變中的不變。胡淑雯刻畫的人物看似一體，互有牽涉，但個個有愛有恨，絕非平淡無奇。雖然如此，胡淑雯下筆卻出奇老練，不僅口氣冷淡，彷彿壁上以觀亙古最複雜的生命情愛，而且精於自我剖析，辯證慾望的昨是與今非。從小女生初初長成到墮胎的曲折心理，《哀艷是童年》篇篇表現出了我們這個時代人性特有的呼吸方式。」

課文

我必須，把這個故事從垃圾堆裡撿回來，講一遍。它不容我扔棄，除非我記得。於是我敘述，爲了記憶，記憶，以便遺忘。

●

小學那幾年，我把嘴巴閉起來，頹頹荒老著。深怕一開口就感覺舌尖……爬滿謊言的苔蘚。

我的家在城市邊緣，公車底站，一家銹痕斑斑的小雜貨店，在便利超商的擠迫下節節敗退，東西難得新鮮。

每一天，我比同學早起一小時，搭公車，越過鐵道，進市中心上學。候車站旁有個博愛院❶，磚牆內收容了無家的老兵廢人，鐵門裡管束著逃家

❶博愛院：指位於臺北市信義區大道路福德街交叉口附近的廣慈博愛院，即現在的臺北市菸毒勒戒所。前身為臺北市立救濟院，創立於民國五十三年，原院址位於虎林街二七二巷山麓。五十六年臺北市改制，擴大編制易名為「臺北市立綜合救濟院」，五十八年再徵收松山中陂庄土地整建完成，改稱

的犯罪少女。下車那站叫作名人巷，巷內的私立小學門口，泊著一輛輛名貴轎車，鑽出一個個乾淨的小孩。漂亮、完整，什麼都有，連鉛筆盒都有十道門。他們是我的同學。

離家，上學。

自城市的直腸離開，來到心臟。

一臉下錯車站的表情。

入學第一天，我是全班第一個舉手發言的人。

老師，我要尿尿！

我開口說的第一句話，以「老斯」始，以「放尿」終。

我說的是臺語，臺灣國語。同學們大笑，老師不高興。我的臉上，浮出下錯車站的表情。我從家裡帶來的語言，在那個空間裡愣然地犯著錯，率直無所愧，反更似挑釁。

多年後我才發現，這事發生在幼稚園而不在小學。

記憶切換了空間，將故事搬進小學教室，不只因爲它在那裡適得其所，更

「廣慈博愛院」。當時屬於都市邊陲，專收容貧困無依老人為主，同時設置育幼院與婦職訓所，以照顧棄嬰、兒童保護個案、輔導受虐或經警察機關轉介之婦女。九十六年九月十一日因土地開發案而拆遷。

因爲我不許它當眞——當眞在那裡發生。

愈是不容許的，愈是在想像中警戒著，反覆排練。排練太多，竟錯覺戲已上演，甚至修改細節，在記憶裡栽贓、報復。

原來「過去」跟未來一樣，充滿可塑性。記憶與想像同樣背對現實，面向渴望，渴望平反，我的童年。

不必發生什麼可憎的罪行，只需要一個眼神，同學看工人像看到穢物的眼神。以及，對家世背景近乎偏執的好奇：你家是做什麼的？

他們一問再問：你家是做什麼的？

我於是拉拉扯扯說了一大堆，用廢話塡滿下課時間，掩埋那說不出口的眞相。

說起我爸……，小學讀到五年級，北縣平溪人，十六歲前跟著他爸當礦工，上臺北後洗車、修車、現在開計程車……，似乎非得先說這些，才能爲他的人生鋪上底色。還在讀小學呢，就穿著丁字褲下地挖煤，等待洪一峰❷的歌聲

---

❷洪一峰：本名洪文路（一九二七年—二〇一〇年），初出道藝名為洪文昌，知名臺語歌曲創作家。少年在各地流浪賣唱維生，以〈淡水暮色〉、〈舊情綿綿〉、〈可憐的戀花再會〉等歌曲聞名全臺，享有「寶島歌王」的稱號。

灌入暗無天日的坑底，帶來午餐的歡呼。儘管歌聲再悲再苦，於礦工都是快樂的，象徵陽光、飽食與休憩。

至於我媽……，她在家長會後跟著去逛校園周邊的精品店，最好奇的是：這樣的衣服一件要多少錢？然而她不准自己開口問，以免被人看不起。但店員並不招呼她。她的新鞋閃耀著廉價的光芒，將腳踝上綳緊的不安照得明明白白。我媽爲家長會愼重穿上的新衣新鞋，令故作輕鬆顯得格外辛苦。

我曾在作文簿裡寫下這些。像隻羽翼未成的小鴨，用力拍打翅膀，試探風的力量。

我那知情的導師，怕我辜負了學費似的，檢查我的言行、步態與吃相，像在檢查一隻擅闖天鵝水域的、越界的小鴨。「不准說尿尿，要說上洗手間。衛生紙收進口袋，別捏在手心，否則一眼就看穿你的教養。」

天鵝，天鵝，你要更像天鵝一點。

另一個公民老師：「你爸載一趟客人能賺幾塊？你媽賣一瓶醬油能賺幾塊？」她將我的成績單摔在地上，「你考的這是什麼分數」！

她眞情地哭泣著，替我惋惜。惋惜我好不容易搭了上行的電梯，卻逆著階序向下走。我記得她漆成黑色的長指甲，鷹爪般攻擊我的臉頰，在我嘴邊刮出血痕。我那來不及長硬的幼鴨的嘴，輕易被刻下記號，供卑怯記取羞憤。

鴨子，鴨子，爲何你還是鴨子！

那是午餐時間，人們在走廊間湧動。人言轟轟撞向我，像一道強風，煽動著，把我變成一件景觀，一件快要被強風拆解的違章建築。

強風也窒息了語言。

我禁止自己描寫熟悉的事物，停止在作文裡探問眞相。舌頭一日比一日沉重，彷彿地下室關上的鐵門，在暗地裡生銹，在謊言上生苔。

撒謊成性，即連生活本身，也化作一團悶悶發臭的謊。

睡過頭，爸爸準備送我，我馬上能突然想起：今天第一堂停課。

爸爸堅持載我上學，我就在離校一個街區之外下車。因爲，我說，這是導師規定的功課：觀察學校附近的路樹，撿拾五種不同的落葉。

事後有同學說他看到了我，我答是呀，我今天是搭計程車來的。

同學說他父母不准他坐計程車，「又髒又危險」。我沒有說話。

在作文裡、畫紙上、言談中，我的父母彷彿不存在。

他們不說話、不現身、不在場。繳完學費就撤退、離場。

繳費，買入場券，把我送進另一邊，有司機與傭人的那邊。

當我在同學的派對上，驚奇地嚼下一片進口生肉，我爸或許正把計程車停在陸橋下，扒著冷掉的便當。

坐同學的車，開車的是我爸那樣的人，耳朵上夾著菸，光天化日剪指甲。到了飯店，會先遇見我叔叔那種人，他也是個泊車員。誤闖廚房，或許會撞見大姨，她做過洗碗工。

好在看電影並不會碰到姑姑，她只在二輪戲院收票、打掃。也絕不會碰到姑丈，因為我的同學不吃路邊攤。

打扮得漂漂亮亮。

我把自己打扮得……像別人家的孩子，跟灰撲撲的店家說再見。尪仔標❸，再見。橡皮筋，再見。枝仔冰，再見。心酸的麥芽糖，再見。

爸爸，再見。

媽媽，再見。

❸尪仔標：音ㄨㄤˊㄗㄚˇㄅㄧㄠ，為閩南方言直譯，一種傳統童玩。利用直徑約五公分的圓型紙牌，上面印製各種漫畫人物、明星照片、數字、剪刀石頭布等樣式。玩法多樣，常見的玩法是兩人或多人將各自所出的尪仔標疊起來，再選出其中特定一張，輪流用手指彈射、拍打，將自己的紙牌疊在對方的上面，或鑽至底下，或是打翻，按約定方式來鬥牌，贏者獲得輸者的尪仔標。

我穿過鐵道，跨過界線，自邊緣進入中心。見世面，開眼界，以那邊的尺度丈量世界。

我記得那虛榮滿滿的一天，受邀去班長家。他英語流利、喝一種有果香的礦泉水，當眾遮住我的眼睛，把我領到一截架起的高臺上，對我朗誦詩歌。其他男生陸續加入，讚美我，讚美著我所不是的一個女孩。蜜蜂傾巢而出的嗡嗡聲麻醉著我，像是念咒，要我背向自己的歷史，離開自己，成爲自己不是的那個人。

我覺得自己要掉下去了。

那即將失足墜落的恐慌，既是關於肉體的，也彷彿是道德的。

——那將人置入「品、類、階、格」的力量。

我暗中呼叫不在場的人，任何一個不在場的人，將我帶走，帶離這虛矯、鋪張、華麗的陳腐、與早熟的名利心。

忽而他們出現了……，來自我世界的那些人，彷彿剛從地上爬起來似的，收拾餐盤，陳列點心。其中一個像是看懂了什麼，伸手拍拍我。那手掌粗糙的質感，恍如雜貨店捆綁貨物的繩索，從世界另一頭盪過來，讓我抓著保持平衡，保護我免於墜落。

要花很多年的時間，我才懂得所謂「接納」——他們之接納我，不是出於一種抹除界線的意圖，而是另一種——不斷強化界線的需求。

是的，這條線會開一道縫，讓幾個人過來，或許也會向另一邊位移幾寸，圈入更多的人。然而界線兩邊，人的移動方向，卻是不可逆的。總是這邊的去叩門，祈求那邊的人開門。那邊的人並不覺得有需要跨過界線，來這邊學點什麼、交交朋友、受一點驚嚇、或大吵一架。

那些抹除界線的手勢，終究證明了界線的力量，定義的力量，將人分格分階的力量。

就像那虛榮滿滿的一天，我爸心血來潮跑來接我，我臉色難看得像是作弊被抓。

回家路上，我爸過了很久才冒出一句話：我的車子裝了冷氣，想讓你吹吹看的……。

我爸並沒有說「不是的，我不是來丟你的臉的」，他只是在不必按喇叭時憤然地按了喇叭。那是個聲響巨大、其實虛弱無力的抗議，他的憤怒被囚禁在體腔內，找不到自己的詞彙。因為這世界要他用別人的語言——界線那邊的語言——思考、說話，他無法表達自己，於是憤怒只剩下聲音，沒有意見。

是啊，他成功了不是嗎？他的女兒終於跨入那個，鄙視他的世界。

●

我總算，把這個故事撿回來，講一遍。彌補我作文課裡沒寫的。也許我又在這故事裡撒了謊，忍不住虛構的衝動，以成就一個小孩對現實的報復。一種屬於夢、屬於小說的正義感。

在這份延遲的抵抗中，我能做的，只是把故事說出來，把那條界線指認出來。指認它，指認其定義的暴力，才可能模糊它、消除它。

且讓我炫耀我爸……，他曾因爲心疼兩個老兵爲兩千塊打架，當街掏出兩千塊。假如給他一晚清閒，他會在電視裡搜尋俄羅斯芭蕾、或歐洲教堂史。

然而抹除界線並不是——把上層的人描述得可鄙、把下層生活推向高潔可敬。所以我偏偏要說，假如每個人都有一項特技，則我爸那項一定是罵髒話。他還曾土裡土氣問道：店裡一雙皮鞋要七八百塊，難道是義大利貨？

當我這麼說的時候，無須故作驕傲。

因爲——我爸低學歷、欠優雅、靠艱苦笨拙的方法、以零錢碎鈔養家這回事，毫無卑下可言。

賞析

〈界線〉以第一人稱敘述，與作者經歷相仿，加上先以散文參賽，所以一向被視為自述個人經歷的散文。作者綜述童年經歷，然而又強調「原來『過去』跟未來一樣，充滿可塑性。記憶與想像同樣背對現實，面向渴望，渴望平反，我的童年。」先將故事扔到垃圾堆，再撿回來講一遍，然而「又在這故事裡撒了謊，忍不住虛構的衝動，以成就一個小孩對現實的報復。」情節虛實交錯轉化個人際遇，「記憶切換了空間」，讓讀者遊走散文之實與小說之虛當中。本文獲得散文獎，卻收錄在小說集裡面，更見其虛實相生的曲折。

胡淑雯就讀臺北市私立復興實驗高級中學，原稱臺北市私立復興中小學，簡稱復興高中、復興實中，英語教育為其特色。學校位於臺北市大安區，設有高中部、國中部、小學部、幼稚園、雙語部，是臺北市一所十二年一貫之實驗中學，學費高昂。胡淑雯在〈奸細〉寫道：「時間是一九八○年，我十歲。同校的學生還有：蔣總統的後裔。宋美齡的姪孫。第二個蔣總統的後裔，包括他私生子的小孩。副總統的孫。行政院長的外孫。國防部長的兒子。外交部長的女兒。」家長多政商名流，學校的環境就是上流社會的縮影。此外，宜蘭頭城鎮另外有一校區，實施探索與體驗教學，騎馬、標靶射擊、攀岩、遊艇駕駛等課程都在那邊上課。胡淑雯〈奸細〉云：「我讀的那所小學堅持，國小與小學並不相同，國小是公立的，小學是私立的。能用面紙就別用衛生紙，皮鞋統一訂製，球鞋一律愛迪達，每學期都要換新，不可說官商勾結。」其校園生活階級分明、界線清晰，學校位處城市的心臟，自己卻住在城市的直腸。父親讀書不多，從當礦工到北上洗車、修車、開計程車，不斷往上爬；母親開雜貨店，穿著閃耀著廉價光芒的新鞋，故作輕鬆參加家長會，努力將主角送進貴族學校，希望孩子能跨越界線，有一天能過著上流社會的生活。然而在努力的過程中，更見界線的存在，界線內外形成鮮明的對比。家在城市直腸，父母出身低下階層，學校卻在城市心臟，同學家長更是政商名流，家庭背景彷彿變成原罪一樣，讓女孩無法不以謊言掩飾真相。不僅如此，連帶從家裡帶來的語言亦被同學取笑，言行被放大檢視，師長的揶揄一再提醒她原是醜小鴨，要爭氣活得像天鵝，然而鴨子畢竟不是天鵝，在界線內生活，變成了不該的存在，彷彿是「一件快要被強風拆解的違章建築」。

為了變得更像天鵝，女孩只好把自己打扮得像別人家的孩子，告別熟悉的童年，扮演著父母、師長期許的樣子，用更多的謊言拉近與同學的距離，然而越是這樣女孩越覺迷失。直到有一天她以界線內的嘴臉歧視父親，父親氣得無法言語，諷刺的是「他的女兒終於跨入那個，鄙視他的世界。」女兒終於在界線內鄙視界線外的父親，這難道真的是父親辛勤工作送她進貴族學校讀書想要的結果嗎？父母對女兒的愛，變成女兒成長過程中不能磨滅的痛，對於他們來說均屬不幸。然而可喜的是，女兒成長以後，對社會有更深刻的體驗，明白到「他們之接納我，不是出於一種抹除界線的意圖，而是另一種——不斷強化界線的需求。」界線一直存在，且任何時候我們都可能活在界線之外。我們不易抹除界線，但能面對界線、正視界線，讓自己成為你喜歡的自己，放下傷痛繼續往前走。

胡淑雯在訪談中曾說過「小說的本命，該是撼動現實。」《太陽的血是黑的》提過的「傷口像一張不曾癒合的嘴巴」，她為這些傷口說話，為那些沒有發言權的人發聲，將堅實淡漠的人心層層剖開，讓讀者被她的文字刺中，轉而用新的視角看世界，直到觸摸到棉花裡的針。也許偶爾旁觀他人之痛苦，但逐步學習不在別人的噩運裡喧嘩取鬧，然後漸漸，離無動於衷幾步，感覺他人之感覺。（見李屏瑤：〈胡淑雯：小說的本命，該是撼動現實〉，https://okapi.books.com.tw/article/913）

南方朔在文學獎評審意見指出：「有的文章看理路、有的文章看文采，而有的則看細節。以細節取勝的文章，靠的是對經驗的體悟，體悟愈深者，愈能在關鍵的細節處提綱挈領，呈現出整體，並產生動人的力量。而〈界線〉談的是由於貧富和身分而形成的階級區隔，它顯露在行為、消費，以及語言談吐裡。它是一種具有魔惑性的暴力，擾亂著人們的認同，製造著對自我的嫌棄，甚至還會為此而讓自己編織謊言。那是一種背叛，而背叛則是為了屈服。本文寫游移在這道界線兩側的心靈過程。它未將敘述概念化，而是精準的掌握住細節。……它以語言、眼神、物質、動作、自身的被扭曲等許多細節來講述被傷害以及傷害的故事。尤其是文末寫到父親開著計程車去接女兒那一幕，雖然淺淺幾筆，但卻張力自現。除了精準的掌握細節，藉著細節呈現整體外，本文的敘述以回憶方式展開，讓過去的我和現在的我繞著細節做對話，用感性來說理性，要解除界線所加諸於己的魔咒，讓卑下者回到它不卑下的位置。界線這種老問題，因而也就有了新的縱深。」〈界線〉情節虛實相生，透過語言、動作、情節描寫人物，利用同學與自身對比凸顯人物象，從而反思社會階級問題。除了社會階級這「界線」以外，世上還有千萬種界線，如種族、性別、國籍、文化背景等，面對「界線」我們如何自處，這正是我們生命裡不能逃避的課題。

楊穎詩老師　撰

〈達賴喇嘛 二〇一六〉

房慧真

題解

本文選自《像我這樣一個記者》，房慧真先後兩次採訪西藏精神領袖達賴喇嘛，與其說透過報導認識達賴喇嘛，不如說房慧真更像是「說故事的人」。透過她的筆觸，達賴喇嘛從望之儼然，到即之也溫，訪談中細數達賴喇嘛一生經歷的烽火與流亡，也映照他在世局與歷史流轉下的清明與慈悲，其中幾處對話，點染所至，談笑風生，也讓我們見證達賴喇嘛不僅是人間活佛，其睿智、慈悲，且大無畏的宗教情懷，也為西藏問題在強國的政治角力賽中投下新註解。本文屬紀實性的新聞寫作，而房慧真獨特的敘事視角和素材運用，也相當引人入勝，文中一方面穿插回顧達賴喇嘛的童年，如何在轉世的宗教傳統，得其異於常人的修持和早慧，也描繪青年達賴，如何在顛沛流亡的歲月，思考藏民流浪生死的出路何在？

難民問題，從何安頓，不只是西藏（敘利亞、伊拉克等），苦難無邊，烽火依舊，而真正的和平，又在哪裡？另一方面，當藏民在歷經超過半世紀的世局變遷，橫跨千禧年之後，迎來的是更嚴酷的社會實景（拉薩暴動，藏人連環自焚事件）的考驗，達賴如何指引眾生的前程，特別是「藏獨」爭議浮現諸多路線，中國官方對少數民族自治的政策幾度易絃又變卦，恐怕都是是變動世局下沉重的摧折；房慧真的人物敘事，主寫達賴喇嘛，同時也側寫他的同代人班禪喇嘛，明與暗的對照，使得兩位分隔喜拉馬雅山的轉世活佛，在敘事軸線的相互對比下，命運和機遇，跌宕起伏，何其不同。達賴喇嘛曾說：「自己的頭腦自己的心，就是我們的寺廟，我的哲學是善心。」有時，他也像是星際時空的旅者，讓讀者一窺前塵今世的魔幻時刻。我們透過訪談作品，進一步認識達賴喇嘛的生平，也透過房慧真報導的生花妙筆，深入理解人與社會、歷史的關係；讓我們更明晰地看清，如何向複雜而混沌的事象，提出可能精準的命名和表達，對讀者來說，這樣的文學表達和社會參與，也當是深具啟發且激勵人心。

作者

房慧真（一九七四年——），臺北人，淡江中國文學系，師範大學國文系碩士，臺灣大學中國文學系博士班肄業。自述「長於城南，養貓之輩，恬淡之人。」曾任《壹週刊》，現職《報導者》，專事人物採訪，是一名獨立媒體的記者，也是臺灣散文創作的秀異份子。創作初期，房慧真以筆名「運詩人」遊走於網路，她自學生時代起，著迷於各式藝文興趣，為了不服膺體制教育的框架，勇於探索各種類別的閱讀和思考，同時自我養成獨立自足的內在體驗，也創造各種豐富的寫作樣態，「這麼多年，興趣維持著，迴避理論，拒絕專業，只相信直覺。」看似任性的青春記事，並無減損她身為創作者的自覺，大量的閱讀和生命風景互嵌為創作文本。她的寫作歷程，展示了豐厚的閱讀軌跡和藝文素養，深邃而抒情的洞察力，獨樹一格。

《像我這樣一個記者》的成書，緣起於房慧真先後擔任《壹週刊》和《報導者》一系列的人物訪談報導，在此之前，她已是臺灣散文界的秀異青年作家，並有多部散文著作問世，是個高度敏慧的創作者。她自剖性格內向害羞，不曾想過有一天會擔任記者，是半路殺出的菜鳥記者，也由於《壹週刊》總編董成瑜慧眼獨具，力邀房慧真出任記者，讓房慧真在創作者和學院身份外，開創出人物採訪的新視野。房慧真不再耽溺「私語」，正好也凸顯她在青年中途的人生轉折，多少有其青年作家普遍苦於「經驗匱之」的創作自省，「我覺得再怎麼樣，最重要的都是看世界的那雙眼睛，為什麼有些事情你看得見、我看不見？接下來才是寫的風格、題材與筆觸。」更進一步來觀察，她在投入更多人與社會的關係之後，愈發對「記者」一職，有著更嚴明而清晰的寫作倫理和自我省思，特別是在資訊氾濫，媒體怪獸當道的失控年代，有意識地與主流媒體霸權相抗衡，更可見其人文理念和信仰的堅持。散文集有：《單向街》、《小塵埃》與《河流》，紀實報導，則有：《像我這樣的一個記者：房慧真的人物採訪與記者私語》、《煙囪之島：我們與石化共存的兩萬個日子》（與何榮幸、林雨佑等人合撰），其他相關社會議題著作，還有《電影裡的人權關鍵字：第六十九信》（與何友倫、馬翊航等人合撰）。

課文

逃亡的一行人騎著馬，連夜趕路二十個小時，回頭望去，暫無追兵，盡頭暗處，惶惶的威脅仍跟了上來。來到小廟暫歇，向僧人借來氈袍，❶充當鋪蓋，和衣而眠。簡陋雖簡陋，該有的儀節仍不能偏廢，寺廟雖小，仍在二樓騰出一個獨立房間，恭迎貴客。

十三歲的阿里仁波切蹦蹦跳跳地跑上樓，看見大他十一歲的兄長站在窗

❶氈袍：氈，音讀「沾」。高原地帶的居民經常使用獸禽皮毛添入膠汁，並加工製成各式的織品，藉以抵禦氣候嚴寒的侵逼。

前，身著醬色束帶長袍，腳套長筒皮靴，看起來與一般藏人無異，卻令他感到陌生。連協助出逃的三十幾名康巴游擊隊員，都不曉得護送的是誰。沉默一陣後，哥哥突然喚了弟弟的小名，語重心長地說：「秋杰，我們現在是難民了。」

時間是一九五九年三月，二十四歲的青年在啓程時脫下袈裟，摘掉眼鏡，換上從二歲被認證爲轉世靈童後，❷再沒上身的常民衣服。走出羅布林卡寢宮大門時，❸外頭層層包圍著上萬名擔心他被共產黨綁架的藏人，往常出宮都有華麗大陣仗，他高高端坐金轎上，仰望他的人們，無不跪拜哭泣。

這一次，沒有人認出他來。

逃亡七天後，在中印邊界的高山峻嶺上才接到通知，離開兩天後，羅布林

❷轉世靈童：藏文：ཡང་སྲིད，yang srid；漢語音譯，則有「呼畢勒罕」、「呼弼勒罕」、「呼必勒罕」），是藏傳佛教的一種傳統繼承制度，指的是活佛繼承前此修行者的轉世，並得到認證，透過累積修行，肩負教法。

❸羅布林卡：藏文：ནོར་བུ་གླིང་ཁ，Nor-bu gling-ka，藏語意為「寶貝園林」，位於拉薩河畔布達拉宮以西，約二公里之處，羅布林卡建於一七四〇年，是一處古典園林，全園占地面積之廣，主要建築體有：格桑頗章、措吉頗章、金色頗章、夏典拉康、達旦明久頗章（新宮），是西藏古典園林中規模最大、古蹟最多的重要宮室。歷代達賴在親政以前，都在此習文、讀經，並修習佛法，親政後，則每年夏季親臨此宮。

卡就遭遇中共軍隊猛烈砲擊，砲彈像驟雨一樣落下，出逃時驚鴻一瞥的善良百姓臉孔，生死未卜，灰飛煙滅。

回不了頭的新科難民，自身也在生死關卡中，躲過槍管，挨過高山上的沙塵暴、風雪暴，習慣高原氣候的體質下到平地，首先迎來痢疾，虛弱得無法上馬，坐騎改成性情溫和的牛，逃亡十四天後，他終於踏上印度土地。

時間是二〇一六年六月，在印度北邊的達蘭薩拉，❹半世紀前牛背上的青年，此刻就坐在我對面，將滿八十一歲的第十四世達賴喇嘛，作爲此世紀最知名、聲望最高的難民，他硬是將流亡的邊緣處境，扭轉成全世界關注的焦點。

問他五十七年前剛到印度時，最不能適應的是什麼？他說：「首先是我的胃。」他擠眉弄眼地嘿嘿嘿。三年前第一次採訪他時，也聽過一個笑話，剛流亡過來時，沒有人會講英文或印度文，「我們當時有個翻譯，他的一隻眼睛看不見，我們時常要牽著他。有個噶倫（官員）說我們一定要學語言，要不然都

❹達蘭薩拉：藏文ཛ་མ་ཤ་ལ，dharamśālā，藏語意為法處、法所，位於印度北部喜馬偕爾邦坎格拉縣的一個城鎮。自中國的唐代開始，有吐蕃人移居至此。在第十四世達賴喇嘛流亡印度之後，達蘭薩拉成為了流亡藏人的政治中心，藏人的行政中央及西藏議會也設立於此。因此，達蘭薩拉以「小拉薩」聞名，同時也可視之為西藏流亡政府的代名詞。

要靠一個獨眼龍。」講這段話時，達賴喇嘛笑到不能控制自己，身體前後劇烈搖擺，聽者很難不被他的情緒感染，於是感覺，流亡似乎沒有那麼刻苦。

笑聲後頭，是二十四歲青年身後，數萬名陸續逃出的藏人，流亡之初，一無所有。

印度政府撥地下來讓藏人定居，都是未開墾的偏僻叢林，不像西藏高原上一望無際的開闊景色，遮天蔽目的原始森林，幽閉的恐懼感，❺林中傳來野獸的咆嘯，藏人伐木闢地時，常遇見發怒的大象而被活活踩死。

一味接受救助的話，達賴喇嘛覺得是不道德的，他主動建議讓藏人到中印邊界的高山上修築公路，艱苦的體力活，一天的工資只不過一盧比，買了米就所剩無幾。辛苦雖辛苦，卻能往涼爽山區去，止住藏人下到炎熱平地，因水土不服的高死亡率。

達賴喇嘛獨獨向當時的印度總理尼赫魯要了一樣東西：教育，要求設立能傳承藏人的語言文化，也傳授現代知識的西藏學校。並在藏人定居點建立寺

❺幽閉恐懼：幽閉恐懼症（claustrophobia），精神分析用來指稱對密閉空間所產生的一種焦慮症候。患者對密閉或擁擠的空間或場所，容易浮生各種層面的擔憂，以致對該場產生莫名和未知的恐懼感。

院，「在今年，有很多女尼要接受最終的佛學考試，在經過二十年的努力學習之後，成爲格西（佛學博士）。⑥在西藏歷史上第一次有女尼取得格西學位，有一些朋友視我爲女性主義的達賴喇嘛。」他招牌式的慧黠笑容閃現，接著說，「在五十年之後，我想西藏難民是最成功的難民社群。」

早在二十四歲那年，達賴喇嘛就在西藏三大寺高僧眾目睽睽的圍觀下，通過格西學位考試的答辯。格西的養成，大約需要二十年的時間，慢著，他不是才二十四歲，難道四歲就開始學習？

大他五歲的哥哥嘉樂頓珠，在回憶錄中提起弟弟四歲進入布達拉宮的生活，「即使對一個這麼年幼的小孩，達賴喇嘛的訓練都非常嚴苛，每天六點他就要起床，唸經、祈禱、冥想。」

嘉樂頓珠當時九歲，隨同父母來到拉薩，從平凡的農家，一下翻轉成貴族。雄偉的布達拉宮覆蓋整座山頭，宮中僕役眾多，光是廚子就有四十個。嘉樂頓珠卻說：「那不是一個舒服的住所，沒有電力，空氣中瀰漫著腐臭味，放

⑥格西：藏傳佛教的格魯派中的學位總名稱，意為善知識。格魯學派的僧人在研讀佛法的進階等級，要經過相當程度的答辯，才能視為「格西」，相當於佛學博士。

食物的地方有上千隻老鼠肆虐，冬天沒有暖氣。那地方讓我害怕，如果我被選擇成爲達賴喇嘛，我想我會逃走，在家裡，至少我們有暖爐。」

九歲的哥哥，都忍不住想逃走的地方，四歲的弟弟，被迫要和父母分離，獨自和年老的僕役住在冰冷宮中。餵他吃飯的僕役，臉上有顆突出的瘤，男孩會爬到僕役身上吸那顆瘤，像吸母親的奶一樣。達賴喇嘛辦公室中文秘書長才嘉說，「達賴喇嘛常把這件事當笑話講。」

在自傳裡，達賴喇嘛只輕描淡寫一句：「就算布達拉宮是我的監獄，那也是個又寬敞又奇妙的監獄。」

在監獄裡，他的房間位於最頂層，只要宗教課程一結束，他就會衝上屋頂，帶著望遠鏡，往下看和他年齡相近的孩子正在上學，看要被牽去屠宰的牛羊，他會不忍心將牠們全部買下放生，也看不遠處正在服勞役的囚犯，那是另一種人間的監獄，對這些地位與他天差地遠的罪人，達賴喇嘛說：「我把他們視爲朋友，關切他們的一舉一動。」

禁錮在塔頂，孤單的，還沒長大的王，沒有一個同齡朋友。即使身爲金貴的王，因爲無聊，也忍不住惡作劇，往下吐口水到路人身上。每日來偷吃供品的老鼠，都成了他的另類朋友，達賴喇嘛曾說：「我逐漸喜歡這些小生物，他們非常好看，自行取用每日口糧，了無懼意。」

家人一個半月進宮相聚一次，即使是難得的天倫時光，嘉樂頓珠都說：「達賴喇嘛沒有任何私人生活」，當他逐漸長成青年時，和家人聊的永遠都是西藏的事務與未來。他不只是個宗教領袖，到了十八歲，他就要接下政治責任。而當時西藏人所認知的「政治」，只是內政，沒有外交，山那麼高，氧氣稀薄不宜人居，即使是第二次世界大戰的隆隆砲聲，都不曾傳進來。

這一世達賴喇嘛沒有想到的是，他所要面對的「政治」，是解放軍的侵略、是中、印大國間的夾縫處境，是國際政治下的一顆棋子。他也沒想到，在十六歲那年，距離親政還有兩年，外面的世界就逼迫到眼前了，他在自傳中說：「世界已經變得太小，小到即使是無害的與世隔絕都容不下。」

一九四八年，西藏東部被解放軍攻陷，一九五一年，中共宣稱和平解放西藏，兩萬共軍進入拉薩。達賴喇嘛在眾大臣的請求下，正式即位，他孤孤單單地被推出去，從此走上詭譎莫測的政治舞台。達賴喇嘛曾說：「我對世界一無所知，毫無政治經驗，不過我年齡已經大到足以明白自己的無知。」

十六歲接下重擔，直到二〇一一年，達賴喇嘛七十六歲時，流亡藏人選出新任司政，哈佛大學法學博士洛桑森格，親政六十年的達賴喇嘛才交棒卸任，他對我們說：「二〇一一年當我完全從政壇退休時，也終結了四百年來政教合一的傳統，這是我自願的，很驕傲也很高興地終結了，未來達賴喇嘛與政治事務再不相關。」

身爲達賴喇嘛，眞的能退休嗎？接受我們採訪後，他隨即訪美，見了將卸任的歐巴馬，即使是權力頂峰如美國總統，都不可能只把他當成一位普通高僧來見，何時見，如何見，都充滿政治考量。而在蔡英文上台後，改朝換代的臺灣，我們問達賴喇嘛什麼時候要來？他答：「我總是說，我永遠都準備好了，我愛臺灣人民，這座小島非常美麗，但這完全取決於臺灣政府，我不想製造任何不便。不只是臺灣，對任何其他國家都是，我一向都說，我不想製造任何不便。」

「我不想製造任何不便」，達賴喇嘛重複了兩次，他是藏傳佛教領袖、諾貝爾和平獎得主、世界級的偶像人物，但在中國崛起後，他是必須被消音被除名，不能碰觸的禁忌之人。

不碰政治的話，禁忌會不會少一點？二〇〇七年，中國國家宗教事務局頒布「藏傳佛教活佛轉世管理辦法」，既然有管理辦法，就由不得活佛自己說了算。達賴喇嘛在二〇一一年就曾說過，轉世制度是封建制度下的舊思維，已經過時，爲了順應世界民主發展趨勢，要終止達賴喇嘛轉世制度。此說法讓中共跳腳，一再譴責達賴喇嘛背叛了宗教傳統。

達賴喇嘛說：「有時候我覺得，關於達賴喇嘛轉世是否延續，我完全都不在乎了！但是北京的強硬派比我更加在乎。有時候我會開玩笑說，爲了表示對達賴喇嘛轉世的重視，他們也應該也接受轉世的理論，首先應該找到毛澤東的轉世、鄧小平的轉世，然後才可以置喙達賴喇嘛的轉世，否則，相當好笑。」

以子之矛，攻子之盾，反將對方一軍。達賴喇嘛的機鋒，夾藏在看似戲謔的玩笑話中。

「在我的夢裡，我和第五世及第十三世達賴喇嘛有連結，他們安排了我，所以我完成我的責任，下一個達賴喇嘛的轉世，其實不關我的事（not my business），是由我的老闆們做主，那是神祕的層次。」

我的老闆，「my boss」，達賴喇嘛用了一個現代詞彙，而不是造物主或神靈，有種奇妙的突梯感。他的新潮又帶著我們馳騁到外太空，「我們不能只考慮這個世界，我的轉世也可能在其他的星球、銀河。可能幾億年後一個大爆炸（Big Bang），整個宇宙消失，我就需要去別的地方。我希望轉世在有較多苦難的地方，而不是淨土，或者我轉世爲一個戰士。」語畢，穿梭於星際時空中的旅人，再度爽朗大笑。

我問：「中共說，轉不轉世不是你說了算，你怎麼看？」他說：「就某方面來看，這是對的，要由人民來決定，不是我說了算，也許明年開始，我會提出一些看法，讓人民來討論和思考，等我活到第一世達賴喇嘛八十三歲的歲數，就會決定用何種方式。當然，也不是中國政府說了算。」

達賴喇嘛的回答，像在鋼索上翻筋斗，別人險象環生，他卻輕鬆寫意，一瞬間又翻了一個漂亮的筋斗。他不再是那個十六歲剛剛親政，白紙一張的政治初級生了。

他一方面說轉世是決定於天上的boss，另一方面又說要和人民討論。不過在民主體制中，人民的確也是boss，是統治者的boss。兩位boss，分別是民主選舉制度與宗教神祕主義，看似矛盾，卻可以水乳交融於達賴喇嘛一身。

出西藏前，曾經有中共官員警告他，「雪山獅子雖然在雪山上是獅子，但是到了平地，會變成一條狗。」多年後他這麼回應：「五十年過去，我沒有變成狗，雪獅反而比在西藏時更有名望。」

達賴喇嘛說對了，雪山獅子到平地，不但是獅子，還是一隻加上翅膀，迎向世界的飛天獅。

小達賴喇嘛三歲，彼此間有著微妙競爭關係的第十世班禪喇嘛（藏傳佛教格魯派中另一個轉世傳承領袖），是中共長年拉攏，好用來制衡達賴喇嘛的一張好牌。一九五九年達賴喇嘛出走，在日喀則的二把手班禪喇嘛，自然留下了。

繼續留在雪山的，不但沒有當成雄獅，處境反而變得比狗還不如。一九六二年，班禪喇嘛上七萬言書給總理周恩來，洋洋灑灑提出共產黨不當的政策對藏人造成傷害。

上書隔年，班禪喇嘛遭到軟禁。一九六六年，文化大革命開始，班禪喇嘛更大的劫厄來了，紅衛兵將他五花大綁，遊街示眾。最污辱人的還不只如此，動手的還有班禪喇嘛的教派中夙有名望的高僧，對他拳打腳踢。此後班禪喇嘛單獨監禁長達十年，在獄中他常遭到羞辱與杖打，直到一九七七年文革結束才出獄。

出走的達賴喇嘛是月球亮面，世界看到的，總是這一面。留下來的班禪喇嘛是月球暗面。明暗相生，看到達賴喇嘛流亡中的自在，更要看到班禪喇嘛在鐵幕後的掙扎。出獄後班禪喇嘛回不了西藏，在北京娶妻生女，大口吃肉，體型發胖，還開公司，徹底墮入俗世，一度不為人諒解，被冠上「胖商人」的輕蔑名稱。

進入八〇年代，由胡耀邦、趙紫陽開明派執政。一九八〇年胡耀邦訪問西藏，被其貧窮凋敝嚇到，回來後大刀闊斧改革，恢復西藏文化的地位。班禪喇嘛也獲得平反，在一九八二年終於踏上歸鄉路，他發揮影響力，儘可能重建在文革中被破壞殆盡的西藏的文化以及宗教。

同樣在八〇年代，達賴喇嘛及流亡藏人，在印度篳路藍縷也休養生息二十年後，嘗試和北京接觸。達賴喇嘛的哥哥嘉樂頓珠，妹妹杰桑佩瑪都曾率團前往中國考察。一九八〇年，杰桑佩瑪和班禪喇嘛在北京會面，班禪喇嘛要杰桑佩瑪帶口信回去給達賴喇嘛，「局勢正在好轉。」

一九五九年三月，逃亡的第二天，達賴喇嘛就寫了一封親筆信給班禪喇嘛，說由於發生突發事件，必須要離開拉薩，希望班禪喇嘛能繼續維持西藏的政教福祉。班禪喇嘛本來只是單純的宗教領袖，在信中，達賴喇嘛把西藏境內的政教責任讓渡交付出去。

喜馬拉雅山隔開的兩個轉世活佛，一個在監牢裡九死一生，一個在荒地中艱難紮根，二十年後班禪喇嘛才回了口信：「局勢正在好轉」。這也許是自從一九五九年達賴喇嘛出走之後，成爲平行線的兩個人，再度要交會的時刻。

裡應外合，在外的達賴喇嘛，繼續爭取國際支持；在內的班禪喇嘛，運用經商的盈餘，在西藏重建藏語學校。一九八九年，班禪喇嘛回到日喀則，重建札什倫布寺，將歷代班禪喇嘛的遺骨重新放回寺中，衣錦還鄉，卻心肌梗塞過世，被毒殺而非自然死亡的傳聞始終沸沸揚揚。

好不容易即將匯流的兩條河流，在一九八九年，又就此岔開。六月四號，發生了天安門事件，開明派的胡耀邦趙紫陽先後被鬥倒，在西藏的改革政策就此終止。同年十月，達賴喇嘛得到諾貝爾和平獎，雖提高國際聲望，然而跟中國的關係也更劍拔弩張，回不去了。

一九八九，不只是中國一代人的六四血痕，也是西藏命運交關的時刻。那也是，達賴喇嘛與流亡藏人，回家的路好不容易拉近，又再度盪遠的一個年分。

每個時代都有新的難民議題，對於近來的歐洲難民潮，達賴喇嘛下了一個不太政治正確的評斷：「敘利亞和伊拉克等國家的人民，不能在歐洲重新生根，這是不切實際的，」他接著補充：「應該要提供他們暫時的庇護，同時給予兒童良好的教育，當他們的國家實現和平的時候，他們就準備好重建自己的國家了。我想這是最終的方案，沒有和平，就沒有希望。」

「沒有和平，就沒有希望」，這何嘗不是流亡五十七年後，達賴喇嘛與流亡藏人的「最終方案」。一九八八年，達賴喇嘛在史特拉斯堡的歐洲議會發表演說，就提出中間道路政策，西藏希望尋求自治，並願意將外交與軍事權交給中國。

二〇一六年六月接受《報導者》的採訪，他重申：「我們並不尋求從中國脫離，也不尋求獨立，在中國給予我們完全的權力保存傳統語言文化，並在保護自然環境的前提下，繼續做中國的一部分符合我們的利益，在這樣的前提下，我們會樂於回去。情況好轉後，我們甚至會從西藏對臺灣喊話，回來吧！回來吧！」

然而，在去年八月，中共中央統戰部宣稱，「過去沒有、現在不會、將來也永遠不會接受中間道路。」

回家的鐘擺，越盪越遠。

我問達賴喇嘛，他是否曾夢迴故土？他並沒正面回答我，話題一下又扯開了。我想起他書中的一個片段，達賴喇嘛小時候喜歡去羅布林卡的花園餵魚，那是他唯一可以喘氣的時刻。

他這麼寫：「魚兒聽到我的腳步聲，會浮上來期待我餵食……想到這些魚，我有時候眞想知道，當它們聽到中國士兵的靴子聲，使否也會不明智地浮上來。倘若如此，這些魚兒想必已被吃掉了。」

達賴喇嘛說：「在八〇年代的早期，眞的充滿希望。我仍然相信，如果胡耀邦沒下台，能夠推動他的政策，西藏問題早就解決了。胡耀邦、趙紫陽下台，接著主政的是江澤民和李鵬，李鵬是一個強硬派，就這樣。」

西藏問題又拖過千禧年，直到現在，仍無解方。二〇〇八年在拉薩再度發生抗暴，❼以及從二〇〇九年開始在西藏境內上百名藏人自焚。❽坐在我對面，

❼二〇〇八年拉薩暴動，又稱「三一四事件」。由藏區相關激進人士和團體組合而成，示威者為了紀念一九五九年三月十日武裝起義十九週年，後來演變成拉薩在地藏族、漢族和回族的衝突事件，甚至有平民在示威活動中喪生。中國政府認為，拉薩暴動和藏獨人士持續活躍有關，暴動發生之後，持續加強愛國教育和駐軍，嚴防部屬各方層級和管束，而達賴喇嘛將中國官方在西藏的行動，視為「文化滅絕及恐怖統治。」

❽藏人自焚事件起自二〇〇九年二月，中國西藏一再發生藏人自焚事件，人數多達上百人之多，已知身份有喇嘛，女尼，也有當地的農民、牧民等，被視之為近代慘烈的抗議浪潮，自焚者的訴求，主要表達對中國政權在西藏自治區統治的絕望，還有同化政策引發的漢藏衝突，而導致自焚殉身；然而，中國政府表示，藏人自焚事件的連鎖反應，顯示「藏獨」人士居中煽動，並對自焚事件有所批評。同時，海外藏人和部分的境內藏人也有不同的聲音，有人認為自焚事件引動漢藏文化衝突的仇恨和痛苦，是令人絕望而徒勞的，但也有人認為自焚作為一組神聖的死亡實踐，其抗爭美學是不容屈從。

八十一年前降生於人間，乘願再來的文殊或觀音菩薩，似乎也鞭長莫及，只能聳肩地說：「就這樣」。

他輕淺一笑，接著說，「這是一種魔術，佛教裡有一種說法，世界如魔幻般，變化莫測。」

賞析

藏區，雄踞在世界屋脊的天險之上，原是大地離自由天空最接近的地方。除了清朝曾有一段治藏史之外，這片鮮白聖潔的雪域，始終孤高清淨。然而，中共卻窺伺著如何染指。一九四八年中共入侵西藏，簽署了十七條協議，到一九五九年，解放軍砲擊布達拉宮，達賴喇嘛倉皇流亡，翻過海拔一萬六千尺的大雪山，三個星期後，克服九死一生的歷險，抵達印度旁地拉（Bomtila）。

身為藏傳佛教格魯派的法王，更是西藏這個政教合一國家的君主，在許多藏民心中，達賴不是博地凡夫，是觀世音的化身，是有如「神」一般不可逼視的神聖存在。要如何去描述和記錄只能仰望的「神」呢？房慧真曾先後採訪過兩次達賴喇嘛，報導刊出的雜誌，分別是《壹週刊》的〈老靈魂在微笑〉與《報導者》的〈半世紀回不了家〉，而收錄在《像我這樣一個記者》一書後，則將前此兩篇報導重新標示篇名，分別以兩次採訪的時間為主，改篇名之後，則是〈達賴喇嘛．二〇一三〉和〈達賴喇嘛．二〇一六〉。她說，第一次像是在寫「神」，從仰望的視角記述達賴；不過，與達賴接觸中，她親切感受到達賴的幽默親善及平易近人。於是，第二次訪問達賴時，她希望描繪一位更有「人味」，更有「溫度」的尊者形象。在二訪的後記〈謫仙記〉中，房慧真自承第二次書寫，「我對自己只有一個要求：要把一個神，寫成一個人，徹徹底底還原成一個人。」於是，「把下凡的仙，放進滔滔的歷史裡。」透過「神」與「人」的交叉對照，達賴形象不再只有「神聖」的一維平面，他更有著人性，有著血淚與窘迫，卻也有著超然及幽默。是一個四歲入宮，拋棄一切自由和私人生活的幼童，也是一個活得清醒又超脫，並以廣大胸懷海涵一切的長者。這多維的觀察及書寫角度，架構出達賴「人物立體有層次」的形象。在她自創的「採訪心法」裡，強調多維立體的書寫，讓人物有其光朗，也有影落之處，因而，明暗有了對比，人物也就立體。同時，房慧真在文中也拉出另一條敘事軸，來談生平大起大落的班禪。透過西藏兩位轉世靈童的命運交會和跌宕，織就一幅歷史視野下的西藏圖景。二十世紀以來，西藏夾身在中印大國的處境，經常是國際角力的政治籌碼，藉由這樣的書寫，讀者深入了歷史的肌理。她說：「出走的達賴喇嘛是月球亮面，世界看到的，總是這一面。留下來的班禪喇嘛是月球暗面。明暗相生，看到達賴喇嘛流亡中的自在，更要看到班禪喇嘛在鐵幕後的掙扎。」

進而，房慧真還要寫「敵人，一個愛的故事。」我們會怎麼對待仇人呢？我們能愛我們的仇人嗎？我們能為仇人真誠的祈禱、祈願嗎？曾有這麼一個故事。中共對藏族人權的侵犯不曾停止。一位堪布被迫害，大牢裡幽閉了二十多年，不僅喪失自由，更遭受辱虐二十年。一九七六年毛澤東一死，文革遂告一個段落，政策放寬逐漸釋放囚犯，老堪布也在一九八〇年被釋放。而後他到達賴喇嘛駐錫的印度。達賴喇嘛接見他時問：「你在監獄裡受折磨時，心中最害怕的是什麼？」堪布回答：「當我在獄中的時候，我最害怕的是對加害我的人失去慈悲心。」老堪布遭受二十年的牢房拘禁，承擔各種污辱刑求，面臨性命交關的危險，死亡卻不是那些日子最難遣除的憂慮；反而他害怕自己對仇人生出恨意，他擔心自己不能再愛他的仇人。這種由慈心和悲心凝聚成的菩提心，是藏傳佛教的精髓，那不僅是要度盡一切有情的苦厄，還要像忍辱仙人，保有一種仇敵永遠無法征服的慈悲。房慧真筆下的達賴，同樣有著仁者無敵的慈悲品質。中共砲擊布達拉宮，逼著達賴在喜馬拉雅山的惡寒中冒險到印度，在印度原始叢林摸索前進，每一件事都很可能危及性命；但達賴不曾表示怨恨。流亡後，中共不斷威脅叫囂；但達賴並未加深對立。在未來轉世，達賴甚至期望自己能生在「有較多苦難的地方，而不是淨土」，這種「虛空有盡，我願無窮」的誓願，正是大乘行者的胸懷。

「一九八九年，不只是中國一代人的六四血痕，也是西藏命運交關的時刻。」西藏問題在中國，有其歷史背景的成因，也有民族、文化和宗教衝突的問題，中國政府誇侈其言解放西藏，少數民族和邊境政策掌控卻持續拉鋸，直至二〇〇八年前後，甚至有更激烈的部分藏民因為示威抗議，而引發連環自焚的抗議事件，藏人的故鄉，流亡的困境未果，再度迎來的是等候長夜的痛苦和煎熬嗎？有一首詩是這樣的：

> 不知是什麼時候，
> 一個喧騰的民族，驀然，
> 無聲無息了。
> 人們忘記了它轟轟烈烈的故事，
> 只有茫茫的白雪，
> 獻一條鋪天蓋地的哈達。
>
> ——〈雪山淚〉／白華英

白華英這首藏族流亡詩中，感嘆中共入侵後，象雄民族的文化被打壓，被噤聲。大量漢人的移入，藏民開始被同化，忘記了格薩爾王的傳說，忘記了岡底斯山脈曾是香巴拉淨土，藏人也不再到大昭寺唱梵歌，轉經筒，也開始嘲笑翻遍十萬大山的朝聖行者。自從雪域赤化，一切都變了。然而，年年月月日日，漫天白雪依然飄下，彷佛持續為一切天地間的眾生獻上哈達。縱然是中共這樣的壓迫者，但在虔誠佛教的藏族人心中，依然會願意獻哈達，為他們祝願，為他們祈禱。這不是虛偽的逢迎，也不是弱者的獻媚。因為一切眾生，皆有佛性，皆可成佛，皆須尊敬。只有征服心中的惡念，才擁有心靈的自由；而只有心靈的自由，才能充分展示慈悲和不滯於物的透脫。

回顧西藏流亡歲月的蒼茫與艱難，達賴這位從小在拉薩布達拉宮成長的轉世喇嘛，整個童年到少年的安寧歲月被破壞，而青年時代的他，在輾轉流離的世情下，洞察人間的離亂和艱險，如何在沒有路的地方找到出路？彼時，達賴「他輕淺一笑，接著說，這是一種魔術，佛教裡有一種說法，世界如魔幻般，變化莫測。」彷佛世間的劫難，各有因緣次第，達賴清明的仁者情操，再度展示宗教家超克世俗困境的包容與愛。

李桂芳老師　撰

單元四　人生哲理

導論

《孟子．告子上》選／孟子

《莊子》生死觀選讀／莊子

《史記．孔子世家》選／司馬遷

《世說新語》選／劉義慶

《人生之體驗》選／唐君毅

導論

人生像個修練場，從面對內在自我到應對外在人事，充滿了一關關的考驗，而前人的智慧往往是一盞指路明燈。本單元共收錄五篇極具啟發性的作品，內容涵蓋哲學、史學、文學等不同領域，期能藉由經典中的哲理，使讀者對人生問題有更深刻的思考。

人性究竟是善是惡？向來有不少爭議。在《孟子．告子上》的選文中，清楚顯示孟子的立場，相信人性本善。但即使本心善性人人內在固有，現實中還是需要不斷地自省、實踐，方能真正呈現道德。孟子的性善論對於人的價值有極大的肯定，展現出一條正向積極的人生之路。

生離死別乃人生必須面對的課題，透過選讀《莊子》有關生死的文本，可見莊子以自然無為方式應對事物、面對生死。生死有時，無須執定非生不可，也不必非死不行，能順任生死變化「安時處順」，才不至於過度悲傷或樂極生悲。

人生在世難免遭逢困厄挫折，藉由司馬遷於《史記．孔子世家》中所記載，孔子在陳蔡之圍時與弟子的對話，可學習孔子面臨困境的態度。其中君子對理念原則的堅持，對於同樣在現實與理想中掙扎的人們，或可帶來一些啟示。

東漢末至魏晉時期戰爭不斷、社會紛亂，面對亂世，如何自處，也許我們可以透過選讀劉義慶《世說新語》內管寧割席、石崇勸酒、〈假譎〉篇裡幾則曹操的故事得到啟發，對照分析管寧、華歆、王導、王敦、曹操等魏晉名士權貴的言行態度，品鑒人物，反思存在的價值意義。

唐君毅對於生活的體會有其細微處，人人都可能碰到懊悔、悲哀、苦痛、留戀等情況，透過唐先生的體悟引導，正能告訴我們如何從各式逆境中，翻轉思考，開啟心靈的力量。

縱然每個人遭遇的生命情境不同，也有屬於各自的課題，但閱讀前人哲思，往往會得到各種通關鑰匙，為人生破除盲點而活出精彩。

李慧琪、楊穎詩老師　撰

《孟子・告子上》選

孟子

題解

《孟子》一書的作者，自漢以來眾說紛紜，今多認為由孟子與其弟子共同編錄而成，或雜有再傳弟子的記錄。全書共七篇十四卷，篇名取自各篇首章首句二或三字。《孟子》體例與《論語》相似，為語錄體，但篇幅較長，主要記載了孟子的言論事跡，反映其學問思想。《孟子》在《漢書・藝文志》中原列於〈諸子略〉，屬於子書。至唐代韓愈，認為孟子繼承堯舜以來至孔子之道統，《孟子》地位逐漸提高。南宋時，朱熹將《孟子》與《論語》、《大學》、《中庸》合編成《四書》，元代又被官方指定為科舉考試用書，孟學更盛。《孟子》除了是儒學重要經典，其文章說理明暢、善於論辯、氣勢剛健，在文學上亦有價值，為先秦哲理散文之代表。

本課六則選文出自《孟子・告子上》，從中可見孟子的人性論主張。雖然孔、孟同樣肯定人性本善，但孔子只說「性相近也，習相遠也」、「仁遠乎哉？我欲仁，斯仁至矣」，直至孟子，才更直接明白點出「性善」，在選文中即可清楚看出孟子肯定本心善性內在固有，並強調工夫實踐的重要，以彰顯人之價值。

作者

孟子，名軻，字子輿，戰國鄒（今山東省鄒城市）人，約生於周烈王四年（西元前三七二年），卒於周赧王二十六年（西元前二八九年）。孟子據說是魯國公族孟孫氏之後，由於家族沒落，遷居鄒地。孟子幼年喪父，由母親獨力負起撫養重責，從後世流傳的「孟母三遷」、「孟母斷織」等故事，可見孟母教子之用心。孟子年輕時遊學魯國，受業於子思門人，學習儒家學問。學成後開始授徒傳道，並周遊列國，欲實現儒家的政治理想，曾提出「施仁政於民」、「保民而王，莫之能禦也」、「以不忍人之心，行不忍人之政，治天下可運之掌上」等主張來游說諸侯，由於不合當時務於縱橫攻伐之趨勢，終不能用，最後只好返鄒講學著述。

孟子繼承了孔子的思想，並進一步發揚光大。其學說肯定性善、明辨義利、重視存養工夫、弘揚仁政王道，不但使儒學理論系統更加完備，也能回應當時的時代問題與其他學派的挑戰。唐・韓愈〈送王秀才序〉曾說「自孔子沒，群弟子莫不有書，獨孟軻氏之傳得其宗」、「求觀聖人之道，必自孟子始」，由此可見孟子的地位。後世尊稱「亞聖」。

課文

一

公都子[1]曰：「告子曰：『性無善無不善也。』或曰：『性可以爲善，可

---

❶公都子：孟子的弟子。

以爲不善；是故文武興，則民好善；幽厲興，則民好暴。』或曰：『有性善，有性不善；是故以堯爲君而有象[2]；以瞽瞍[3]爲父而有舜；以紂爲兄之子且以爲君，而有微子啓[4]、王子比干[5]。』今曰『性善』，然則彼皆非與？」孟子曰：「乃若其情[6]，則可以爲善矣，乃所謂善也。若夫爲不善，非才[7]之罪也。惻隱之心[8]，人皆有之；羞惡之心[9]，人皆有之；恭敬之心[10]，人皆有之；是非之心[11]，人皆有之。惻隱之心，仁也；羞惡之心，義也；恭敬之心，禮也；是非之心，智也。仁義禮智，非由外鑠[12]我也，我固有之也，弗思耳矣。故曰：『求則得之，舍則失之。』或相倍蓰而無算者[13]，不能盡其才者也。《詩》曰：『天生

---

❷象：舜同父異母的弟弟，常欲殺舜而不成。

❸瞽瞍：音ㄍㄨˇㄙㄡˇ，舜之父親，愛其繼室之子。

❹微子啓：紂之兄，屢勸紂王不聽而選擇去國。此處孟子以啓為紂之叔父，有誤。

❺比干：紂之叔父，多次勸諫紂王，最後遭剖心而死。

❻情：實也，指本性。

❼才：本質，亦指性。

❽惻隱之心：不忍他人遭受傷害苦難的同理心。

❾羞惡之心：羞，對於自己的不善感到恥辱；惡，對於別人的不善感到憎惡。

❿恭敬之心：恭，發於外在的謙恭表現；敬，存於內在的敬意根源。

⓫是非之心：知善為是、惡為非的道德判斷。

⓬鑠：音ㄕㄨㄛˋ，鍛鍊。

⓭相倍蓰而無算者：倍，一倍。蓰，音ㄒㄧˇ，五倍。無算，不可計算。

蒸民⑭，有物有則⑮。民之秉夷⑯，好是懿德⑰。』」孔子曰：『爲此詩者，其知道乎！故有物必有則，民之秉夷也，故好是懿德。』」

二

孟子曰：「牛山⑱之木嘗⑲美矣，以其郊⑳於大國也，斧斤㉑伐之，可以爲美乎？是其日夜之所息㉒，雨露之所潤，非無萌蘖㉓之生焉，牛羊又從而牧之，是以若彼濯濯㉔也。人見其濯濯也，以爲未嘗有材焉，此豈山之性也哉？雖存乎人者，豈無仁義之心哉？其所以放㉕其良心者，亦猶斧斤之於木也，旦旦㉖而伐之，可以爲美乎？其日夜之所息，平旦之氣㉗，其好惡與人相近也者幾希㉘，則

⑭蒸民：眾民、百姓。
⑮有物有則：物，事物；則，法則。
⑯秉夷：秉持之常道、常性。《詩經》原作「秉彝」。
⑰懿德：美德。
⑱山名，在齊國都城之東南，即今山東省淄博市。
⑲嘗：曾經。
⑳郊：此作動詞，居其郊外。
㉑斧斤：刀斧。

㉒息：生長。
㉓萌發的新芽。
㉔山無草木，光禿禿的樣子。
㉕放失、亡失。
㉖天天。
㉗平旦之氣：天剛亮時，尚未接觸外物而迷亂的清明之氣。
㉘幾希：很少。

其旦晝㉙之所爲，有梏亡㉚之矣。梏之反覆，則其夜氣㉛不足以存；夜氣不足以存，則其違㉜禽獸不遠矣。人見其禽獸也，而以爲未嘗有才焉者，是豈人之情也哉？故苟㉝得其養，無物不長；苟失其養，無物不消。孔子曰：『操㉞則存，舍則亡；出入無時，莫知其鄉㉟。』惟心之謂與？」

三

孟子曰：「魚，我所欲也；熊掌，亦我所欲也，二者不可得兼，舍魚而取熊掌者也。生，亦我所欲也；義，亦我所欲也，二者不可得兼，舍生而取義者也。生亦我所欲，所欲有甚於生者，故不爲苟得㊱也；死亦我所惡，所惡有甚於死者，故患㊲有所不辟㊳也。如使人之所欲莫甚於生，則凡可以得生者，何不用也？使人之所惡莫甚於死者，則凡可以辟患者，何不爲也？由是則生而有不用

㉙晝：白天。
㉚梏亡：受利欲限制或擾亂，而使良心無法呈現。
㉛氣：即平旦之氣。
㉜違：距離、相距。
㉝苟：如果、假如。
㉞操：操持存養。
㉟鄉：音ㄒㄧㄤˋ，方向、去向。
㊱苟得：不合道義而獲得。
㊲患：災禍。
㊳辟：同「避」，躲開、逃避。

也，由是則可以辟患而有不為也。是故所欲有甚於生者，所惡有甚於死者，非獨賢者有是心也，人皆有之，賢者能勿喪耳。一簞食[39]，一豆羹[40]，得之則生，弗得則死。嘑爾[41]而與之，行道之人弗受；蹴爾[42]而與之，乞人不屑也。萬鍾[43]則不辨禮義而受之。萬鍾於我何加焉？為宮室之美、妻妾之奉、所識窮乏[44]者得我與？鄉[45]為身死而不受，今為宮室之美為之；鄉為身死而不受，今為妻妾之奉為之；鄉為身死而不受，今為所識窮乏者得我而為之，是亦不可以已乎？此之謂失其本心。」

四

孟子曰：「仁，人心也；義，人路也。舍其路而弗由[46]，放其心而不知求，哀哉！人有雞犬放，則知求之；有放心，而不知求。學問之道無他，求其放心而已矣。」

[39] 簞食：裝在竹器的飯食。簞，盛飯食的圓形竹器。
[40] 豆羹：裝在豆器的羹湯。豆：盛食物的器皿，似盤有蓋，亦當作禮器。
[41] 嘑爾：呼叫呵叱的樣子。嘑，音ㄏㄨ，同「呼」。
[42] 蹴爾：踐踏、踩踏。蹴，音ㄘㄨˋ。
[43] 萬鍾：俸祿優厚。鍾，古容量單位。
[44] 窮乏：窮困匱乏。
[45] 鄉：音ㄒㄧㄤˋ，以前、往昔。
[46] 由：行走。

五

公都子問曰：「鈞[47]是人也，或為大人，或為小人，何也？」孟子曰：「從其大體[48]為大人，從其小體[49]為小人。」曰：「鈞是人也，或從其大體，或從其小體，何也？」曰：「耳目之官[50]不思，而蔽於物，物交物，則引[51]之而已矣。心之官則思，思則得之，不思則不得也。此天之所與我者，先立乎其大者，則其小者弗能奪也。此為大人而已矣。」

六

孟子曰：「欲貴者，人之同心也。人人有貴於己者，弗思耳。人之所貴者，非良貴也。趙孟[52]之所貴，趙孟能賤之。《詩》云：『既醉以酒，既飽以德。』言飽乎仁義也，所以不願人之膏粱[53]之味也；令聞廣譽[54]施於身，所以不願人之文繡[55]也。」

[47] 鈞：同樣。
[48] 大體：指心。
[49] 小體：指耳目感官。
[50] 官：官能。
[51] 引：引誘。
[52] 趙孟：春秋時晉卿趙盾，字孟，執掌朝政大權，能決定他人的貴賤尊卑。
[53] 膏粱：精緻美好的食物。膏，肥肉。粱，美穀。
[54] 廣譽：美好廣博的聲譽。
[55] 文繡：刺繡精美的衣物。

賞析

《孟子．告子上》展現了許多孟子對於人性的主張，而本課所選六則是當中極具代表性的段落，其中最重要的便是以心來說性善，主張人人內在固有本心善性，並強調人應做工夫使本心善性時時作主，如此方能顯出身為人的價值。

在第一則中，透過公都子的提問，可知道當時對人性的各式看法，多和告子「生之謂性」的立場一樣，乃是從氣質、現實層面來看人性，但孟子是從本質、價值層面來說，所以相較一般的想法，孟子的性善論其實是一種新說，從人之所以為人的道德理性來討論人性。接下來，孟子以四端之心指點人之性善，認為人先天本具惻隱、羞惡、恭敬、是非之心，並非後天外加於我，因此若人不能表現出善性時，並非是本性的問題，而是能不能「盡其才」的問題，亦即實踐的問題，故孟子提醒要做「思」的工夫、「求」的工夫，以使本心善性呈現。最後，孟子引《詩經》與孔子語為證，說明好善本屬人之天性，正是相應其性善的主張。在《孟子．公孫丑上》中，有一則從「今人乍見孺子將入於井，皆有怵惕惻隱之心」來說明四端之心的篇章，可與本則對照參看之。

在第二則中，孟子以牛山之木為喻，強調人本具仁義之心、良心，但有梏亡之虞。就如同牛山之所以看起來光禿禿的，乃是因過度砍伐，剛生長的嫩芽又遭牛羊啃食，使其生養草木的能力不顯；人之所以表現出看似禽獸的行為，也是因白日所作所為常常讓利欲蒙蔽良心，使得夜裡萌發的清明之氣（夜氣）被埋藏。所以孟子強調要存養此仁義之心、良心，方能讓其常保醒覺，不致放失。

在第三則中，雖然生與義同為人之所欲，但若真碰到魚與熊掌不可兼得的情況下，兩者還是有輕重本末之別。而當人能做出捨生取義的抉擇時，表示人生中有比求生避患更重要的事，所以即使犧牲利益甚至生命，也要捍衛堅守，如此正顯示出本心的道德判斷。而且這種本心的判斷，不專屬賢者，人人皆具，關鍵只在於能否勿喪本心。後段孟子討論了人迷失本心的情況，為何之前在攸關生存的飲食面前，能因維護尊嚴而不隨意接受；現在卻為了豐厚的榮華享受，放棄該堅持的道義？這實在於本心自覺與否。故唯有時刻持守本心，方能應對各種情境為所當為。

最後三則選文，除了同樣蘊含本心義，並強調「求」、「思」的工夫外，還透過比較的方式，將雞犬放與心放、大體與小體、貴於己與人之所貴相對起來，說明唯有求其放心、立乎其大者、求貴於己者，才是人生真正應該追求的。此外，從第四則「學問之道無他，求其放心而已矣」一句，可看出孟子所謂「學」，絕非只是知識上的學習，而是道德的實踐；從第五則「耳目之官不思，而蔽於物，物交物，則引之而已矣」一句，可提醒我們留意欲望牽引的問題，若未隨時警覺讓本心作主，只會讓人往而不返的陷溺在欲望之流中；從第六則「趙孟之所貴，趙孟能賤之」一句，則可說明求之於外者，必失去主體性而受制於人。

雖然現實中人不一定表現出善，但孟子主張性善，一方面能肯定為善的根據，故人只要勤作工夫，便能使本心善性呈現；一方面也可顯示人的價值，使人禽有別，成為有意義的存在。

李慧琪老師　撰

《莊子》生死觀選讀

莊子

題解

老子、莊子同屬道家代表人物，道家思想以自然為宗，無為無不為為法。所謂「自然」，並不是指客觀外在的事物——山川河道之大自然，而是「自己如此」之意。所謂「無為」與「有為」相對，「無為」並非現實上之無所作為，什麼都不做的意思；而是指無心、不刻意、不造作、不執著應對事物。「有為」也不是指現實上有所作為、建樹的意思；而是指有心、刻意、造作、執著應對事物。「無不為」是在無心、不刻意的修養工夫下，實現自己、應對外物，故能成就自己、成就外物，是為「無不為」。自然、無為是剋就個人存在價值來說，透過工夫實踐，達到理想的生命境界。由此可見，道家的聖人——理想人格，並不是什麼事都不做，隱居山林之中，便能成聖。生命是需要不斷努力、精進，才能一步一步成為理想的自己，道家努力、精進的方式，是透過無心無為的工夫，如其自己地實現個人生命。

本篇分別從《莊子》內、外、雜篇選取有關莊子對生死的看法，了解莊子「安時處順」的生死觀。生離死別乃人生必經階段，面對生死，莊子同樣以自然無為方式應對，其生死觀可總結為「安時處順」。生死有時，無須執定非生不可，也不必非死不行，能順任生死變化，才不至於過度悲傷或樂極生悲。

作者

莊子（約前三六九年－前二八六年），名周，字子休，戰國時代宋國人。略晚於老子、墨子，與孟子、惠施同期。莊子與老子並稱「老莊」，同為道家代表人物、哲學家、散文家。根據司馬遷《史記・老子韓非列傳》記載：「莊子者，蒙人也，名周。周嘗為蒙漆園吏，與梁惠王、齊宣王同時。其學無不闚；然其要本歸於老子之言。故其著書十餘萬言，大抵率寓言也。作漁父、盜跖、胠篋，以詆訿孔子之徒，以明老子之術。」

莊子家貧，生於亂世，曾為漆園吏，清貧且個性孤高，不貪求名利，一生踐行自然無為之道。七四二年，唐玄宗天寶初，下詔封莊子為南華真人，故《莊子》一書又稱《南華真經》。今本《莊子》凡三十三篇，三萬六千餘字，分為內篇七篇、外篇十五篇、雜篇十一篇。一般認為內篇乃莊子所著，主要思想亦見於內篇，分別為〈逍遙遊〉、〈齊物論〉、〈養生主〉、〈人間世〉、〈德充符〉、〈大宗師〉、〈應帝王〉，外雜篇每篇各自獨立，內容不離自然無為思想，或為莊子弟子、後學所作。

寓言乃《莊子》常用的說理方式，所謂「寓言」是指「藉外論之」，藉由外在事物說明無為自然的道理，如莊周夢蝶、混沌開竅、庖丁解牛、惠施相梁、曳尾塗中、鴟得腐鼠、螳螂捕蟬均出自《莊子》的寓言故事。《莊子》一書常以動物、鬼魅魍魎為主角，人、物之間能對話交流，其想像豐富浪漫、文筆恣意放縱，文章除了富有哲理，亦具極高文學性，對後世響甚大，王國維認為《莊子》有「詩歌的原質」，「即謂之視為散文詩，無不可也」。如阮籍著〈達莊論〉、郭象《莊子注》在魏晉重新詮釋了《莊子》思想。李白〈臨終歌〉云：「大鵬飛兮振八裔，中天摧兮力不濟。」便是出自〈逍遙遊〉大鵬鳥「水擊三千里，摶扶搖而上者九萬里，去以六月息者也」的典故。蘇東坡曾喟然嘆曰：「吾昔有見於中，口未能言。今見《莊子》，得吾心矣。」辛棄疾運用大量《莊子》典故入詞，曾自謂「案上數編書，非莊即老」，並自稱所作為「秋水詞」，將瓢泉最得意建築，題為「秋水觀」。曹雪芹於《紅樓夢》第二十一回著〈續《莊子・胠篋》文〉等，皆說明《莊子》對後世思想與文學產生極大的影響。

課文

一、厚此薄彼

莊子將死，弟子欲厚葬之。莊子曰：「吾以天地爲棺槨，以日月爲連璧，星辰爲珠璣，萬物爲齎送❶。吾葬具豈不備邪？何以加此！」弟子曰：「吾恐烏鳶之食夫子也。」莊子曰：「在上爲烏鳶食，在下爲螻蟻食，奪彼與此，何其偏也！」（〈列禦寇〉）

❶齎送：贈物。「齎」，音ㄗ。

二、鼓盆而歌

莊子妻死，惠子❷弔之，莊子則方箕踞❸鼓盆❹而歌。惠子曰：「與人❺居，長子老身死❻，不哭亦足矣，又鼓盆而歌，不亦甚乎！」莊子曰：「不然。是其始死也，我獨何能無概❼然！察其始而本無生，非徒無生也而本無形，非徒無形也而本無氣。雜乎芒芴❽之間，變而有氣，氣變而有形，形變而有生，今又變而之死，是相與爲春秋冬夏四時行也。人且偃然❾寢於巨室❿，而我噭噭然⓫隨而哭之，自以爲不通乎命，故止也。」（〈至樂〉）

❷惠子：名惠施（約前三七〇—前三一〇年），戰國時期宋國人，政治家、辯客和哲學家。惠施主要活躍於魏國，支持合縱抗秦。魏惠王在位時，惠施因為與張儀不和而被驅逐出魏國，他先到楚國，後來回到宋國，並在宋國與莊子成為朋友。惠施乃名家代表人物，著作失傳，哲學思想主要保存在《莊子》一書中，其餘散見於《荀子》、《韓非子》、《呂氏春秋》。

❸箕踞：兩腿舒展而坐，形如畚箕。箕，音ㄐㄧ。

❹盆：瓦缶，古時樂器。

❺人：指莊子妻。

❻長子老身死：長養子孫，妻老死亡。

❼概：即「慨」，感觸哀傷。

❽芒芴：讀同恍惚。

❾偃然：安息的樣子。

❿巨室：指天地之間。

⓫噭噭然：叫哭聲。噭，音ㄐㄧㄠˋ。

三、遁天倍情

老聃[12]死，秦失[13]弔之，三號而出。弟子曰：「非夫子之友邪？」曰：「然。」「然則弔焉若此，可乎？」曰：「然。始也吾以爲其人也，而今非也。向吾入而弔焉，有老者哭之，如哭其子；少者哭之，如哭其母。彼其所以會之，必有不蘄[14]言而言，不蘄哭而哭者。是遁天倍情[15]，忘其所受[16]，古者謂之遁天之刑。適來[17]，夫子時也；適去，夫子順也。安時而處順[18]，哀樂不能入[19]也，古者謂是帝之縣解[20]。」（〈養生主〉）

---

[12] 老聃：即老子，生卒年在文獻不足徵引的情況下，無法確切考定，所處時期為春秋末年至戰國初期，年壽甚高，陳國苦縣厲鄉（今河南省鹿邑縣）人，曾為周守藏室之史。老子為人清淡無為，孔子曾問禮於老子，後因周衰無道，便出關隱世，於出關前曾著書上下兩篇，內容以道德之意為主，凡五千多字。

[13] 秦失：有道之士，不知何許人。失，本作「佚」，音ㄧˋ。

[14] 不蘄：不必。

[15] 遁天倍情：遁天，隱匿自然。倍情，背情，有悖人性真實。

[16] 受：稟受於自然。

[17] 適來：適，應。應時而來。

[18] 安時而處順：時，指存在；順，指去世。安於適時，而順應變化。

[19] 哀樂不能入：不是指心無哀樂之感，而是過度的哀樂不能入於心中。

[20] 帝之縣解：郭象言「以有係者為縣，則無係者縣解也。」成玄英曰：「帝者，天也。為生死所係者為縣，則無死無生者縣解也。」超越生死，瓜熟蒂落，苦就沒了。

四、麗姬悔泣

予惡乎知說生㉑之非惑邪！予惡乎知惡死之非弱喪㉒而不知歸者邪！麗之姬，艾封人㉓之子也。晉國之始得之也，涕泣沾襟；及其至於王所，與王同筐床，食芻豢㉔，而後悔其泣也。予惡乎知夫死者不悔其始之蘄㉕生乎！（〈齊物論〉）

五、髑髏入夢

莊子之㉖楚，見空髑髏㉗，髐然㉘有形，撽以馬捶㉙，因而問之，曰：「夫子貪生失理，而爲此乎？將子有亡國之事，斧鉞之誅㉚，而爲此乎？將子有不善之行，愧遺父母妻子之醜，而爲此乎？將子有凍餒㉛之患，而爲此乎？將子之春秋㉜

㉑說生：說，通「悅」。貪生。
㉒弱喪：自幼流落。
㉓艾封人：艾地守封疆的人。
㉔芻豢：指牛、羊與犬、豬等。芻豢，音ㄔㄨˊ ㄏㄨㄢˋ。
㉕蘄：通「祈」。
㉖之：到。
㉗髑髏：死人頭蓋骨。髑髏，音ㄉㄨˊ ㄌㄡˊ。

㉘髐然：空枯的樣子。髐，音ㄒㄧㄠ。
㉙撽以馬捶：撽，旁擊，音ㄑㄧㄠˋ。馬捶，馬鞭。
㉚斧鉞之誅：鉞，古代兵器，像斧，卻比斧大，音ㄩㄝˋ。遭到斧鉞的砍殺。
㉛餒：飢餓，音ㄋㄟˇ。
㉜春秋：年紀。

故及此乎？」於是語卒，援髑髏，枕而臥。夜半，髑髏見夢曰：「子之談者似辯士。視子所言，皆生人之累也，死則無此矣。子欲聞死之說乎？」莊子曰：「然。」髑髏曰：「死，無君於上，無臣於下；亦無四時之事，從然㉝以天地爲春秋，雖南面王樂，不能過也。」莊子不信，曰：「吾使司命㉞復生子形，爲子骨肉肌膚，反㉟子父母妻子閭里知識㊱，子欲之乎？」髑髏深矉蹙頞㊲曰：「吾安能棄南面王樂而復爲人閒之勞乎！」（〈至樂〉）

賞析

凡有生，即有死，生死乃人生必經之事，也是一件非常公平的事情。不論貧賤富貴，凡是人，必會死；不分少壯老弱，有的少壯而夭，有的耆壽而亡，隨時隨地都可能面對死亡。傳統習俗不喜談死，而好論養生、長生不死，莊子早在兩千多年前，便不忌諱生死之說，甚至用不同角度說明生死乃必經之事，不必害怕，也不用害怕。常人面對生死，往往是受到經驗影響，或因見到別人離世

㉝從然：從，通「縱」，形容縱逸的樣子。
㉞司命：掌生死的鬼神。
㉟反，通「返」。
㊱閭里知識：閭里，鄉里。知識，認識的人，指朋友。
㊲深矉蹙頞：矉，同「顰」，皺眉，音ㄆㄧㄣˊ。蹙頞，皺鼻樑，音ㄘㄨˋ ㄜˋ。

前歷經病痛折磨，而覺得死亡是種磨難；或受習俗傳說影響，認為死後為鬼，過著淒冷無依的生活，甚至會下地獄，歷劫不得永生，而覺得死後不如生前快樂。弔詭的是，死亡不會因為我們個人好惡而能加速或減緩去面對它，我們不清楚它什麼時候會到來，也許因為種種的未知數——不知何時、何地、何事往生離世、不清楚死後往哪裡去，而形成恐懼。莊子透過寓言告訴我們死亡並不可怕，貪生怕死、苟且偷生，反而比坦然離世更可悲。

本篇摘選《莊子》五則寓言故事，分別以莊子、秦失、麗姬、髑髏為主角，充分體現寓言的特色。故事不必真有其人其事，或為虛構，或為真實，或為虛實交錯，然而重點即在透過故事說明「安時處順」的道理。前三則寓言分別剋就自己、妻子、朋友離世而論生死，後兩則寓言則就死者的經歷說明死亡並不可怕。

第一則寓言以莊子為主角，莊子的生命進入倒數階段，弟子欲厚葬老師以表不捨之情、尊師重道之意，然而莊子表明不必厚葬，天地萬物即其葬具，無需外求，死後回歸天地即可。莊子認為土葬身體為螻蟻所吃，天葬則為烏鳶所食，不必厚此薄彼，奪去烏鳶的食物留給螻蟻。用今人角度視之，死後屍身暴露在外，即死無葬身之地，然而莊子想法開明，認為葬與不葬，皮囊均為動物所吃，不僅不執著以厚葬處理身後事，葬與不葬亦不執定，見其無為於身後之事的豁達態度。

第二則寓言同以莊子為主角，離世的卻是其妻，面對至親離世，好友惠施不解何以莊子能鼓盆而歌，毫無感觸哀傷之情。莊子直言不能沒有感慨，只是想到人生本從無而有，又由有而無，有若四時運行，生老病死本亦無可避免，只好通達面對，鼓盆而歌。

第三則寓言是以老子好友秦失為主角，老子離世，秦失前往弔喪，老子弟子發現秦失弔唁亡友僅三號而出，哀傷神情不足，便問其故。秦失認為前來弔唁的人失其自然，明明不是喪母、喪子，卻哭得像喪失至親一樣，足以證明老子生前跟他們有違背自然的表現，才會有不如其分、過度的傷痛，故僅三號而出。凡不合情理的表現，必違背自然，當中定有刻意、有為的舉措，莊子借秦失弔唁老子的故事說明凡過度行為表現，都是違背自然。生有時、死有日，不是強求就能改變生死，唯有安處於生死，不強求、不違逆自然，生命方能得到解脫。值得注意的是不強求生死，不等同莊子認為生病了，不用治病，放棄治療，靜待死亡到來。自然無為的意思是，我們不用執定非要求生不可，亦不可執定非要求死不行，生病了我們盡心照顧自己、積極接受治療，若仍然不能治癒，則須放下，不勉強求生，在這過程中積極面對病痛，如是方為「無為而無不為」，而不是表面看來什麼事都不做的無所作為，這樣面對生死，才可解脫生命的大患，超越生死。

第四則寓言以麗姬為主角，說明說生惡死也是一種執著、有為的表現。秦穆公、晉獻公共伐麗戎國，得一美女，二玉環。秦穆公收玉環，晉獻公收美女麗姬，麗姬剛到晉國涕泣沾襟，及至後來得到晉王恩寵，過得幸福美滿便後悔當初哭得死去活來，莊子指出我們或許會跟麗姬一樣後悔逃避死亡，也許死亡有如自幼流落在外回家而已，不必說生惡死。

第五則寓言則以髑髏為主角，髑髏入夢與莊子論辯，指出死後生活比活著時過得自在，不用行君臣之禮，不需應對四時變化，人世間一切名利享樂都比不上死後自在。莊子四、五則寓言不是鼓勵大家尋死，證明死後比活著過得更好，也不是說明短命夭折更容易體證聖人境界。世人多數熱衷名利、說生惡死，所以莊子從反面論說，指出執定名利是好、長壽是福也許會造成生命的困惑，讓我們反思活著的意義。長壽若不能行動自如，或是貪生怕死、苟且偷生，這樣活著不見得幸福快樂，有時候死亡反而是一種解脫，面對生死只需「安時處順」，即能體證無為自然，不再懼怕死亡，活得自在。

面對死亡，會有恐懼、傷痛、悲慟等情緒均屬人之常情，然而一切不會因為我們的懼怕、逃避便不用面對、經歷。當我們了解死亡是人生必須經歷的過程，便能安時處順，不會有過度的喜怒哀樂等情緒，影響日後的正常生活。傷痛有時，哀傷過後能放下、淡忘，繼續往前走，活在當下，才是真正的順任自然。也許，我們可以憑借了解莊子的生死觀，反思存在的問題，讓我們以後面對生離死別時有更大的勇氣走下去，為生命找到出口。

楊穎詩老師 撰

《史記・孔子世家》選

司馬遷

題解

《史記》為二十五史之一，司馬遷原自稱《太史公書》，三國時《史記》逐漸成為專稱。全書共一百三十卷，記載時間上起黃帝下迄漢武帝，為通史之祖。內容包含十二本紀，以序帝王；十表，以繫時事；八書，以詳制度；三十世家，以記侯國；七十列傳，以誌人物。司馬遷首創紀傳體體裁來撰寫史書，既突顯各領域、各階層人物在歷史發展上的地位，也奠定後代正史寫作體例的基礎。《史記》除了史學價值外，也極具文學價值，其文章風格、敘事手法及人物題材等，對後世散文、小說、戲曲皆有影響。

本文節選自《史記》卷四十七〈孔子世家〉。孔子原屬平民身分，但由於司馬遷認為：「天下君王至于賢人眾矣，當時則榮，沒則已焉。孔子布衣，傳十餘世，學者宗之。自天子王侯，中國言六藝者折中於夫子，可謂至聖矣！」因此把孔子列入世家，肯定孔子對後世的貢獻與影響。〈孔子世家〉主要記載孔子一生的經歷與言論思想，是研究孔子生平的重要資料。而本文摘錄了孔子與弟子在陳蔡絕糧一段，從中可看出孔子面對困境的態度，強調君子無論遭遇何種處境，皆應堅守道德理想。另外，從孔子與弟子的對話互動，也可看見孔子的教育方式。

作者

司馬遷，字子長，西漢左馮翊夏陽（今陝西省韓城市）人，生於漢景帝中元五年（西元前一四五年），卒年不詳，約於武帝末昭帝初年。先祖為周朝太史，父親司馬談亦於武帝建元至元封年間擔任太史令，並為當時著名的學者。司馬遷十歲便能誦古文，後又從學董仲舒、孔安國，學習《春秋》、《尚書》等儒學經典。二十歲起，開始四處遊歷，入仕後又曾隨武帝巡行各地，並奉旨出使西南地區，這些經歷可使其了解風土民情、蒐集各式史料、開拓視野胸襟，對後來著史有極大助益。元封元年（西元前一一〇年），司馬談因病未能隨行武帝參與封禪大典，臨終時執兒手涕泣，將未完成的寫史心願交付司馬遷。元封三年，司馬遷繼任太史令，期間除奉命參與「太初曆」編訂工作外，也整理資料，著手寫史。天漢二年（西元前九九年），李陵率兵攻匈奴，因寡不敵眾、後援未至而戰敗投降，當時武帝震怒，獨司馬遷仗義為之辯護，結果遭治罪下獄，甚至處以宮刑。司馬遷雖身心遭受極大痛苦，但思及《史記》未成，著史不但是父親遺命，也是個人志向，且諸先賢亦是在困厄中發憤成書以傳世，故忍辱苟活，全力撰書。太始元年（西元前九六年）出獄後，任中書令，仍繼續著述，終於在征和二年（西元前九一年）完成這部「究天人之際，通古今之變，成一家之言」的《史記》。其後事蹟不詳。

課文

孔子遷于蔡三歲，吳伐陳。楚救陳，軍于城父❶。聞孔子在陳、蔡之間，楚使人聘❷孔子。孔子將往拜禮❸，陳、蔡大夫謀曰：「孔子賢者，所刺譏皆中諸侯之疾。今者久留陳、蔡之間，諸大夫所設行❹皆非仲尼之意。今楚，大國也，來聘孔子。孔子用於楚，則陳、蔡用事❺大夫危矣！」於是乃相與發徒役圍孔子於野。不得行，絕糧。從者病，莫能興❻，孔子講誦弦歌不衰。子路慍❼見曰：「君子亦有窮❽乎？」孔子曰：「君子固窮，小人窮斯濫❾矣。」子貢色作❿。孔子曰：「賜，爾以予爲多學而識⓫之者與？」曰：「然。非與？」孔子曰：「非也，予一以貫之。」

孔子知弟子有慍心，乃召子路而問曰：「《詩》云『匪兕匪虎，率彼曠

---

❶城父：陳邑，在今河南省寶豐縣。
❷聘：以禮聘請。
❸拜禮：受聘而前去拜謝。
❹設行：施行之事。
❺用事：執政、掌權。
❻興：起身。
❼慍：怨怒。
❽窮：艱困窮厄。
❾濫：言行放肆失當。
❿色作：臉色改變。
⓫識：通「誌」，記住。

野』[12]。吾道非邪？吾何爲於此？」子路曰：「意者[13]吾未仁邪？人之不我信也。意者吾未知[14]邪？人之不我行也。」孔子曰：「有是乎！由，譬使仁者而必信，安有伯夷、叔齊[15]？使知者而必行，安有王子比干[16]？」

子路出，子貢入見。孔子曰：「賜，《詩》云『匪兕匪虎，率彼曠野』。吾道非邪？吾何爲於此？」子貢曰：「夫子之道至大也，故天下莫能容夫子。夫子蓋少貶[17]焉？」孔子曰：「賜，良農能稼而不能爲穡[18]，良工能巧而不能爲順[19]。君子能脩其道，綱而紀之，統而理之，而不能爲容。今爾不脩爾道而求爲容，賜，而志不遠矣！」

[12] 出於《詩經・小雅・何草不黃》，意謂：我們不是犀牛也不是老虎，為何奔波於空曠的原野中？匪，通「非」。兕，音ㄙˋ，犀牛。率，循著。

[13] 意者：大概，或許，表示推測之詞。一解：表示選擇之詞，是……還是……。

[14] 知：通「智」。

[15] 伯夷、叔齊為商末諸侯孤竹君的兒子，父親遺命立次子叔齊繼承爵位，但叔齊欲讓位給伯夷，伯夷不接受，結果兩人皆逃至周。後勸諫武王伐紂不成，決定不食周粟以表心志，隱居首陽山采薇而食，終致餓死。

[16] 比干：商紂王的叔父，多次勸諫紂王，最後遭剖心而死。

[17] 蓋少貶：蓋，通「盍」，何不。少貶，稍微降低理想、遷就現實。

[18] 良農能稼而不能為穡：好農夫善於耕種，但未必能保證豐收。稼，耕作種植。穡，音ㄙㄜˋ，收穫穀物。

[19] 良工能巧而不能為順：好工匠技藝精湛工巧，但未必能順合人意。

子貢出，顏回入見。孔子曰：「回，《詩》云『匪兕匪虎，率彼曠野』。吾道非邪？吾何為於此？」顏回曰：「夫子之道至大，故天下莫能容。雖然，夫子推而行之，不容何病[20]？不容然後見君子！夫道之不脩也，是吾醜[21]也。夫道既已大脩而不用，是有國者之醜也。不容何病？不容然後見君子！」孔子欣然而笑曰：「有是哉顏氏之子！使爾多財，吾為爾宰[22]。」

於是使子貢至楚，楚昭王興師迎孔子，然後得免。

賞析

孔子秉持著對天下百姓的關懷，周遊列國，期能推行自己的政治理念。但在這過程中，除了不被理解重用外，還曾經遭遇中傷、威脅、嘲諷、圍困等種種狀況，其中一次便是在陳蔡被圍絕糧。而面對這次困境，孔子同樣不改初衷，安於講誦弦歌，卻引發弟子的不滿，孔子藉此給了一場機會教育。在選文中，可看到孔子與子路、子貢、顏淵的三段對話，孔子徵引《詩經》「匪兕匪虎，率彼曠野」之語，問了三人同樣的問題：「莫非我堅持的理想錯了？為何會招致如此困境？」三人也提出各自的想法。而從學生的回答與孔子的回應中，一方面可看出學生對孔子之道的理解，一方面

---

⑳不容何病：不被天下接受容納又有何關係？
㉑醜：羞恥、錯誤。
㉒宰：掌管治理家務。

也展現孔子面對困境的態度。

在三段對話中，首先子路以為或許是自身的仁德、智慧還不足，所以得不到別人的信任認可，理想也無法實現。基本上，君子本該反躬自省，努力不懈地修養個人的仁、智，但是如何才算足夠？恐怕在經驗上是「任重道遠」的長期歷程。不過就孔子的回答來看，乃是從其他面向思考，假使真能臻至仁智之境，現實中就一定不會遇到問題了嗎？孔子舉古時伯夷、叔齊與比干為例，他們常分別被視為仁人智士的代表，但就算如他們般仁、智，其想法主張也未必被接受，甚至沒有好下場。這表示就算我們具備充足的修養，現實中仍有許多無法控制的部分，有德者未必有福，此本屬不同層面之事。因此，對於這些外在的限制我們必須有所意識，但也須明白仁智之追求有其獨立的價值，不因是否得到他人認同而有所減損，如此才不會因遭遇困境而懷疑甚至放棄自身的道德實踐。

接下來子貢的回答，則是認為孔子之道過於高深，若能稍微降低標準，遷就現實的情況，也許天下人的接受度就高了。由此可看出子貢審時度勢、通權達變的態度，但未必能相應孔子的學問。故孔子以良農、良工為喻，這兩者既稱為「良」，都是能在份內的工作盡到最大的努力，但最終是否真能得到作物豐收或符合人意的好結果，都是求之於外之事，是無法保證的。而身為一個君子的道理亦然，所能追求的，不過是盡力修道以不負君子之名，這就是最重要的自我肯定，怎能降低道德的要求以求天下接受？如此也未免志向太小了。由此可知，孔子之道是一套求之於內的為己之學，絕對不可因外在人事物的影響，而委屈調降自己的原則。

最後顏回的回答，可說最深得孔子心意。顏回以為孔子之道之所以不為天下所容，正在於其對理想的堅持，也因為有所堅持，才真能顯出君子之所以為君子的意義。因此，孔子之道未能被接受，是主政者的問題，但若身為一個君子不能進德修道，便是個人的問題。此正是點出孔子「求之於己」的學問精神，即使外在客觀環境有諸多挑戰限制，仍不輕易妥協放棄，在應該努力的部分堅守其信念，而孔子生命給人的感動處也在此。只可惜天下主事者未能如顏回般了解孔子，也未能有實行仁政的抱負，於是孔子也只能開玩笑說，若顏淵多財就去替他管事。

所幸最終孔子一行人是順利度過此次危機，而從孔子面對困境仍堅守道德理想的態度，可給後人帶來正面的啟發。另外，孔子以提問的方式，讓學生有獨立思考的機會，這種引導式的教學，也值得後代教育者參考。在《史記・孔子世家》中，還有一段孔子被圍於匡的記載，可與本課對照參看之。

李慧琪老師 撰

《世說新語》選

劉義慶

題解

《世說新語》，原名《世說》，梁陳以後或稱《世說新書》，「世說新語」之名最早見於唐・劉知幾《通書》。《世說新語》由劉義慶召集門下食客共同編撰而成，是魏晉南北朝時期「筆記小說」的代表作，內容大多記載東漢末年至東晉期間士族的軼事生活，反映了魏晉時期名士的思想、風貌、審美情趣。全書分上、中、下三卷，依內容分為「德行」、「言語」、「政事」、「文學」、「方正」、「雅量」、「識鑑」等三十六門，每門收有若干則，全書共一千一百三十則，每則文字長短不一，有的數行，有的三言兩語，由此可見志人小說「隨手而記」的特性。

《世說新語》文筆簡潔，語言精煉，善用對比、譬喻、誇張與描繪等文學技巧描繪人物，雋永傳神，故明・胡應麟《少室山房筆叢》曰：「讀其語言，晉人面目氣韻，恍然生動，而簡約玄澹，真致不窮。」與此同時，《世說新語》亦有許多膾炙人口的佳言名句、成語典故，如東山再起、東床快婿、管寧割席、難兄難弟、拾人牙慧、咄咄怪事、一往情深、卿卿我我等。此外，其人物事跡、文學典故也多為後世取材、引用，對後世小說發展影響尤大，《唐語林》、《續世說》、《何氏語林》、《今世說》、《明語林》等都是模仿《世說新語》之作，稱之為「世說體」。唐朝修《晉書》多採《世說新語》，約引用了三百一十二條《世說新語》的內容。今存南朝梁・劉孝標注《世說新語》，為世人所推重。

選文分三部分，分別從管寧割席、石崇勸酒、〈假譎〉篇裡幾則曹操故事，對照分析管寧、華歆、王導、王敦、曹操等魏晉名士權貴的言行態度，品鑒人物，反思存在價值意義。

作者

劉義慶（四〇三年—四四四年），字季伯，南朝宋彭城（今江蘇徐州市）人，劉宋宗室，武帝劉裕之侄，本為長沙王劉道憐之子，過繼給劉裕另一弟劉道規，世襲臨川王。

劉義慶為著名文學家、政治家，先後任尚書省左僕射，出為荊州刺史，再轉任南兗州刺史，加開府儀同三司。任官各地清正且有政績，後因疾病還返京師，諡康王。

劉義慶為人恬淡寡慾，愛好文史，不少文人雅士集其門下，當時名士如袁淑、陸展、何長瑜、鮑照等人都曾受到他的禮遇。除了《文集》，尚有《徐州先賢傳》、《江左名士傳》、《世說新語》、《集林》、《幽冥錄》、《宣驗記》等著作，多為士人門客共同編纂完成。

課文

一、華歆與管寧

管寧❶、華歆❷共園中鋤菜，見地有片金，管揮鋤與瓦石不異，華捉❸而擲去

❶管寧：一五八年—二四一年，字幼安，東漢北海朱虛（今山東省臨朐縣）人。漢末高士，自幼篤志於學。漢末黃巾作亂，避居遼東，聚徒講詩書、談祭禮，教化民眾。亂平，還邵，朝廷屢徵，皆辭不

之。又嘗同席讀書，有乘軒④過門者，寧讀如故，歆廢書出看。寧割席分坐曰：「子非吾友也！」（〈德行〉）

華歆、王朗⑤俱乘船避難，有一人欲依附，歆輒難⑥之。朗曰：「幸尚寬，何爲不可？」後賊追至，王欲舍所攜人。歆曰：「本所以疑⑦，正爲此耳。既已納其自託，寧可以急相棄耶？」遂攜拯如初。世以此定華、王之優劣。（〈德行〉）

二、石崇勸酒

石崇⑧每要客燕集，常令美人行酒，客飲酒不盡者，使黃門⑨交⑩斬美人。

就。

② 華歆：華歆，音ㄏㄨㄚˊ ㄒㄧㄣ。（一五七年—二三二年），字子魚，東漢平原高唐（今山東省禹城縣）人。年少已是聞名山東的名儒，東漢末舉孝廉，桓帝時，累官尚書令，後附曹操，率軍進宮殺伏后。魏時，官至太尉，諡敬侯。

③ 捉：拾起。

④ 軒：古代一種有篷、有屏蔽的車子，多為貴族所乘。一本作「軒冕」，指卿大夫的軒車和冕服。

⑤ 王朗：（一五二年—二二八年），本名嚴，字景興，東漢東海郯縣（今山東省郯城縣）人。東漢末年至三國時期人物，通曉經籍，在曹魏時官至司徒，諡成侯。

⑥ 難：為難。

⑦ 疑：猶疑、遲疑。

⑧ 石崇：二四九年—三〇〇年），字季倫，西晉南皮（今河北省南皮縣東北）人，小名齊奴。西晉司徒石苞的第六子，著名官吏、盜賊，官至荊州刺

王丞相與大將軍⓫嘗共詣⓬崇，丞相素不能飲，輒自勉彊，至於沈醉。每至大將軍，固不飲，以觀其變。已斬三人，顏色如故，尚不肯飲。丞相讓⓭之。大將軍曰：「自殺伊家人，何預卿事！」（〈汰侈〉）

三、假譎曹操

魏武⓮少時，嘗與袁紹⓯好爲遊俠，觀人新婚，因潛入主人園中，夜叫呼

史。曾劫遠使商客致富，於河陽置金谷園，與貴戚王愷、羊琇等以豪侈相尚。為人豪奢且又文藻不凡，與潘岳、陸機、陸雲等附事賈后、賈謐，時號「二十四友」。八王之亂時遭孫秀誣陷，抄家處死。

❾黃門：指侍衛。

❿交：更迭、輪流。

⓫大將軍：指王敦（二六六年—三二四年），字處仲，晉琅邪臨沂（今山東省臨沂縣）人。王導的堂兄。曾與王導一同協助司馬睿建立東晉政權，成為當時權臣，但一直有奪權之心，娶晉武帝司馬炎之女襄城公主，拜駙馬都尉，後任太子舍人。元帝即位建康，出為鎮東大將軍。後恃功專權，據武昌造反，入朝自為丞相。明帝時，舉兵再反，病逝。

⓬詣：拜訪。

⓭讓：譴責、責備。

⓮魏武：指魏武帝，曹操（一五五年—二二〇年），字孟德，東漢末年沛國譙（今安徽省亳縣）人。曾起兵參加討伐董卓。建安元年迎漢獻帝建都許昌，官至丞相，後被封為魏王。死後其子曹丕廢漢稱帝，追諡武帝，廟號太祖。

⓯袁紹：（一五四年—二〇二年），字本初，東漢汝南郡汝陽縣（今河南省商水縣）人。曾帶兵進宮誅殺十常侍，後被各路諸侯推舉為盟主討伐董卓，官

云：「有偷兒賊！」青廬⑯中人皆出觀，魏武乃入，抽刃劫新婦與紹還出，失道⑰，墜枳棘⑱中，紹不能得動，復大叫云：「偷兒在此！」紹遑迫自擲出，遂以俱免。（〈假譎〉）

魏武行役失道⑲，三軍⑳皆渴，乃令曰：「前有大梅林，饒子㉑，甘酸，可以解渴。」士卒聞之，口皆出水，乘此得及前源。㉒（〈假譎〉）

魏武常言：「人欲危己，己輒心動。」因語所親小人曰：「汝懷刃密來我側，我必說心動。執汝使行刑，汝但勿言其使㉓，無他，當厚相報！」執者信焉，不以為懼，遂斬之。此人至死不知也。左右以為實，謀逆者挫氣矣。（〈假譎〉）

至東漢大將軍，曾為東漢末年最強的諸侯。官渡之戰敗給曹操後受到重創，後在倉亭之戰再敗給曹軍，不久病逝。

⑯青廬：古時舉行婚禮的地方，用青布幔搭成布棚，在裡面交拜成親。

⑰失道：迷路。

⑱枳棘：枳，音ㄓˇ，皆為植物名，多刺之木，可傷人。

⑲行役失道：行役，古代稱服役或公務而在外跋涉為行役，在此指行軍。失道，迷路。

⑳三軍：周制一萬二千五百人為一軍，天子六軍，諸侯國三軍，後世通稱軍隊為三軍，在此指所有的士卒。

㉑饒子：饒，音ㄖㄠˊ，結了很多梅子。

㉒乘此得及前源：就乘著這時候得以到達前面的水源。

㉓其使：其，即我。我指使。

魏武常云：「我眠中不可妄近，近便斫人，亦不自覺，左右宜深慎此！」後陽眠㉔，所幸一人㉕竊㉖以被覆之，因便斫殺。自爾每眠，左右莫敢近者。（〈假譎〉）

賞析

《世說新語》記述漢末至東晉士族生活事跡，故事精簡、篇幅短小，多屬客觀敘事，甚少附以主觀評論，然而從篇目分類略可窺見作者評斷。文本所選第一部分載於〈德行〉篇的管寧割席、華王優劣，第二部分收於〈汰侈〉篇的石崇勸酒，第三部分載於〈假譎〉篇的劫新娘、望梅止渴、危己心動、夢中殺人四則故事均與曹操相關，從分類隱約可見作者價值評判。後世讀管寧割席故事，常以管寧不好名利來褒揚管寧、貶抑華歆，以管寧為有德者；然而從華歆與王朗乘船避難一事中，華歆危急時堅持拯救後來依附者，故以華歆為優，王朗為劣，二則故事所評是否矛盾、是否還可以從不同角度月旦人物？石崇勸酒的故事錄於〈汰侈〉篇，石崇生活過分奢侈實屬不容置疑，值得討論的是王導與王敦的反應，在身不由己的情況下選擇惻隱慈悲、勉強自己還是冷漠不仁、堅持自我，二者孰優孰劣？我們在面對脅迫時又該如何抉擇？《世說新語》〈假譎〉篇開首幾則故事均以曹操為主角，曹操給人虛偽不真、詭計多端的負面形象，後來《三國演義》讓曹操「奸絕」的形象

㉔陽眠：陽，通「佯」，假裝。
㉕所幸一人：被寵信的人。
㉖竊：悄悄地。

更深入民心，曹操幾乎成為了「缺德」的代名詞，然而曹操是否一無可取？凡此種種，均值得我們深思。

第一部分華歆與管寧。管寧認為華歆為人愛好名利，所以與之割席絕交。文本舉了兩例交代絕交原因：一是二人在園中鋤菜時發現金子，管寧視金子如瓦石棄之不顧，然而華歆拾起扔掉，僅僅因為多了拾起扔掉的動作，管寧便認為華歆好財貪利。二是二人一起讀書，門外有達官貴人乘馬車經過，華歆放下書出外觀看，管寧視之為好名、企羨高官厚祿之舉，便與之割席分坐。後世以此認定管寧品德高尚，不好名利，心無旁鶩；相對來看，華歆不免於俗，為名利吸引，意志不堅。但我們可以從另一角度思考，華歆鋤菜看見金子、捉而擲去，華歆廢書出去看熱鬧，是否就等同貪財好利？根據歷史記載華歆曾向曹丕推薦管寧任官，甚至願意將太尉之職讓賢給管寧，可見華歆不是貪戀功名利祿之人。從另一則華歆、王郎乘船避難的故事更見華歆為人思慮周詳、有情有義。華歆一開始不願意讓依附之人上船，不是見死不救，而是想到乘船避難與觀光渡河不同，人多了，船隻行使自然變慢，華歆因此不願意讓依附之人上船。王郎救人心切卻思慮不周，答應讓依附之人上船，後來又因為賊人追至，想捨棄依附之人，實屬失義。華歆於是表明此乃當初不願讓依附之人上船的原因，然而答應了救助他，就要救到底，不能棄之不顧，後人以此認定華歆優、王郎劣。綜合兩件事來看，或許可以為華歆平反，對他的舉措給予同情的理解。

第二部分石崇勸酒。故事敘述石崇生活豪奢且視人命如草芥，以家中美人性命威迫王導、王敦喝酒，二人反應大為不同，王導不勝酒力，但想到沒有盡飲杯中酒，便有一美人為之犧牲，於是勉強自己一飲而盡；王敦則不同，能飲酒卻故意不喝酒，靜觀其變，石崇三勸三不喝，結果三美人被斬殺，王導因而責備王敦，王敦卻理直氣壯認為石崇殺的是他們家的美人，事不關己，不必為了別人委屈自己。王敦、王導雖為堂兄弟，然而二人個性截然不同，相對王導的仁厚，或以為王敦不仁，情願犧牲別人性命，亦不肯喝酒。然而視人命如草芥的人是石崇，並不是王敦提議凡飲酒不盡者則斬殺美人，王敦只是不想委屈自己，不想被迫就範才拒絕喝酒。僅為喝酒小事便以人命相迫，若他日以更大利害關係相迫，則是否仍要就範？今日就範，是否更縱容小人橫行霸道？在這則故事裡，你比較欣賞王導的仁厚，還是王敦的倔強個性？

第三部分假譎曹操。《世說新語》〈假譎〉篇起首分別描述曹操劫新娘、望梅止渴、危己心動、夢中殺人四件事情，足見其人虛偽作假、詭計多端。曹操之假譎又可從以下三方面言之，第一，不義出賣朋友：曹操年少時與袁紹為好友，共謀搶劫新娘，結果出來時迷路誤墜枳棘之中，袁紹動彈不得，曹操出賣好友大呼：「劫新娘的人在此。」以求脫困，袁紹因遑急跳躍而出，二人遂得以逃脫。劫新娘本為不義之舉，危難之中出賣好友以求自保尤為不義。第二，失信誆騙三軍：曹操行軍時迷路，三軍皆渴，然而曹操在不明前路是否有梅林、水源的狀況下誆騙三軍，說前面有一大片梅林，多子甘酸，使士卒聞之皆出口水，三軍乘此時機前行，剛好遇到水源才能解決問題，然而前路本無梅林，是為失信。第三，不仁自保殺人：曹操為了提防被刺殺，謊稱只要有人想危害自己，心便悸動，甚至睡時若有人接近，亦不自覺攻擊靠近他的人，為了證實自己有危己心動、夢中殺人的異能，便犧牲身邊侍從性命坐實真有異能。曹操視人命如草芥，以他人性命為自保工具，誠為不仁。曹操失德為世人所知，然而從以上四事亦看得出他為人果斷、有謀略，想方設法以求自保，繼而一統北方、三分天下，這不是光靠失德假譎便能成就一方霸業。能有德才兼備的聖王治理天下是最理想的境界，然而現實生活中幾乎不曾見到聖王或聖人治國，在才德不能得兼的情況下，選擇治理一國的元首、一個縣市的首長、民意代表等人才，你認為德與才哪樣比較重要？

透過《世說新語》的故事，也許我們可從不同角度思考，品評人物是否僅有品德一途？學習從同一件事情以不同角度切入思考，除了能訓練批判思辨的能力，更有助我們評鑑人物、待人處事。

楊穎詩老師　撰

《人生之體驗》選

唐君毅

題解

本課節選自唐君毅《人生之體驗》一書，此為唐君毅早期著作，寫作時間在民國廿八年至卅二年，內容曾分別在《學燈》、《理想與文化》、《中大文史哲季刊》發表。全書包含「生活之肯定」、「心靈之發展」、「自我生長之途程」、「人生的旅行」、「附錄」五個部分，形式上看似不相統屬，內含的思想卻是互相通貫的。本書主要在直陳人生理趣，雖然作者表示此書原為己而寫，因其在生活中常遭遇煩憂，故欲將個人所了解體悟的一些道理意境形諸文字，使自己在重新閱讀時能提升精神，從這些煩惱過失中解脫，但是讀者亦能從中得到感悟啟發。

四則選文出自《人生之體驗》書中第一部分「生活之肯定」，分別探討「懊悔」、「悲哀」、「苦痛之忍受」、「留戀」等問題。表面上看似談的都是生命中的負面情境，背後其實蘊藏著積極的人生態度。作者在此部分的導言中曾提到：「人生之目的，不外由自己瞭解自己，而實現真實的自己。」所以人若能找到內在的力量，便能尋獲真理，得到內心的平靜與生活的價值。

作者

唐君毅，四川宜賓人，生於清光緒三十四年（一九〇九年），卒於民國六十七年（一九七八年）。先祖原為廣東五華客家人，後因饑荒才遷至四川宜賓。父親唐迪風、母親陳大任皆為知識份子，雖生活貧苦，卻十分重視教育，唐君毅兩歲時便學識字，並陸續學習《老子》、唐詩、《說文解字》等。十歲起，先後就讀成都省立師範附屬高小、重慶聯合中學、北京中俄大學、北京大學、南京中央大學等。畢業後返回四川，曾四處兼課，後任教於母校中央大學哲學系。民國三十八年，因中國內部局勢動盪，遷居香港，與錢穆、張丕介等人創立新亞書院。後新亞與崇基、聯合兩書院合併為香港中文大學，唐君毅又擔任哲學系講座教授、文學院院長、新亞研究所所長等。民國六十七年病逝於香港。

唐君毅喜好哲思，又具仁者氣質，學問融貫中西，而歸宗於儒學，為當代新儒家代表人物。曾於民國四十七年與牟宗三、徐復觀、張君勱聯名發表〈為中國文化敬告世界人士宣言〉，主要談論對中國文化的認識及對其前途的展望，使全世界對中國文化有真正的了解，共同創造人類的新路。唐君毅著述眾多，晚年更出版《生命存在與心靈境界》，總結畢生學問思想，建構出一套「心通九境論」的哲學系統，乃依著人的生命存在來說心靈之活動，並將人類學術文化融攝於一心觀照之九境中。唐君毅一生志業皆在弘揚中華文化哲學，牟宗三曾推崇其為「文化意識宇宙的巨人」。唐君毅的著作由門人弟子結集成《唐君毅全集》。

課文

說懊悔

你不要懊悔你的過去。因爲時間之流，永不會逆轉。

如果你之懊悔，是因你覺得你過去犯了罪惡，作事未盡責任。這是一偉大的懺悔，這可以把你帶到眞正之宗教道德生活去。這不是一般的懊悔。你的懊悔，通常是覺得過去某事產生之結果不好，你憎惡那結果，你于是懊悔作那件事。

在此，你便要想，當時的你只能見及此，現在的你當原諒當時的你。而且或許以世事之參伍錯綜❶，當時的你不如此做，會發生其他更壞的結果。當你懊悔過去時，你會疏忽你現在當作的事；未來的你，又會懊悔你現在了。你承認過去之不可挽救，你一方在精神上似有一種退讓；然而你同時自煩惱中超拔❷解放，而感另外一種精神的勝利。於是你可以開闢新生命於未來了。所以一個能不懊悔過去的人，被稱爲偉大的善忘卻者。

說悲哀

你能避免煩惱，然而世間有不能避免的眞實的悲哀，如：離別與死亡，那怎麼辦？

❶參伍錯綜：交參錯雜。語出《易．繫辭上》：「參伍以變，錯綜其數。」

❷超拔：超越提升。

眞實的悲哀嗎？他來了，你當放開胸懷迎接他。

煩惱只是擾亂了你的心靈，眞實的悲哀，洗去你其他的縈思[3]，淨化了你的心靈。

雨後的湖山，格外的新妍[4]。你的視線，從眞實的悲哀所流的淚珠，看出的世界，也格外的晶瑩。

你將更親切的了解世界了。

說苦痛之忍受

當你無法超脫煩惱失望，及其他一切不能避免的苦痛時，我不令責備你，人有他無可奈何的時候的。

但是，你當知道人心靈之深度，與他忍受苦痛之量成正比。

上帝與你以無可奈何之苦痛，因爲他要衡量你心靈之深度。

苦痛之鋤挖你的心，在你心上，印下慘刻[5]的鋤痕。

上帝就在你的心田之鋤痕處，灑下他智慧之種子。因爲在苦痛中，你的心

❸ 縈思：牽念、掛念。

❹ 新妍：清新美麗。

❺ 慘刻：凶狠惡毒。

轉回來看你生命自身了。

青青的茁芽，自鋤痕深處，日漸萌茲❻，你的智慧之花，將要開了。

說留戀

你永遠努力實現理想，求生活興趣之擴張，然而兩個東西拖著你，一是留戀，一是疾病。

留戀使你最難堪，因爲他表示一種有價值的東西之不復存在，你是愛有價值的東西的。

兒時的歡笑聽不見了，青春的喜悅不再來，壯歲的豪情已消失了，一段一段的生活經驗，向迷離的烟霧中沉入。

你愈是捕捉他，他愈是遠——遠——

你在時間之流中蕩著行舟，只看見烟霧迷離中的舟行之迹，再也不能溯迴❼。

過去不能重來，現在也要過去，過去又似一無底之壑，它將吞盡我們生命自身之流水。

❻萌茲：萌芽滋長。

❼溯迴：逆流而上。

但是你錯了！

一度存在的東西，便是永遠存在的。

你的生活經驗不重來，因為他長住在你曾經驗的時候。

他永遠在你經驗他之時。

亦即永遠在你經驗之中，

過去的歡笑、喜悅、豪情，永遠在你心之深處，灌溉你生命之苗。他們似乎離開你，為的要讓位你的新經驗，使你開更燦爛的生命之花。你不能努力你的現在生活、未來生活，只留戀他們，你孤負[8]他們離開你的意義了。

賞析

人生自會經歷許多繁華盛景時，但也難以避免煩惱困厄的考驗。「懊悔」、「悲哀」、「苦痛之忍受」、「留戀」是我們可能遭遇的情境，作者以一種和自我也和讀者對話的方式，在種種負面情況中，顯發其背後積極的意義，提供了面對的方法。

在〈說懊悔〉中，作者區分了兩種懊悔，一種是對於過去所犯錯誤的懺悔，一種是厭惡事情結果的懊悔。前者由於在悔恨中能肯認個人的罪，所以反能引領人向一更無限高明的力量懺悔，而走

[8] 孤負：辜負。

上宗教道德之路。至於後者，作者則建議毋須後悔，因為時間不會倒轉，後悔無法改變過去；或許當時作判斷的自己見識有限，也只能作如此的選擇；甚至，就算當時不如此做，搞不好會招致更壞的結果；更關鍵的是，陷溺於懊悔中的人，容易疏忽眼前當下的事，而造成未來的悔恨。「承認過去之不可挽救」是接受自我的限制，如此反能超越無謂的煩惱，展望新生命。

在〈說悲哀〉中，作者一樣區別了煩惱與悲哀的不同。煩惱或可規避，而且只會擾亂心靈；但遭遇離別或死亡這種真正的悲哀時，是逃無可逃的，只能坦然接受。如同雨後的湖山格外清新美麗，經歷悲傷淚水的洗滌，才能看見更真實的世界，因為唯有承受過此種真正的悲哀，才能使人對於人世間的生死離合有親切的認識與體會，對於人情所有的牽掛執念有更多反思，進而使心靈淨化提昇。

在〈說苦痛之忍受〉中，作者同時給予了包容與鼓勵。一方面不強求人一定得超脫煩惱失望苦痛，畢竟人是有限的存在，未必隨時都有智慧與能力積極奮發去解決問題，有時反而是需要時間、空間去沉澱療癒。但另一方面也指點出忍受苦痛其實是一種心靈深度的測試，上帝的考驗必帶來一段艱辛過程，然而其中也伴隨另一種祝福，因在苦痛中，我們會重新省視自己的生命，撫慰傷口，得到智慧。

在「說留戀」中，作者不把留戀視為一種執著，而肯定人是會追求各式價值的。表面上，美好事物如流水般一去不返，但若換個方向思考，把時間凝結在一個點，則每一事件在時空座標軸都是獨一無二的存在，所以當下即永恆，我們並未真正失去。而且生命本是一整體且動態的發展，曾經有過的美好，將永遠成為生命經驗中不可切割的一部分，同時也只有過去的退讓，方可成就現在及未來，使生命生生不息。因此，以過去為養分，努力經營眼前，才能讓過去有價值，現在與未來更具意義。

四則選文雖是哲理性短文，但藉由分散自由的段落以及形象化的譬喻，如以雨後湖山喻悲哀洗滌心靈後所見的世界、以鋤田喻苦痛的考驗、以行舟喻時間的流逝等，讀來頗具詩意，也能看出作者不直接說明道理，欲啟發引導人向內在自我探索的用心。

現實中的人們大體上都是喜樂厭苦，然而人生總難盡如人意，於是學習如何在面臨各式困境時轉化心境是極為重要的，而其中關鍵就在心靈的力量。讀者若能掌握四則選文的精神，遭遇生命中其他考驗時，自可一以貫之予以超脫。

李慧琪老師　撰

單元五　自然書寫

導論

「自然書寫」是臺灣在上世紀八〇年代以降興起的重要文類，其起源主要來自工業革命以來對於環境的破壞。一九七二年，聯合國首度召開「人類環境會議」，提出了反污染和防衛自然的行動計畫，環境議題遂進一步成為全球意識，各國政府開始創造出新的部會與觀念，例如綠地、地域規畫等；另外一方面則是作為監督政府的民間團體與協會紛紛興起，逐漸發展出一種屬於西方工業社會非常獨特的批判性分析。

學者吳明益提出自然書寫具有下列重要特質：一、以自然與人的互動為描寫的主軸；二、注視、觀察、紀錄、探究與發現等「非虛構」的經驗；三、自然知識符碼的運用，與客觀上的知性理解，成為行文的肌理；四、是一種以個人敘述為主的書寫；五、已逐漸發展成以文學揉合史學、生物學、生態學與民族學等跨學科的獨特文類；六、覺醒與尊重，呈現不同時期人類對待環境的意識。吳明益並指出臺灣的自然書寫，主要源於美國文學理論界所使用的「Nature Writing」，深受美國自然書寫者在觀察模式、環境倫理觀、文學技巧、表述形式上的啟發。（吳明益，〈臺灣現代自然書寫〉）

在本單元裡，我們收錄了三篇文章，分別是心岱發表於一九七九年的〈大地反撲〉，孟東籬一九八五年的《濱海茅屋札記》（節選），與大陸鄉土作家閻連科發表於二〇一二年的〈父親的樹〉。心岱的批判報導從臺灣環境惡化，開始反思工業化與水庫遷村種種問題，孟東籬哲理小品循著美國思想家梭羅（Henry David Thoreau, 1817-1862）的腳步，嘗試找回人與大自然最深沉親密的美感；閻連科則讓我們看到傳統文化與經濟政策如何發生衝突，造成了環境破壞與人性的迷失。

蒲彥光老師　撰

〈大地反撲〉

心岱

題解

自然題材大致上可以有兩方面的書寫策略，首先當然是正面敘述野外環境的美好，呼籲人們走向大自然感受鳶飛魚躍的生命力；其次，則是指陳環境如何受到人為的破壞，反省我們應該選擇更自然健全的生活態度，去感受人與環境「天人合一」的完整純粹。在臺灣的自然書寫史中，我們其實是從環境的破壞與失落中，才開始意識與珍惜自然生態的可貴。

一九七〇年代中期是臺灣環保意識的萌芽期，心岱發表於一九七九年的〈大地反撲〉，可以說是臺灣在二十世紀七〇年代時，在環保書寫上最具代表性的作品之一。本篇從林口火力發電廠旁沿海地帶的沙漠化寫起，反省二三十年來防風林的濫墾、火力發電廠造成空氣污染、工業污水傾倒對於河川的毒害……等等，所造成的連年旱象、與居民家園的飄搖。文末強調人類只是自然界的一分子，荒地保留對於生態系統的必要。

作者

心岱，本名李碧慧，彰化縣人，一九四九年十二月十五日生於古城鹿港。育達商職夜間部畢業，曾任《國語日報》語文中心作文班教師、《自立晚報》副刊策畫、《皇冠》雜誌社採訪部策畫、《工商時報》副刊編輯、《中國時報》、《民生報》記者，創意工作室主持人、時報文化出版公司主編。心岱的創作文類有散文、小說、報導文學和兒童文學。一九六九年出版第一本小說集《母親的畫像》，之後專事小說創作。一九七八年起她投入報導文學行列，致力於本土人文及自然生態兩大系列的報導，曾獲全國青年文藝大競賽小說首獎、新文藝月刊小說徵文首獎、兩屆時報文學獎報導文學獎首獎、中華文化復興委員會「散文金筆獎」等獎項。著有報導文學《大地反撲》、《千種風情說蓮荷》等書。

她的作品色彩濃烈、情感深厚，作家盧克彰言其「不用空洞的意象虛飾自己的感受，而以落實的筆觸描繪出自己情感上的承受」。她的報導文學透過文學的形式「報導逼面而來的慢性毀滅危機，發掘攤開在人間、但卻被淹沒在地層下動人的故事」（柏楊）。近年來，鼓吹貓文化，以貓的主題創作文章，至今出版二十一本「貓書」。心岱曾做過國內飼養貓咪調查，提出：「即使都會區寸金寸土，我認為養一隻貓應該給予牠十六坪空間，第二隻以上，每隻可遞減二坪。」心岱的主張曾被批評「怪談」，但她卻奉為守則並厲行，足見她對於動物權益的堅持和用情之深。

課文

除了順從，我們並不能支配自然——培根

木麻黃望春風

海洋和陸地接壤處，長滿了生物、植物，這些潮汐漲退的海岸，原是肥沃、生意盎然的自然區，尤其是沙灘，總給人類聯想起渡假嬉遊的好去處。然而，桃園縣沿海地帶所呈現的，卻是一片荒涼，幾近死亡的景觀。

從林口，林口火力發電廠以南，沿岸的道路旁是光禿禿的沙丘，暑夏裡，隨著那捲起沙礫的海風，格外有火毒的酷熱。一條碧藍的水帶鑲著綿延起伏的沙丘外緣，那是美麗的臺灣海峽，可是，對於這裡，大海是不被岸上的人所歌頌，他們認爲它沒有同情、沒有律法，它甚至以它的偉大和力量來和人類爭地。

海洋到了岸邊，激盪成波浪，這些波浪的飛濺，把海中的鹽分送入空氣中，形成無敵殺手的海風四處噴灑，人類懷著謹慎的警戒，不眠不休的築造屏障，木麻黃算是人類要和海洋爭奪版圖的長城。現在，這些沙丘上卻是能看見整齊挨次的防風籬，一面爲了固沙以防沙子流失飛揚，一面爲了保護籬下的木麻黃。

這些木麻黃受到了竹籬遮蔽的部分果然生長得還好，但只稍暴露於籬外的，枝葉竟全數焦黃枯死，形成不平衡的生長現象，侏儒❶一般的躲藏在尺高的

❶侏儒：因生病（通常是因為軟骨發育不全）所造成的身材矮小者。

竹籬下。

在海湖林務所沙崙工作站負責造林的林站長說：

「過去以三十公分的苗栽下去，一年就可以長三公尺高，現在，怎麼也拉拔它不大。」

林主席去年曾親往視察，建議將防風籬加高到三米，以保護幼苗的生長。目前，工作站正依指示在進行，但防風籬加高固然可使樹苗受到較多的保護，籬本身吃風力也大，偶一不牢固，即有傾塌的危機。

林站長是沙崙本地人，依他的記憶，從前，這沿海一帶的木麻黃，密佈得連耕牛跑進去，人要鑽進去找都非常困難。

海湖村七十八歲老農陳隆生也說：

「過去，鄉間道路兩旁都是木麻黃，枝葉相連，大一點的車子都得先撥開枝條才通得過去，隨便田埂邊也有粗如臂抱的木麻黃，躺在樹下好納涼，如今……」

在這些老者心中，木麻黃的雄壯已經成了只能回憶的印象。

木麻黃是最適宜供做防風、定沙、過濾風中鹽分的海岸植物。從一八九七年到一九一三年間陸續自小笠原群島引進十餘種品種，經試驗後即推廣造林。

桃園縣蘆竹、大園、觀音、新屋等四鄉的沿海地區，早年極爲荒涼，飛沙走石、草木不生，因而於民國初年編爲飛沙防止保安林，面積有二千多公頃。二次大戰末期，遭到日軍的破壞及莠民❷濫伐，於是又成爲一片荒漠。

光復後，政府在該地區加強造林，慘澹經營，於民國四十四年已全面完成破壞林帶的復舊工作。

如今，再度面臨嚴重的困境了，木麻黃原是粗壯而堅耐的樹種，它遭到了詛咒嗎？何以現在變得脆弱，禁不起迎面的海風。

跨過和林口交界的蘆竹鄉海湖村後，不僅防風林全面到了坐以待斃的命運，連沿途可見的林樹野草俱是一片枯黑，農舍晒穀場旁向來供家小乘涼的黃槿粿葉樹、老榕、籬圍的扶桑等，彷彿遭火神焚過的遺屍，枝葉不留，只剩一段焦黑的軀幹，附近麻竹林被淋了污油一般，不見一隻綠色的葉片，野地的雜草和林投樹叢也全染成褐黃。

「不是海風吹的關係，海風過去也是一樣的吹啊，不要怪什麼鹽分，要怪就怪那『毒氣』。」

❷莠民：壞人。

海湖村民認爲「毒氣」是他們隔鄰的林口發電廠因燃燒煤和重油後所排出的廢氣，如二氧化硫等，再遇東北季風帶來的潮濕，在空氣中形成硫酸霧氣，導致防風林的大量枯死。

「大園鄉工業區❸的工業廢水污染了河川，也是關鍵之一呢。」

「不，要怪『毒氣』和『廢水』之前，倒該先怪當年保安林解除得太多，現在是食了惡果的時候。」

村民大家意見紛紛，但焦慮卻是相同的。

原來二千多公頃的保安林經過復舊造林後，因要配合增加農工業的發展，逐一解除部分保安林，闢爲農地或工業用地，其中以民國四十六年安置石門水庫淹沒區遷移民用耕地四百多公頃爲較大宗，現在僅存一、〇四五公頃，原有面積的半數都不到了。

不幸的是，在民國五十六年至五十八年間，數度遭受強烈颱風的侵襲，防風林遂全部發生相繼枯萎、死亡的現象，沿海農田失去屏障，風沙鹽分直驅而

❸大園鄉工業區：由臺灣省住都局負責規劃設計，於一九七八年五月完成，面積達一百三十一公頃，進駐產業包括機械類，化學類，金屬類，電工器材類，紡織類，造紙類，木竹籐製造類，非金屬礦物製品類，運輸工具類，食品類等等。

入，作物受到侵犯無法收成。五十九年後，情況更加慘烈，林務局從六十四年起開始接掌加強恢復造林的工作，然而，這五年來，投資數千萬元，所種植的防風林木尚未長到理想高度，又逢今年的大旱來臨。

五月的十六、十七、十八三天，突然一陣狂風從東北方掃來，附近所有稻田和植物轉眼間成了紅色。

「太可怕了！」

當地的村民形容作物乾得像人乾裂的嘴唇，血跡斑斑。這陣風捲走後，遺下了更大的浩劫——老天爺不曾再下過半滴雨水。

由於去年的四月裡，此地也發生同樣的風災，村裡每個人心中都隱約的曉得：大旱要來了。

出石門記

田地都龜裂了，一期稻作就要收割，可是沒有雨水，所結的穗子像染了病害，或缺了肥，看不到有飽滿金黃的穀粒。居住草漯移民新村的呂鄰長，他從自家廚房的米缸中掏了一把米放在茶几上：

「這就是田裡收成的米，比糙米還不如，簡直是蟑螂屎，怎能跟市面上賣的白米相比！」

儘管嫌它，癩痢頭兒子是自己的好；穀子對農民來說像他的孩子，這是一個多災多病又告殘缺的孩子呢。呂鄰長無限感觸的說。他的身邊站著已經服役歸來的兒子：

「田不種，長滿雜草不甘心，種了田又收不回工錢，悽慘喲。年輕人就讓他出外進工廠了，這樣賺點工錢還可以補貼補貼。可也不是人人都可找到差事，像我就被人嫌老，不得不再回頭踏入田地。」

田地是永不會嫌棄莊稼漢[4]的，他可以從年輕一直做到老，現在卻是逼得他們不得不放棄它。

這些立即有廢耕命運的土地，北從大園鄉的圳股頭、許厝港而至觀音鄉的草漯、樹林仔、大潭、茄苳坑，這是一條綿延二十多公里的海岸線，原是保安林區，面積達數百公頃。由於積年伸向海邊植林，林木茂密，綠蔭蔽天；民國四十六年，石門水庫興建，爲了安置移殖石門水庫淹沒區內的居民，規劃人員四處覓地，爲了配合大壩工程的進行，必須及時遷移，所以決定以臺灣公有荒

❹莊稼漢：農民。

地、山地、林地、海埔地爲目標進行勘選，最後發現這塊海岸地區，認爲可以岸邊的沙堤做界，堤外新植的保安林業已成長，可以作防風之用，而堤內的保安林木再無繼續保留必要，依法可以改闢耕地使用。此案決議後，不惜將大半的保安林砍伐解除，以供移民耕作，移民新村也就在同時大興土木。

「厝頂有日本瓦的就是新村的標誌。」

呂鄰長指著鄰家幾幢閩式建築的房屋，中開大門，兩旁有窗的紅磚平房，垂斜的屋簷下停放著各式農具，屋子裡外均看不見人彰，只幾隻狗在院子走蕩。

「都上工去了，沒辦法。這裡人口愈來愈少，留在家中的都是老弱婦孺。」

「我們是比較幸運的，全家四代同堂，十多年來，一家人還團聚一起。」

呂鄰長介紹他的雙親、兄弟、媳婦、孩子，喜悅之情就在他眉宇間。

在社會逐漸轉型的今天，農村向來保有的大家庭制度已漸漸瓦解，要看到四代同堂的家族生活在一起還眞不簡單，無怪呂鄰長是這麼的欣慰和光耀的說。他們舉家遷徙的時候，他十八歲，兩個哥哥都去當兵，弟妹還小，他算是父親得力助手，所以從計劃遷村到移殖安定的過程，他都參與有份，這塊土地對他個人的意義來講，猶如開天闢地，他成婚後，堅持一家人永不分開。雖然自民國五十八年以後，收成每下愈況❺，到了現在幾乎不能維持生活起碼的水準了，移民紛紛向上級呈報狀況，政府也有收回耕地重新再作林地的打算，曾以二分地三十五萬元的標準向移民收購，但這仍需要配合耕地是在防風林帶三百公尺以內的條件，並非每一家移民都可任意更換。

「再說，不管怎樣，田地是莊稼漢的根、命，沒有人會輕易拿它去賣錢的。」

世代以務農爲主的農民，他們耕耘土地，從土地中獲得回報，土地於他們的情感已不僅是溫飽一回事，土地是他們精神盤據、信仰依持的地方。何況，再次的遷移對有些人在適應上比田地無收成更加困難；呂鄰長他就不論如何要死守這裡，因爲十七年來，他們在此落地生根，從一家八口增到十九口，這一倍多的人都是這裡的土地餵養的，他們彼此有太深厚不可分割的感情。

在都市裡，人口流動率很高，今天租住松山，明天也許就遷往新店，但對農民來說，不光是居住的問題一項，他們深受天人合一的觀念，自然、土地、

❺每況愈下：比喻情況越來越壞。

房舍和生命是相連在一起的，儘管從石門山區遷移到海口來，也沒有走出桃園縣，但對整個意義上，他們有若跋山涉水、遠渡重洋。

呂鄰長一家原世居阿姆坪對面的條興村。民國四十六年政府土地改革後，爲了農田的灌溉系統，準備在石門狹谷建造水壩，以能蓄水成水庫，自石門大壩溯大嵙崁溪而上，直至拉號，長約十六．五公里，兩岸標高二五〇公尺以下的土地，與大壩下游後池左右兩岸標高一四二．五公尺以下的土地，都是水庫淹沒區的範圍。在此範圍內有自耕農、半自耕農、佃農、雇農、地主等等，政府均參照各地先例，及本區實際情況，於該年六月間，分批召集當地居民開會，以每甲地八千到一萬八千元不等的地價做土地徵收，地上物和遷移費用都有補償，再經抽籤使居民公平的移殖到新址，而移民新村的興建也依人口數目分甲、乙、丙、丁四種大小規格，予以貸款給居民。

獲得被安置的移民共有兩百七十八户，從民國四十八年八月起開始分批遷移，第一批二十九户移殖於草漯，第二批四十八户移殖於樹林子，第三批四十户移殖於大潭、大崙尾、茄苳坑等處，第四批七十九户移殖草漯、樹林子、大潭、許厝港及圳股頭等地，第五批八十二户先移殖於中庄後改移大潭、茄苳坑。

呂鄰長一家是在民國五十一年七月，列入第四批，和他們村頭的十幾户一同遷移草漯。

「本來是山區生活，到了海口，背景完全不同，當然很不習慣，尤其這一地帶，終日颳風，飛沙走石的，像一片蠻荒之境。木麻黃在我們搬來之前，公家已經砍伐完了，但地上還凸露著樹頭，那樹頭藏在地下，又牢又深，普通鋤頭動不了它，比石頭還頑固，每挖一株樹頭大約要費時三天，只好請工人幫忙墾地，前前後後也忙了一年多。

我們家算是人口多的，房子申請甲種，貸款一萬一千五百元。當時遷搬是分次的，首先運大件傢具，你曉得，壯稼漢的所謂大傢伙不外是神桌、飯桌椅、眠床、鍋鼎等等。我們用牛車一部份一部份運，最後走的是家畜和農具。在這一程途中遇了大雨，來到新村後，十幾條豬仔相繼發瘟，雞也跳走了幾隻，這並不算什麼損失，新的遠景就在前面。

新居比老宅要舒適光亮許多，交通也比山區方便太多，新起的灶裡每天有燒不完的柴火。全村的男人出外去挖樹頭，女人小孩在家劈柴，那些木麻黃樹頭眞是把我們的力氣都耗掉了，但話說回來，整地是移民首要的工作，有了乾淨、平坦、肥沃的土地什麼都不用怕了。這樣，不到兩年，家中的私蓄貼光了。

「好在移民都很團結，能同甘共苦，都到陌生地方，只有互相幫助才行，這附近的原住居民也對我們很友善。短短兩年中，七零八落的林地終於被犁成了耕地，插下秧苗後，一改過去的荒漠，成了綠油油的、充滿生趣的田園景色。

我服役後每次休假回家，就是先下田去看。這些用我雙手一鋤一鋤開拓出來的田地，已經長著作物。那幾年收成很好，就是頭一年的時候在樹下種甘藷，也有收穫，如今，播什麼只要到九月就死掉，血本無歸。」

由於北部濱海地區在六月一期稻作時，颳的是南風，而冬末二期稻作正要結穗時，東北季風就起了，這北風對該地的農民猶如洪水猛獸。因爲從民國五十八年林口火力發電廠發動後，再加上大園鄉改成工業地區，北風一吹，顯然帶了某種污染毒氣，他們那半冬的辛苦就隨風而去。

「頭十年的日子令我們相當有希望。我結婚後又把房子翻修擴大，還刻上我們呂姓的『河東』堂號，我希望這裡變成我們永居的地方，可是……才十年，十年轉眼一過，歹年冬就跟著來了，像鬼魑❻一樣終年累月環繞著這地區，

❻鬼魑：鬼怪。

稻子死亡沒有收成，後來改種雜糧雖不無小補，卻嚴重缺水，使這條路踏也踏不出去，改種西瓜倒還成，我們變成果農了，有的租來機器，在田裡手中田沙抽土，把地弄低窪，準備改魚池，蓄水養蛤養魚，大家都在拼命，沒有給我們觀望的機會。」

過去，一個農夫必得要有土地，現在，即使有土地也未必能發揮他的本事，相對的條件愈來愈複雜，雖然耕作已有許多機器代替，不像過去完全憑人力的辛苦，但文明究竟幫助了人類得到多少既得利益呢？

原居住水源頭的這批移民，如今處在灌溉區的水尾，即令水庫放水，怕一時也無法達到此地應急，他們一心一意祈求天雨，如果能在北風吹過後，有一陣及時雨，把風帶來的污染洗刷，那就有救了。

「一般一甲地可收五千到六千臺斤的穀子，我們每甲地往年還能收到一千臺斤的程度，去年是八百壹斤，今年，再沒有水，就是一堆乾草。」

呂鄰長說著說著幾乎嗚咽了，他表示他家中壯丁多，還能依靠工業做工來維持生活，但地處觀音鄉的大潭移民，全村目前端賴政府發放的救濟金在撐活。

漂流的家園

桃園客運的招呼站寫著「新村路口」，這是第五批八十二戶泰耶魯族❼移民的大潭新村。

站牌對面是售票兼營菸酒的雜貨鋪，店東也是新村居民，後來在自宅前面蓋屋開業，門端還掛了「臺灣世界展望會」「大潭兒童計劃區辦事處」兩張牌子。

「沒生意啦，人都走光了，不信，進去看看就知。」老闆娘一口標準國語，無可奈何的手指向新村路口。那路口正好是一間頹壁、缺門的男廁，好像開著大口對凡是路經的人告幫。

大潭的山地籍移民原先從石門遷居中庄，中庄位於淡水河經過大溪鎮中新里時，分成南北兩流，中間浮出的一塊小沙洲，面積約達二五〇公頃，早有開墾農民居住在該地中央。山胞代表於四十七年提出申請移殖，經勘查後，將水利局計劃在該河北部建築四千公尺的堤防法線調整，挪出可利用的土地面積約

❼泰耶魯族：今多譯為泰雅族。

有九〇公頃，連同南河河床地，共一八三公頃，移作山胞之用，不幸於五十二年九月葛樂禮颱風中受災，田地、房舍全漂流走失，所有山胞遂復重行移殖到此安居。

如今又遇困境，全無收成，移民於六十五年再度申請遷村，但目前尚未找到適宜的地方，省府撥補助金二十五萬元給每一戶，要他們自行購置其他土地，以五分不能施作的地抵押，去換即使是一分的良田也是划算的，但附近都是世居農家，誰也不會輕易讓田出賣。這批移民買不到地，等於無法翻身，全村人只好依賴每月的救濟金生活。

新村道路寬闊平坦，房屋也是紅磚紅瓦，整齊美觀，可是一幢幢都是空屋，門窗有的已遭破壞走失，有的垂簾深鎖，路上靜悄悄沒有一絲聲息，到了村中廣場，才見幾個男人抱著孩子在閒聊。廣場的左邊有一幢禮拜堂，尖頂上的十字架消失了，玻璃窗被打得稀爛，從外面可看到那水泥砌高的講道臺，默默地迎照了一抹斜陽。

一位人稱他馬沙的男子說：

「牧師他也要吃飯呀，他改行啦！」

宗教在這裡已不是信仰的問題，而是奢侈品。

「誰去聽道理，飯都吃不飽，田裡的事要緊還是去聽他胡扯要緊，我們不想上天國，只想回山地。」

馬沙激憤的又加了這一句。

沒有信徒的教會是支持不下的，所以牧師跑了，這座禮拜堂就與其他的屋宅一同荒廢。

新村裡，每戶人家都有一個大院子，院籬都是林投樹。由於大半數山胞移民不能適應平地環境，有的設法搬回山上去生活，目前還居住在新村內的僅剩一百多人。他們的孩童都上大潭國民小學就讀，所以新生的一代都能說很好的國語，可是山胞[8]過去生活的影子依舊殘留在他們的意識裡，他們不大能適應平地的居住習慣，比如他們特別怕熱，每戶都把大床抬到院子的一角，再搭蓋一隻布篷或草篷，全家大小都在此納涼睡覺。

「在山上有三、四分地就足夠了，在這裡即使有一甲也不夠吃。」

馬沙說，他在村中開了一間雜貨舖，是村裡面的日常用品供應站，他和寡母、太太及三個月大的兒子住在這裡，村子荒了，他的生意也沒落了，因此他

[8] 山胞：一九九四年國民大會通過憲法增修條文，正式將「山胞」改稱「原住民」，是原住民族正名運動的重大里程碑。

覺得閒散，百無聊賴，他懷念山地原始生活。他們健步如飛，交通的便利使他們無動於衷，舒適敞亮的房屋對他們沒有誘引，他們喜歡山上遊獵、自然的日子。

「我們村子在去年七月暑天，連續死了六個老人。前輩的血汗結果就是現在這樣的沒落景況。」

村中尋不到什麼老者，記憶被割斷了，他們沒有遷徙的故事，但他們還有一股信念，希望返回山居。

大地之怒

「你們這種行動——正是替你們的子孫積德。」

民國五十一年十二月十一日，故副總統陳誠在第一區移民新村落成典禮中，對他們說。他的話使得在場的移民個個感動得熱淚盈眶，政府做了最合理、最優惠的補償，使他們也尊重政府的安排，石門水庫得以順利興建，完成了預定灌溉系統的目標。

這一種灌溉系統的完成，使臺灣北部東起大嵙崁溪，西至鳳山溪，南依大山，北臨海峽的扇形大平原中廣大面積的農地，充分提高其生產能力。

同時，石門水庫又具有發電、防洪、公共給水、開闢遊覽區以發展觀光的多元性效用。

這些移民也因遷移而從偏僻之地走出來，接觸文明的洗禮，雖然他們幾經墾拓的艱辛，畢竟那是人類邁向進步和發展的路途。

爲什麼今天，他們在希望中匍匐[9]、跌倒、掙扎，爲什麼他們焦慮、悲愁、哭泣？

人類有這麼光榮的成就，但有些人卻那麼暗淡！

移民被安排去與海爭地，第一回合他們勝利，靠的是不屈不撓的決心再配合文明的種種因素，然而，人類的命運和自然的命運彼此互相依賴，任何狂妄的要加以操縱的想法，都改變不了。固然，我們需要最有效的農業及生產系統，但若要長期保持效率，少不得要和自然環境取得協調，自然能夠影響水源、溫度、風力、雨水、濕度，使環境得保穩定，如果將所有大地的一切都利用生產人類的食物，結果處境一定會有變化，難以預測的災禍就會臨頭了。

桃園海岸防風林的大量砍伐解除，正是人類經驗失敗的一個實例，不幸這

[9] 匍匐：在地面上爬行。

些移民成了大地反撲的對象。

一株野草，一棵雜木都有維持大自然的平衡和長久相互依持的功用；人也只不過是這個自然界的一份子，由於人類智慧與經驗的累積，儼然[10]成了宇宙的主宰，按照己意處理周圍的環境，忘了自己是從自然環境生長出來。在這個極度開發的時代，我們對道德的系統必須再重新深思，把關心擴及到整個大地的生命世界。

大地是沈默的、包容的，它承受所有人類文明的重擔，提供我們一切的需求。如果我們覺得征服了自然，同時也毀壞了自然，大地總有反撲的一天，它會將憤怒留下一些痕跡，迫使人類退縮，這小教訓是使我們學習怎樣和它協調相處的教本。

當我們準備開發似乎沒有用處的荒地，砍伐植物予以造房子、築路、蓋工業區、建娛樂場所時，我們想想移民的遭遇，雖然海洋和陸地的界線那麼分明，不可超越，但生命原是一隻巨大無端的鏈，在大自然裡，誰也不能扮演掠奪者。

[10] 儼然：煞有介事的模樣。

賞析

心岱在第三屆時報文學獎得獎的〈大地反撲〉此文，很特別的是一篇以紀實為主的報導文學。報導文學長久以來並未獲得文學界的重視，直到一九七八年高信疆先生主編《中國時報・人間副刊》後，開始籌辦「時報文學獎」，始開風氣之先設置了「報導文學」項目。另一個可以參考的典範，則是二〇一五年獲得諾貝爾文學獎的俄國女作家斯維拉娜・亞歷塞維奇（Svetlana Alexievich, 1948-），她是歷來一百一十一位諾貝爾獎文學獎得主中，第一位以報導文學拿下諾貝爾文學獎的「記者作家」，同樣也是書寫環境議題（核污染）。

臺灣社會之經濟發展，大概從二十世紀六〇年代中期逐漸步上軌道，七〇年代奠立了石化及重工業的基礎，使得臺灣在一九七五年後，年平均經濟成長達百分之八。加上後來高科技的發展，使得臺灣成為亞洲的主要經濟體之一。經濟快速發展的結果，環境公害問題包括：工業污染、交通運輸污染、農業污染、生活污染等四大類，早在一九七〇年代已經相當嚴重，例如作家鍾肇政在一九七八年即發表了〈白翎鷥之歌〉，寫的就是土地與河流的污染問題。

七〇年代以降也發生了層出不窮的環境污染事件，其中較為嚴重的案例，如一九七九年彰化縣溪湖鎮發生多氯聯苯污染米糠油中毒事件，造成全台至少兩千人受害，其中以台中、彰化兩縣的受害人數最多。又如一九八二年桃園縣觀音鄉大潭村發生鎘米事件，一九八六年台南及高雄茄萣鄉海域發生大規模污染情形，則是因為二仁溪的五金類業者違法傾倒重金屬廢液，再經由溪水流入海中，污染沿岸及海產等等。

這些伴隨工業化與現代化所帶來的慘痛代價，讓人們開始意識到「文明」的兩刃性，與自然環境的可貴。即以本篇為例，心岱的反省是：「大地是沉默的、包容的，它承受所有人類文明的重擔，提供我們一切的需求，如果我們覺得征服了自然，同時也毀壞了自然，大地總有反撲的一天。」

就文章結構而言，大致可以分為二個部份：文章前半部，作者首先提了一個問題，為什麼林口火力發電廠的週邊海岸竟有日漸沙漠化的現象？然後她逐步追蹤，發現是因為發電廠的空氣污染、與工業區的水污染都有關，更要命的原因，則是政府在一九六〇前後興建石門水庫，為了安置水庫淹沒區原居民，而輕率在蘆竹、大園一帶砍伐了一千多公頃的保安林。

文章後半部，則花了許多篇幅記錄當地居民的生活困境，從民眾的聲音來反映報導現場的不堪。因為污染與生態失衡所引發的旱災，造成農作物歉收與廢耕，心岱特別以〈出石門記〉生動敘寫呂鄰長一家人當初遷居草漯新村時的理想，與十七年後面臨家園荒蕪的失落，又以〈漂流的家園〉記載大潭新村破落潦倒的泰雅族遷移現況，居民馬沙說飯都吃不飽，牧師也無法安住，族人都設法想搬回山上生活。

心岱透過這些充滿悲哀與迷惘的民眾心聲，篇末結論又舉了當年（一九六二年）副總統陳誠在新村落成時令人感動的勉勵演說：「你們這種行動——正是替你們的子孫積德。」可惜言猶在耳，不幸卻事與願違，甚至聽來充滿了諷刺。儘管這悲劇也許並不是政府怠於職守、或為了牟取私利，但確實是自然所給予臺灣社會的巨大教訓與警惕，提醒人們無權以利益掛帥、大肆掠奪環境資源，必須要學習尊重與保護自然生態。

蒲彥光老師　撰

《濱海茅屋札記》（節選）

孟東籬

題解

本文收錄了《濱海茅屋札記》的五個短篇：〈海上月光〉、〈我們的房子〉、〈我們的經濟〉、〈不可挽救的幸福感〉與〈無垢〉，分別記載他怎麼蓋起了濱海的茅屋、日常生活之所需、家居生活裡的細碎想法與幸福感、與環繞著茅屋所見的環境之美。

這幾篇短文有一個核心的思考，就是自由與自足。例如作者寫沿海的幾戶人家被電視給綑綁，看不到大海與明月的可惜；例如他提及弗洛姆的理論，說現代人的生活一切都被人包辦，使得人變成了一個「完全被動」的關係，作者覺得「不甘」，因此才堅持親手蓋起自己的屋舍；此外，作者也儘量節制物慾，鮮少到市場買菜，甚至覺得買鞋買衣也無必要性⋯。他心目中的理想「只是做天地間一個人，看看日升月落，讓風吹一吹，看看海怎麼藍、聽聽雞怎麼叫」，找回宇宙間生而為人的完整性。

作者

孟東籬（一九三七年至二〇〇九年），本名孟祥森，曾使用筆名漆木朵。出生於中國河北省定興縣，一九四八年隨父母移居臺灣，就讀誠正小學、高雄中學、臺灣大學哲學系，取得輔仁大學哲學碩士。曾先後任教於臺灣大學、世界新聞專科學校（今世新大學）、花蓮師範專科學校（今併於國立東華大學）、及東海大學等校。

孟氏以生態、哲學為主題寫作，三十歲起大量翻譯英文書籍，種類包括文、史、哲、心理、宗教，著名如赫曼・赫塞《流浪者之歌》、梭羅《湖濱散記》，皆出自其譯筆。一九八五年開始以「孟東籬」為名出版其個人創作，著有散文、哲學論述類著作，先後出版如《幻日手記》、《耶穌之繭》、《萬蟬集》、《濱海茅屋札記》、《愛生哲學》、《素麵相見》等書。

孟東籬終生奉行其「愛生」的哲學觀念，身體力行其簡樸自然的生活信念。八十年代初，臺灣生態環境意識啟蒙，一些知識份子有感於環境變遷的危機，毅然投身環保工作，且紛紛執筆書寫這類題材。其中以孟氏尤為決斷，除了以陶淵明詩句取其筆名，以明心志。一九八四年更搬遷到花蓮的鹽寮海邊，離群索居。劉克襄曾指出孟氏於自然生態運動的先驅者地位：「以己身之力實踐簡樸生活的行動，卻悄然地牽動了一條臺灣民間生命力的地下浮流，迄今仍有些綿延不絕的能量。曾為台塑員工的區紀復先生，日後會到鹽寮清貧生活。作家粟耘選擇淡隱於麻豆山區，不搭塵世的喧囂。還有許多人選擇大隱於市，卻簡單地過日子，甚而民間生態組織的蓬勃興起。或許，這些不盡然是受到其直接影響，但無疑的，都是在那個氛圍下，萌發了這種生活的期待，以及思考生命的意義，進而反省自己跟土地的互動。」

課文

一 海上月光

住在這裡，每個月都有幾天的機會可以看到月亮從海上升起，但卻並不是每個月那機會都能成爲事實，因爲必須晴淨無雲。

這兩天是晴的，晴得清晨仰頭整理瓜架的竹竿時，看到的天空是撒哈拉沙漠的天空。

傍晚在院子草地上吃過飯，全家進入那洗碗洗澡兼用的地方洗澡後，從竹門向外一望，哇，跳起來，滿月已經從海平線的一抹雲帶的上端升起來了，竟然升了好幾尺高了，就這麼快，不禁有些懊惱、可惜。

進入寬敞的蚊帳後，孩子們不久就睡了，我跟「媽媽」跑到竹子的瞭望臺，看海上的月光。

天上有黑塊散雲，流得很快；黑雲的影子投到海上，使得海面也像天空一樣斑駁。天上有雲的地方，海面就黑，天空無雲的地方，海面就亮，有時當前的海面整整黑下來，卻獨海天交界處一弧透亮，看似巨大的鏡片。

散雲不久流淨，皓皓高月，滿海明鏡，而我們卻都已睏了，因爲在這個地方，我們總是天亮即起，而六月底的天亮，大概是五點左右吧。

突然「媽媽」從竹架上衝下去，因爲她聽到了小牛的哭聲，她的耳朵是專門從風聲中分辨小牛的哭聲的。似乎她可以把風一縷一縷的分開，在裡面找出她的孩子最細微的哭聲。

我到馬路上走一下，想從馬路上看看海和懸月，但一走上馬路就看到沿路的幾户人家家家在守著電視。

在馬路上走了幾步，我有點黯然的走回來。我是那樣明顯的感覺到，我是那樣自由，而看電視的這些人是那麼不自由。他們被電視捆得死死的。

也許電視在演海上月升的美景吧。

二　我們的房子

我們的房子一共兩間，一間十坪，一間七坪，主要是用茅草和竹子搭的。大的一間有五分之二是寬大的榻榻米床，沒有隔間；小的一間用茅草隔成兩部分，一部分略小，鋪了榻榻米，是「爸爸」有時在那裡睡覺和「上班」的，叫「爸爸間」，大點的部分放置雜物，洗澡、洗衣、煮飯用，叫「廚房」；十坪的那一間，叫「媽媽間」，因爲它主要是想給媽媽和孩子睡覺和安適度日之用的。但實際上「爸爸」卻常常「霸佔」「媽媽間」，而媽媽和孩子則往往整個上午都在廚房。

媽媽在廚房的事似乎總是沒完的，而不論小牛睡覺還是小牛的哥哥找媽媽，也總是在廚房。這種情況一直到吃完午飯才有改變——吃完午飯，全家沖個冷水澡，就到媽媽間來午睡了，睡完之後，媽媽在媽媽間的時間略多，而在廚房的時間略少。

媽媽間是正對著海的，面海的那一邊開著兩扇大窗子和一個寬敞的門，當你從向山的那邊的竹門進來時，一踏進門檻便滿眼是海，而我們面對的海沒有電線、電視天線和房子的干擾，有的只是一塊略緩的斜坡草地與一方稻田。

七坪的那一間跟十坪的這一間是成直角分建的，兩個房子構成L型，七坪間向山向海各有竹門，而從向山的竹門一轉身就進入媽媽間的側面的竹門了。從廚房向海的竹門則需斜過媽媽間前面的草地，進入媽媽間中央的正門，就是我現在坐在竹椅上望海的門。

媽媽間用了十八根舊材行買來的木柱，都是拆日式房屋剩下的木材，大部分是檜木，也有幾根又重又硬的，不知是什麼木，釘釘子，釘子都會彎。這些柱子又結實又不著蟲，只是有些以前鑿的孔眼，不大美觀，但看久了竟也不覺得。

這些柱子，全都是笨笨的灌了重大的水泥根的，柱子與柱子之間又完全用橫竹連排釘起，因此縱橫之間結構結實。竹子外面則又加了一層厚厚的茅草，因此這屋子從外面看是茅屋，從裡面看是竹屋。屋頂鋪了比牆壁更厚的茅草，茅草上加了鐵皮浪板。因此這屋子又不熱又不怕風雨。

七坪間則簡陋得多，只用粗竹做柱，茅草為壁，屋頂雖也是茅草鐵皮，但茅草比十坪間薄得多，但竟也隔熱良好。

這兩間房子除了水泥地以外，可說是完全自做的。

當初也並沒有一定要自做，但那個時候我正想安靜，少見朋友，因此，朋友的幫忙，除非是偶爾的，我都辭謝了；找人工太貴，一天工五百元，據說我這個房子包下來（只十坪間）要十萬，我嚇一跳。我沒那個錢，而且我覺得不對——我這樣一間小小的茅草房要十萬嗎？我原先以為只要立四根柱子，綁點茅草就可以了，以為只要四五千元。但後來，恐怕終還是花了五六萬。

最主要的是，我渴望著搭一個茅草房，而且要自己搭，我不但要嚐嚐住茅草房的味道，而且要嚐嚐人是怎麼搭茅草房的——搭他自己的茅草房，像許許多多的古人那樣，像許許多多詩文上曾提到的那樣。

再其次，是我受了佛洛姆❶之說的影響，因爲他提到現代人的生活，說現代人的生活一切都被人包辦了，食由飯店和食品廠包辦，衣由成衣廠包辦，行由車輛包辦，住由建築公司包辦，育樂也由種種公司、專家和「藝術家」包辦，而人變成了一個完全被動的東西。

我不要這樣，我不肯這樣，我不甘。

梭羅❷的「華爾騰」（「湖濱散記」）也給了我相當的影響。正巧我來鹽寮

❶佛洛姆：Erich Fromm（一九〇〇—一九八〇），德裔美籍人本主義哲學家和精神分析心理學家，他企圖調和弗洛伊德的精神分析學跟人本主義的學說，被尊為「精神分析社會學」的奠基者之一。佛洛姆於一九四一年發表他的第一本重大著作《逃避自由》，一九四七年出版《為自己的人》，這兩本著作概述了性格理論。佛洛姆最流行的著作是一九五六年出版的《愛的藝術》，他認為罪惡感和羞愧源於人意識到人和自然、人和人之間存在的割裂性。要解決這種分裂，唯有發揮人類的積極力量和創造性——愛和理性。

❷梭羅：Henry David Thoreau（一八一七—一八六二），美國作家、詩人、哲學家，最著名的作品有散文集《湖濱散記》和《公民不服從》，《湖濱散記》記載了他在華爾騰湖（Walden Pond）的隱逸生活，而《公民不服從》則討論面對政府和強權的不義，為公民主動拒絕遵守若干法律提出辯護。梭羅全部的著作集合起來有二十冊，其中他闡述了研究環境史和生態學的發現和方法，對自然書寫的影響甚遠，奠定了現代環境保護主義。他的文體風格結合了對大自然的關懷、個人體驗、善感敏銳、且饒富詩意。同時他也提倡停止浪費、

籌蓋房子的時候，是給遠景出版社翻譯「華爾騰」的時候。我喜歡梭羅的那種生活態度，而在性格上，我確實也跟他有某些程度的相似。

因此，我便一邊翻譯他，看著他在華爾騰湖畔用松木蓋著房子，一邊自己在太平洋海邊用竹子和茅草蓋自己的房子了。可巧是他大概用了一百天，我也大概用了一百天，但他的房子只有一間，我的房子則有兩間，而依我的計算，他的那一間，恐怕也只有五坪。但他的房子一定比我蓋得細密，因爲他用的是木材，非得密合不行，我的竹子與茅草，則用鐵絲捆捆即可。

另一個不同的地方是他大部分時間可以用來蓋房子，我則只能利用譯書以外的時間，每天大約兩三小時。

房子蓋完了，書還沒譯完，但也相差不遠。

三　我們的經濟

我們已經有一個多星期沒有買菜了，吃的是豇豆和南瓜尖（南瓜藤的嫩鬚、嫩葉和嫩莖）。豇豆是鄰居老農借我們的地種的，南瓜尖則採自蘋蘋種的

破除迷思，這樣才能體會生命的本質。他留給後世的作品影響了很多名人，包括像聖雄甘地、約翰．甘迺迪和馬丁．路德．金這樣的政治家，還有俄國文學泰斗托爾斯泰。

一棵南瓜。有一次蘋蘋從買來的玉米中揀出一顆南瓜種子來，就像發了意外之財似的把它種起來。很久沒有消息，過後長出一個小苗，但有兩個月沒有什麼動靜，然後突然爆發，浩浩蕩蕩的兩面進軍，不久就把我們的廚房三面包圍了。我不曉得一畝有多大，但我很想說它佔了半畝地那麼大。我小時候就在老家吃過炒南瓜花，有一種特別的柔香。但有一天山地老農卻把我們剪掉的瓜藤拿去吃了，我們才知道南瓜尖也可以吃，而且有著特別的清香。

這樣，我們每天摘一把老農的豇豆，隔一天再剪一把南瓜尖，菜的問題就全解決了。

我們吃的東西，尤其到了夏天，是相當簡單了，用綠豆、白米、麥片、薏仁、糙米等各自單獨或兩三種混合煮成稀飯，間斷的蒸兩籠饅頭，隔幾天燉一鍋黃豆海帶，有時炒一罐糖芝蔴，主食就綽綽有餘了。此外就是買一點青菜水果，隔幾天買一斤蛋，兩三個月蘋蘋突然饞[3]了，就買幾兩烤雞，讓她和大牛打打牙祭[4]，我也陪著吃幾口。

[3] 饞：貪吃。
[4] 打牙祭：原指傳統中，每月兩次的財神祭祀活動。民間認為土地神能夠保佑商家生意興隆、高朋滿座，故在舊曆每月的初二、十六做牙，主要以雞肉、豬肉、魚肉等三牲祭拜土地神。一般以二月二日土地神誕辰為起點，開始「做牙」，稱為「頭

小牛的主食是母奶。這樣，我們一個月的全部花費大概是七千元左右。大部分用在吃上，但究竟佔多少比例我們也沒有算過。反正衣食住行育樂都在裡面了。

很久以來我們都沒有買鞋襪了（幾個月前給大牛買了一雙小球鞋，兩個星期前蘋蘋又給我買了兩雙日式拖鞋，因爲她說很少見到那麼大的，質料又比較好），因爲在這裡生活我們幾乎晝夜都是打赤腳的，屋外的草地和土地，屋內的水泥地和床上的榻榻米，赤著腳踩起來都舒服。以前留下的鞋——尤其是喜歡買鞋的蘋蘋的——總也沒有辦法穿完，因爲差不多沒有機會穿。

衣服，小牛是不穿的，整天光屁股，夜裡穿個小褲頭，裡面塞上尿片。大牛整天只穿個小短褲，晚上則和小牛同等待遇。我，在家時穿一條蘋蘋做的寬大棉布長褲，上身赤膊，出門則罩一件蘋蘋做的半短袖白布衫。蘋蘋自己也是用她幾件薄棉布衣裳輪流換換，其他所有的衣服都封成一袋袋，擱在床邊的竹架上。

牙」，十二月十六則稱為「尾牙」。而古代「做牙」完，總會把祭拜過土地神的肉類，分送食用，俗稱為「打牙祭」。在這邊指吃葷食。

有時我會說，在這個時代，只要靠社會的牙慧❺就可以過日子了。這個社會生產了太多太多的東西，每個人都有太多的衣服和用品，我們只要撿人家一點剩餘，就足夠用了，就用不完了，留下的時間做一點你自己想做的，或什麼也不做，而只是做天地間一個人，看看日升月落，讓風吹一吹，看看海怎麼藍，聽聽雞怎麼叫，享受一些清閒。因爲這些事情現在反而是很少人去做的了，但這種事一定要有人去做。想想月亮升起來不再有人看，太陽升起來不再有人看，花開了不再有人看，蟋蟀叫、青蛙鳴不再有人聽，我會覺得很對不起，會覺得天地寂寞——儘管人間繁華。如果能靠社會牙慧度日而能做人天耳目就値得了。但即使是這個也不容易做到，因爲你實際上並不能眞正靠社會的牙慧度日，做人天耳目也總要有個清晰的心，而這已經是很難了。

我們住的房子當然是不要錢了的，因爲那是我們在自己的地上用自己的手蓋的茅屋，我們用了六萬元左右，搭了兩間，一間十坪，一間七坪，如果沒有人來，足夠用了。

❺牙慧：原指言談間流露出的智慧。語本南朝宋劉義慶的《世說新語．文學》，後用「拾人牙慧」比喻蹈襲他人的言論或主張。在本篇中，則引伸為「別人食用所餘」。

我們沒有冰箱，沒有電扇，當然更不用說冷氣。冰箱，我始終覺得並不怎麼需要。我們簡單的食物幾乎總可以現做現吃，如果有剩，電鍋裡熱熱，除了黃豆海帶以外，很少有隔夜的。在我看來，冰箱不是不必要的空著，就是囤積了一些不必要囤積的東西，總之，它是在耗電，也就是經常在耗費著能源，在製造熱汙染。

電扇本來是蘋蘋喜歡的，但也被我「小氣」掉了，我們在「三商」買了大型的棕櫚扇，晚上入睡前唯一需要扇子的那段時間，由我司扇，問題也大致上解決了。

電力的家具中，除電鍋外，用得最多的倒是洗衣機。我們的洗衣機大概是我們這一帶唯一的一臺。（兩年前附近新蓋了幾棟別墅型的小屋子，大概有洗衣機吧，但人很少來。）

水電是我們分頭向兩家接的，因爲聽說我們蓋的是草房，不合政府新建房屋的規定，不准登記；不准登記，也就不准裝水電，我們也就省了登記的麻煩，向兩家鄰居各自接了水電過來（當然，這是不合「法」的），反正有水有電就夠了，兩家的水電錢我們全付。

因此，水電錢是我們開支中不小的一部分，加起來每個月大概要五六百元。

另一個大宗是煤氣，每個月大概要兩三百元。

我們的醫藥費用得極少。主要是小孩的預防注射和感冒錢。我和蘋蘋是很少感冒的，感冒了也是喝喝薑湯，拖一拖，自己好；大牛也是。只有小牛最近感冒了兩次，發高燒，我們拖不過去，才帶到醫院，但也很快就好了。平均起來，我們四個人的醫藥費，每月大概不到一百元。小牛起痱子，我們用鹽擦。

除了預防針之外，我們給孩子的醫藥該說是母親的奶和家人的陪伴。我堅信有這兩種東西。小孩子就願意活下去，而願意活下去，就容易活得好，活得健康。

四　不可挽救的幸福感

小牛感冒，蘋蘋坐早車帶他到花蓮去看病。送他們上車以後，哄大牛和秀珍到廚房，各吃一碗綠豆湯，兩個小孩把碗放在竹子躺椅上，頭頂頭的彎腰喝。兩個小孩都黑裡透紅。

我不意間從廚房的茅草窗望出去，窗角爬了巨大的南瓜葉，遠處是青天與碧海，突然有一個聲音默默的在我心中走過：我的幸福感是無可挽救的。

當然，我知道這是一個小小的針即能戳破的幻覺，但我仍然有這種感覺。這感覺是甜潤的。

五　無垢

晚上，等孩子們睡了，我跟小孩的媽媽在向海的門前瓜篷下掛了大蚊帳，在帳裡剝荔枝，邊剝邊吃邊向罈裡投，等到快剝完時，不意間回頭一看，沉紅的半邊月已自海平線升起，旁邊的一盞漁火與它相較，非常渺小而晶亮。

洗完澡，夜已深，我想赤身在草地上乘乘涼，但想到海防班哨的探照證可能照到我，便覺尷尬，只得穿上我的布袋褲，可是終覺人在這方面實在荒唐。那一點地方爲什麼非要遮來遮去呢？如果你平靜的看它，它實在一點沒有什麼需要遮蔽的，那本是那麼自然的一部分，而人如果習慣了看它，它就和赤裸的嬰兒一樣無垢。

賞析

孟東籬在一九八五年所出版的《濱海茅屋札記》，對於一向偏重於社會或政治層面的臺灣文壇而言，算是另闢出一條風光綺麗的蹊徑。他的文章內容看似平實無華，但若細細咀嚼，卻會發現充滿了哲思與情味。

課文中收錄的五篇文章，大致是以類似日記體的散文筆法所書寫，每篇短文寫一個生活中隨想的議題；至於全書內容的核心，當然就是那間濱海的小屋。書中的每一篇，也都環繞著屋子、家人、自我與環境而書寫。這種遠離煙塵的書寫或思想來源，主要正是從孟東籬所翻譯美國哲學家梭羅的《湖濱散記》而來的。

孟東籬書中所寫、與其所實踐的理想生活，可以說兼具批判性與審美性的兩面。就前者而言，例如他反對過份的社會化及物慾，孟東籬反對精細的社會分工，認為現代化反而破壞了人性的完整，變成「完全被動的東西」；此外，他也反省冰箱、電扇、電視機等生活用品的必要性，認為社會生產太多的東西，容易使人失去了「清晰的心」，使人看不見自然環境的日升月落、風吹鳥鳴，反而囚禁在物慾的囚籠中。

至於後者，文章中到處可以窺見他對於生活的審美感動，例如〈海上月光〉寫散雲流淨，皓皓高月，滿海明鏡的瑰麗；〈不可挽救的幸福感〉寫他無意看到兩個孩子在青天碧海的光影中，黑裡透紅、頭頂著頭正喝著綠豆湯，「突然有一個聲音默默的在我心中走過：我的幸福感是無可挽救的」；〈無垢〉篇寫孩子們入睡後，作者與「小孩的媽媽」在月色下剝荔枝吃，眺望海上渺小晶亮的漁火。

孟東籬的生活觀除了受現代西方哲學理論影響之外，顯然也保留了中國傳統的道家智慧。例如他反省人類文明，覺得要穿褲子來遮蔽身體是很「荒唐」的，他認為身體本是自然的一部份，就像嬰兒赤裸一般無垢。這種思考，誠如老子同樣以「嬰兒」為喻，如莊子說：「宋人資章甫而適諸越，越人斷髮文身，無所用之」，同樣是想要回歸到人生原有的單純與完整。至於他以「東籬」為名，更可以發現他有意模仿陶淵明想要遁逃「車馬喧」的人世，找尋「采菊東籬下，悠然見南山」

的灑脫。

因此，孟東籬的作品雖然被歸類為自然書寫，主要還是偏近於哲理性的一面。他的寫法與某些作者喜歡將書寫重點放在自然物種（例如廖鴻基、劉克襄等），剛好是相反的。孟東籬筆下似乎有相當大的情感是對於人，包括自己與家人，之所以觸動他心靈的，主要是這些人在自然當中生活的美感。他喜歡寫的「人情」，也往往是客觀不沾煙塵味的，例如他寫「媽媽」因為聽到小孩哭聲，馬上從竹架上衝下去，孟東籬說：「她的耳朵是專門從風聲中分辨小牛的哭聲的。似乎她可以把風一縷一縷的分開，在裡面找出她的孩子最細微的哭聲。」這樣寫作正是把「母子親情與疼惜的行動」當成了審美的對象。從這些地方，我們可以發現他的作品確實具有人本主義的精神。

蒲彥光老師　撰

〈父親的樹〉

閻連科

題解

〈父親的樹〉此篇收錄於《一個人的三條河》，主要是記載作者河南家鄉農民胡亂砍樹的回憶。因為貧窮或是貪婪，村裡的農民紛紛砍樹轉賣，但作者父親對於所分配土地裡的一棵楊樹卻始終存有溫情，捨不得砍伐，可惜後來土地又重新分配，閻父所捨不得砍伐的樹，終究被別人砍去換成了金錢，透過這段荒涼的回憶，作者不僅追念已逝父親憐惜草木的生命態度，也彷彿對於其家鄉或整個中國的自然環境，唱出了一首感慨萬千的輓歌。

這篇文章所道出的另一個議題，則是經濟開發與環境保育的衝突。當環境可以變賣為金錢，一切都可以用利益來交換時，原生自然與鄉土環境的豐富，往往會被簡化為數字化的價格，隨即灰飛煙滅——除非人們還能秉持什麼良善信念來抵抗資本主義的侵蝕。文筆下隱隱道出第三世界農村在現代化過程中的哀愁。

作者

閻連科，一九五八年生，河南省嵩縣田湖鎮人。一九八五年畢業於河南大學政教系，一九九一年畢業於解放軍藝術學院文學系，現為中國人民大學文學院教授、駐校作家。閻連科於一九七九年開始寫作，在中國大陸，他是位極具爭議的作家，其作品特別以描寫中國農村社會的生活百態見長，他的作品對農民、知青生活乃至體制弊端都有別具想像的描述，亦含辛辣諷刺，詭譎幽默，並一再探觸出版審查底線。他的《為人民服務》（中篇小說，二〇〇五）、《丁莊夢》（長篇小說，二〇〇六）等作品在大陸皆未能出版，坊間常稱之為「禁書作家」。

他的重要作品有長篇小說《我與父輩》、《日光流年》、《堅硬如水》、《四書》等九部，小說集《年月日》、《耙耬天歌》等十餘部，另有《閻連科文集》十二卷。曾獲第一、二屆魯迅文學獎，第三屆老舍文學獎，並先後獲其他全國性文學獎二十多項。此外，閻連科在海外文壇的影響力也很大，獲得不少重要獎項，包括有二〇一三年第十二屆馬來西亞「花蹤世界華文文學獎」；二〇一四年捷克卡夫卡文學獎；二〇一五年日本Twitter文學獎等，其作品被譯為日、韓、越、法、英、德、義大利、荷蘭、挪威、以色列、西班牙、塞爾維亞等語言，在二十多個國家和地區出版。被認為是繼莫言之後，角逐諾貝爾文學獎最具獲獎實力的中國作家之一。

課文

記得的，有段年月的一九七八年❶，是這個時代中印記最深的，如同冬後的春來乍到時，萬物恍恍惚惚甦醒了，人世的天空也藍得唐突❷和猛烈，讓人以

❶一九七八年：一九七八年中共召開第十一屆三中全會通過「對內改革、對外開放」的政策，是中華人民共和國成立後第一個對外開放的基本國策，此一決策扭轉了一九四九年以來逐漸對外封閉的情況，使經濟進入了高速發展時期。

❷唐突：冒失、莽撞，在此有過分鮮明的意思。

爲天藍是染雜了一些假——忽然的，農民分地了。政府又都把地分還給了農民們，宛同把固若金湯的城牆砸碎替農民作製成了吃飯的碗，讓人不敢相信著。讓人以爲這是政策翻燒餅、做遊戲中新一次的躲貓貓和捉迷藏。農民們也就一邊站在田頭燦爛地笑；另一邊，有人就把分到自家田地中的樹木都給砍掉了。

田是我的了，物隨地走，那樹自然也該是我家的財產和私有。於是間，就都砍，大的和小的，泡桐或楊樹。先把樹伐掉，抬到家裡去，有一天政策變了臉，又把田地收回到政府的冊帳和手裡，至少家裡還留有一棵、幾棵樹。這樣兒，人心學習，相互比攀❸，幾天間，田野裡、山坡上的那些稍大的可檩❹可梁的樹木就都不在了。

我家的地是分在村外路邊的一塊平壤間，和別家田頭都有樹一樣，也有一棵越過碗粗的箭楊樹，筆直著，在春天，楊葉的掌聲嘩脆脆的響。當別家田頭的樹都只有溜地的白茬❺樹樁時，那棵楊樹還孤零零地立著，像一個單位廣場上的旗杆樣。爲砍不砍那棵樹，一家人是有過爭論的。父親也是有過思忖的。他

❸比攀：比較、競賽。

❹檁：架跨在房樑上藉以托起椽子、或屋面板作用的小樑，亦稱為「桁」。

❺茬：音「ㄔˊ」，指植物收割後，遺留在地裡的根和莖的基部。例如：麥子收割後，田裡只見光禿禿的麥茬。

曾經用手和目光幾次去拃量樹的粗細和身高，知道把樹伐下來，蓋房做檁是絕好的材料和支援，就是把它賣了去，也可以賣上幾十近百元。幾十近百元，是那年代裡很壯的一筆錢❻。

可最終，父親沒有砍那樹。

鄰居說：「不砍呀？」

父親在田頭笑著回人家：「讓它再長長。」

路人說：「不砍呀？」

父親說：「它還沒眞正長成呢。」

就沒砍。就讓那原是路邊田頭長長一排中的一棵箭楊樹，孤傲挺拔地豎在路邊上、田野間，仿佛是豎著的鄉村人心的一杆旗。小盆一樣粗，兩丈多高，有許多「楊眼」嫵媚明快地閃在樹身上，望著這世界，讀著世界的變幻和人心。然在三年後，鄉村的土地政策果不其然變化了。各家與各家的土地需要調整和更換，還有一部分政府要重新收回去，分給那些新出生的孩子們。於是間，我家的地就冷猛是了別家田地了，那棵已經遠比盆粗的楊樹也成了人家的

❻很「壯」的一筆錢：在此可解釋為「壯觀」。

樹。

成了人家的地，也成了人家的樹。可在成了人家後的第三天，父親、母親和二姐們從那田頭上過，忽然發現那遠比盆粗的樹已經不在了，路邊只還有緊隨地面白著的樹樁。樹樁的白，如在雲黑的天空下白著的一片雪。一家人立在那樹樁邊，彷彿忽然立在了懸崖旁，面面相覷著，不知二姐和母親說了啥，懊悔、抱怨了父親一些什麼話。

父親沒接話，只看了一會那樹樁，就領著母親、二姐朝遠處我家新分的田地去了。

到後來，父親離開人世後，我念念想到他人生中的許多事，也總是念念想起那棵屬於父親的樹。再後來，父親入土爲安了，他的墳頭因爲幡枝❼生成，又長起了一棵樹。

不是箭楊樹，而是一棵並不成材的彎柳樹。柳樹由芽到枝，由胳膊的粗細，到了碗狀粗。山坡地，不似平壤的土肥與水足，那棵柳樹竟也能在歲月中堅韌地長，卓絕地與風雨相處和廝守。天旱了，它把柳葉捲起來；天澇了❽，它

❼幡枝：原本用於送葬的幡旗枝條插於墳頭，又長出了新葉。

❽澇：雨水過多。

把滿樹的枝葉蓬成傘。在酷夏，烈日如火時，那樹罩著父親的墳，也涼爽著我們一家人的心。

至今鄉村的人多還有迷信，以爲幡枝發芽長成材，皆是很好很好的一椿事。那是因爲人生在世有許多厚德，上天和大地才讓你的荒野墳前長起一棵樹，寂時伴你說話和私語，鬧時你可躲在樹下尋出一片兒寂。以此說，那墳前的柳樹也正是父親生前做人的延續和回報。也正是上天和大地對人生因果的理解寫照和詮釋。我爲父親墳頭有那棵樹感到安慰和自足。每年上墳時，哥哥、姐姐也都會把那彎樹修整一下枝，讓它雖然彎，但卻一樣可以在山野荒寂中，把枝葉升旗一樣揚起來。雖然寂，卻更能寂出鄉村的因果道理來。就這麼，過了二十幾年後，那樹竟然原來弓彎的腰身也被天空和生長拉得直起來，竟然也有一丈多的高，和二十多年前我家田頭的楊樹一樣粗，完全可以成材使用對人支援了。

我家祖墳上有許多樹，而屬於父親的那一棵，卻是最大最粗的。這大約一是因爲父親下世早，那樹生長的年頭多；二是因爲鄉村倫理中的人行與德品，原是可以在因果中對墳地和樹木給以給養的。我相信了這一點。我敬仰那屬於父親的樹。可是今年正月十五間，我八十歲的三叔下世時，我們一片雪白地把他送往墳地時，忽然看見父親墳前的樹沒了。被人砍去了。樹樁呈著歲月的灰黑色，顯出無盡的沉默和蔑視。再看別的墳頭的樹，大的和小的，也都一律不在了，被人伐光了。再看遠處、更遠處別家墳地的樹，原來都是一片林似的密和綠，現在也都蕩蕩無存、光光禿禿了。

想到今天鄉村世界的繁華和鬧亂；想到今天各村村頭都有晝夜不息的電鋸轟鳴聲，與公路邊上的幾家木材加工廠和木器製造廠的經營和發達；想到那每天都往城市輸運的大車小車的三合板、五合板和膠合板；想到路邊一年四季都赫然豎著的大量收購各樣木材的文明華麗的看板；想到我幾年前回家就看到村頭路邊早已沒了樹木的蕩蕩潔淨和富有，也就豁然明白了父親和他人墳頭被人砍樹的原委和因果，也就只有了沉默和沉默，無言和無言。

只是默默念念地想，時代與人心從田頭伐起，最終就砍到了墳頭上。

只是想，父親終於在生前死後都沒了他的樹，和人心中最終沒了旗一樣。

只是想，父親墳前的老樁在春醒之後一定會有新芽的，但不知那芽幾時才可長成樹；成了樹又有幾年可以安穩無礙地豎在墳頭和田野上。

賞析

閻連科曾經用了希臘悲劇《伊底帕斯王》表達人類的愚昧，他說：「人類和土地的聯繫，最初是居住和耕作，可現在，還有附加了挖掘後的無限開採與無盡污染。土地孕育了人，可人又反過來成為了土地的主人，這就是兒子做了母親的皇帝，還要娶她為妻，奸於妾室。世界如此，時間從來沒有能力修正這倫理的顛倒。」（《北京，最後的紀念》）從他的作品與相關評論來看，閻連科對於鄉土自然，實在抱持了一種超越於功利之上的虔敬。

在這篇文章中，閻連科寫出一個時代的結束。內文主要敘述了與父親有關的兩棵樹的故事，其一是一九七八年時政府頒佈新的土地政策，劃分到閻家的田地上長出的箭楊樹，相較於鄰人紛紛砍伐以變賣為「幾十近百元」，作者父親卻出於對草木生靈的憐惜、或純粹出於審美的理由，讓它「孤傲挺拔地豎在路邊上、田野間，彷彿是豎在鄉村人心的一杆旗。……望著這世界，讀著世界的變幻和人心。」可惜的是，世界變化太快，金錢至上，人心不古，等到政策一變，這株箭楊樹易主不過三日就被砍下變賣。

第二棵樹，則是寫他父親過世後，墳頭上經二十多年所長成的柳樹，作者認為那樹是上天對於死者的一種安慰與肯定：「是因為人生在世有許多厚德，上天和大地才讓你的荒野墳前長出一棵樹，寂時伴你說話和私語，鬧時你可躲在樹下尋出一片寂靜。以此說來，那墳年的柳樹也正是父親生前做人的延續和回報」、「鄉村倫理中的人品與德行，原是可以為樹木提供養分的。」然而，如此一棵「寂出鄉村的因果道理」的大樹，卻又被人給砍走，「顯出無盡的沉默與蔑視」。尋思文中所以沉默、所以蔑視者，或許正是人們失去了倫理品德的功利心態吧。

閻連科此篇寫到大樹所帶給人們的安慰，寫到大樹超脫於功利之上的審美境界，其實正與先秦道家思想《莊子》於〈逍遙遊〉篇末的寓言如出一轍。道家學派很早就洞悉了人間功利的短視淺薄，提醒人們需不時返回自然，才有可能找到自由，找到真切深刻的對於生命的感受。

「自然書寫」這種文類，基本上可以說是現代化的產物之一。正是因為現代化的突飛猛進，科技的高度發達，使得地球資源與生態環境被人類做了最大程度的利用，於是現代都市紛紛聳立雲霄，各式車輛、輪船與飛機川流不息，而既有的森林、物種、乃至於傳統的田園景貌，卻在轉瞬間消逝無蹤。可以說，自然書寫本是對於現代化的一種重新反省。

閻連科是大陸最重要的鄉土題材作家之一，常常與臺灣的黃春明先生相提並論，這兩位作家都寫出兩地農村在現代化轉型過程中所面臨的絕境。從一草一木，寫到土地上的人心，甚至建構出家族史的寓言。

蒲彥光老師　撰

單元六　品味生活

導論

〈第六封信・苦〉／蔣勳

〈壯遊〉／孟樊

〈來到巴黎的康有爲〉／詹宏志

導論

羅丹曾言：「生活並不缺乏美，只是缺少發現。」

只要情況許可，任何時候都盡量留下一些空間、創造一些空間，以便在人生處境下可以追尋生命。這空間不假外求，全由心而來。那麼，可以怎麼做呢？艾克哈特．托勒（Eckhart Tolle）有很好的建議：

充分運用你的感官，安處於所在之處，環顧四周，但只是看，不要加以詮釋。看看光線、形狀、顏色、質地，覺知每件事物的寂靜臨在，覺知讓各種事物可以存在的空間。傾聽各種聲音，但不要加以評斷，傾聽各種聲音底下的寂靜。觸摸一些東西，任何都可以，感受及認識它的存在。觀照呼吸的韻律，感受氣息的進出，感受身體裡面的能量，讓一切如其所是，無論內外。容許所有事物以其本然樣貌呈現，深沉地進入當下。

（見《當下的力量》，艾克哈特．托勒（Eckhart Tolle）著、梁永安譯，橡實文化出版，二〇〇八年十一月，初版一刷，頁八六）

就像蔣勳所說的：「活得像個人，才能看見美！」，身而為人，如果視而不見，聽而不聞，觸而無感，食不知味，行動時對身體無知無覺，呼吸時香臭不分，說話不經大腦，那不是可悲又可歎嗎？

因此，在這個單元我們選錄了蔣勳所寫的〈苦〉，出自《感覺十書》，此書是蔣勳《寫給青年藝術家的信》一書的改版，蔣勳透過寫給一個青年藝術家丫民的十封書信當中，仔細說明自己如何通過感官記憶去喚醒審美的意識與知覺。他認為美是連結到每個人生命底層的真實存在，是遍布於色、聲、香、味、觸等各種感官中的美好經驗。這篇〈苦〉即是十封信當中的第六封信。苦是味覺，苦也是人生的滋味，但苦盡也會有甘來的一刻，而人生的各種滋味，不管是酸、甜、苦、辣、鹹，都是值得品嘗的。

當然，品味生活也是需要冒險的精神，而旅行就是一種很好的方式，帶領我們進入不曾有過的生活體驗，打造屬於自己的豐盛之旅。旅行的意義為何？旅行的目的又是什麼？壯遊之所以為壯，如何界定？孟樊從「友人」到歐洲的一場「壯遊」論起。而集各種角色的詹宏志於二〇〇六年出版《人生一瞬》，寫記憶，寫旅行，是首部半自傳性散文集。〈來到巴黎的康有為〉一文，寫康有為於清末走訪歐洲大陸，九十年後，詹宏志也來到巴黎，二者的旅行目的及方式實大異其趣。當然，這沒有對錯的問題，卻值得玩味。

張淑芬老師　撰

〈第六封信・苦〉

蔣勳

題解

本文選自蔣勳的散文集《感覺十書──蔣勳談美》（聯經出版社，二〇〇九年一月，初版），作者邀請讀者跟著他體驗生活中的美感經驗！

「一首樂曲、一首詩、一部小說、一齣戲劇、一張畫，像是不斷剝開的洋蔥，一層一層打開我們的視覺、聽覺，打開我們眼、耳、鼻、舌、身的全部感官記憶，打開我們生命裡全部的心靈經驗。」──蔣勳

作者以其鑽研美學和藝術史的深厚根基，提醒大家「生活即藝術，藝術即生活」，追求藝術就從感官知覺感受出發。

六朝時期的謝赫寫《畫品》，鍾嶸寫《詩品》，用「品味」來鑑別繪畫與詩歌的高下，而《世說新語》一書常常用到「人品」一詞，生命的意境可以用味覺來品評，味覺留在身體裏，變成生命各種不同感受的記憶，或甜美，或酸澀，或嗆辣，或鹹苦，甚而腐臭，百味雜陳。若能懂得調配，是平衡，更是和諧。

作者

蔣勳，福建長樂人。一九四七年生於古都西安，成長於寶島臺灣。中國文化大學歷史學系、藝術研究所畢業。一九七二年負笈法國巴黎大學藝術研究所，一九七六年返臺。曾任《雄獅美術》月刊主編、《聯合文學》社長，先後執教於文化大學、輔仁大學、臺灣大學、淡江大學、東吳大學，並曾為中山大學、政治大學、東華大學駐校藝術家，擔任東海大學美術系創系系主任七年。

現專事寫作、繪畫、藝術美學研究推廣。其文筆清麗流暢，說理明白無礙，兼具感性與理性之美，有詩集、小說、散文、藝術史、美學論述作品、有聲書等數十種，並多次舉辦畫展，深獲各界好評。近年在美學教育推廣方面，他認為：「美之於自己，就像是一種信仰一樣，而我用佈道的心情傳播對美的感動。」

著有：《天地有大美》、《美的覺醒》、《身體美學》、《漢字書法之美》、《吳哥之美》、《夢紅樓》、《微塵眾：紅樓夢小人物 I、II、III、IV、V》、《九歌——諸神復活》、《舞動白蛇傳》、藝術解碼五書、《秘密假期》、《孤獨六講》、《生活十講》、《感覺十書—蔣勳談美》、《新編傳說》、《欲愛書》、《大度·山》、《多情應笑我》、《蒼涼的獨白書寫〈寒食帖〉》、《手帖——南朝歲月》、《此生——肉身覺醒》、《新編美的曙光》、《張擇端　清明上河圖》、《少年臺灣》、《萍水相逢》、《此時眾生》、《肉身供養》、《捨得，捨不得》、《池上日記》、《池上印象》、《雲淡風輕：談東方美學》、《莊子，你好：逍遙遊》、《歲月靜好：蔣勳日常功課》等書，以及各種有聲書。

課文

ㄚ民：

清晨起床，陽光很好，決定為自己做一道菜。

剝了幾顆蒜瓣，去除掉外面薄薄帶淺紫色的皮膜表層，露出一粒一粒光潔瑩潤如玉的蒜仁。我用利刃把它們切成薄片，蒜心帶一點青綠，空氣中洋溢起清新的蒜的辛香。

我開了火，把鋼鍋熱了，倒進橄欖油。等油熱起來，放進蒜片，聽到吱吱的聲音，鍋裡也騰起焦香的一陣蒜味。

蒜片炒到焦黃，我又剝了一顆洋蔥。洋蔥的外皮是褐紅帶金黃色的，在掌心中，剛好一握的的洋蔥，掂在手裡，沉沉的，有一種實在飽滿的感覺。

一顆完整的洋蔥，使我想起威尼斯或俄羅斯教堂的圓頂，圓圓飽飽的，有一個尖。剝開後的洋蔥，一片一片，好像緊緊守護著什麼重要的珍貴的東西。

有一個電影導演說過，看一部好的作品，好像剝洋蔥的經驗，總覺得一層一層剝開，最後會突然有什麼意想不到的結局，但是，其實並沒有結局，結局也就在一層一層剝開的過程本身。

只有眞正的創作者會有這樣的領悟罷。

一首樂曲、一首詩、一部小說、一齣戲劇、一張畫，其實往往並沒有什麼最後的結局，它們只是像不斷剝開的洋蔥，一層一層打開我們的視覺、聽覺，打開我們的眼、耳、鼻、舌、身的全部感官記憶，打開我們生命裡全部的心靈經驗。

我一片一片剝開洋蔥，剝到最後，並沒有出現一個令人驚異的核心。或者，如果有核心，那不過是一個虛擬的核心，並不眞實存在。如同我經驗過的最難忘記的動人建築，最美的部分，往往不只是外在可以看到的形式，而常常是一層一層形式包容住的那一個虛擬的內在空間。好像達文西❶說的，一個好的教堂，應該使人感覺到是進入了人的内心世界。内心好像並不是實體，而是一個虛擬的空間。

❶ 達文西：全名李奧納多・迪・瑟皮耶羅・達文西（Leonardo di ser Piero da Vinci），是義大利文藝復興時期的一個博學者，有著「不可遏制的好奇心」和「極其活躍的創造性想像力」，在繪畫、音樂、建築、數學、解剖學、生理學、動植物學、天文學、地理學、物理學、土木工程等領域都有顯著的成就。他的天賦或許比同時期的其他人物都高，這使他成為文藝復興時期人文主義的代表人物，也是歷史上最著名的畫家之一，與米開朗基羅和拉斐爾並稱文藝復興三傑。

我剁完了洋蔥，看著那一片一片透明白玉般微透青色紋脈的鱗瓣，覺得造物的奇妙。切碎洋蔥時，辛辣刺鼻的氣味，瀰漫在空氣中。有些嗆鼻，眼睛也刺得睜不開，湧出了眼淚。

有什麼我看不見的細小分子，存在空氣中，刺激了我的淚液。

我又開了火，把油滾熱，把切碎的洋蔥倒入鍋內，鍋中爆起響聲，我用木杓快炒，洋蔥和著蒜片的焦香，熱騰騰地冒起來。

丫民，我寫到這裡，覺得好笑起來。我在教你調製一道料理嗎？

我只是覺得有許多珍貴的感覺，存在日常生活中，生活粗糙貧乏匆忙，其實是沒有藝術可言的。大部分時候，美是心靈上的感受，「忙」是心靈的死亡，心靈粗糙了，也就難以感受美。

我的「菜譜」還沒有寫完，你有耐心聽嗎？

我洗淨了大蔥，大蔥很粗，足足有兩根手指寬，壯大飽實。下面一截青白的根莖，上面是深綠帶黃的蔥葉。最下面一圈根鬚。還沾帶著泥土，可以想像當初緊緊抓著土地直立的樣子。

我把大蔥斜切了，看到了蔥白裡一層層細細包裹的薄膜般的組織，嚴密而美麗，我把蔥白也放入了鍋中。

從一個陶瓶中取出三片乾的月桂葉，你知道，希臘神話裡阿波羅追逐著美麗女子戴芙妮，她不斷奔跑，不願意做爲阿波羅的愛人，最後她變成了一株月桂樹。十七世紀義大利的雕刻家貝尼尼（Bernini）❷做了一件雕塑，阿波羅在後面追趕，剛剛碰到戴芙妮，她一剎那間，忽然變幻成了一株月桂，高舉的手指，飛揚的髮梢，都變成了在風中顫動的月桂葉，身軀也形成了一棵樹。

很多人千里迢迢跑到羅馬的美術館看貝尼尼的名作，然而義大利居民烹調料理，都喜歡加月桂葉，他們在月桂的香味裡，重新咀嚼品味，神話裡的戴芙妮好像眞的變成了一株美麗而且有香味的樹，藝術文學的記憶和生活的記憶交融在一起。

我把月桂葉揉碎，湊近口鼻，月桂的香很淡，像一個夏天黃昏最後流連不

❷貝尼尼（Bernini）：濟安・勞倫佐・貝尼尼（Gian Lorenzo Bernini；又名Giovanni Lorenzo Bernini）（一五九八年十二月七日——一六八〇年十一月二十八日）義大利雕塑家，建築家，畫家。貝尼尼出生於那不勒斯的佛羅倫斯家庭，後跟隨父親彼得・貝尼尼來到羅馬。他早期的作品的靈感來自羅馬帝國時期被運到羅馬的希臘神話的雕塑。在一六二〇年代，貝尼尼的雕塑逐步成熟，代表作是「大衛」（一六二三年）、「阿波羅與黛芙妮」（一六二二年至一六二五年）。貝尼尼的作品在丹・布朗的小說《天使與魔鬼》被譽為科學的標誌物和聖殿。

去的光，若有若無。

月桂葉會被蒜片及洋蔥的辛烈衝鼻的氣味掩蓋嗎？好像不會，我加入了洗淨去皮的紅番茄，加入了水，那些揉碎的淺石綠色的月桂葉便浮在水上。它們很篤定自己的存在，氣味這麼淡，但那香氣隨著水煮沸後轉小火的燉燜，停在一切濃烈的氣味之上，悠長而持續，好像許多激昂的旋律底下那連續不斷的大提琴沉穩的低音。

有人問我：這道菜，不放月桂葉，會少了什麼嗎？

我想了一下，不知如何回答。我想到「淡」這個味覺。與濃烈相反，「淡」沒有刺激性，像東方文化裡的豆腐、筍、茶，味覺很淡，卻又十分長久。

宋代的美學常常提到「平淡」，認爲是最高的美的意境的領悟。有點像蘇東坡的句子：「回首向來蕭瑟處，也無風雨也無晴」吧，生命經歷了風雨的悽楚，經歷了晴日的歡欣，也許最後回頭，回想一切，就有了「淡」的領悟吧！

所以，濃烈過後，才能品味「淡」的悠長雋永嗎？

ㄚ民，此刻我便坐在書桌前，聞嗅著一陣一陣爐台上傳來的番茄、蒜片、洋蔥的濃烈，及月桂葉在小火燉煮中釋放出來的淡淡的氣味，像一個最好的樂團各種樂器的交響，重擊的聲音與極輕細的弦樂上的顫動，都有它們存在的意義。

我又放了少許粗顆粒的海鹽，再次想起你從南方回來時身上的氣味。我又用研磨機磨碎了一種黑胡椒，那種特別乾燥的胡椒的香烈，也加入了湯中，又倒入了兩杯白葡萄酒，酒香好像一種引誘，立刻就逼出所有的氣味，它也找到了月桂葉淡淡的香，融合起來，浮蕩在湯底。

ㄚ民，我不該這樣引誘你的食欲，或者，你可以全憑想像，構造起一個豐富的味覺世界。

我沒有把我的食譜說完，我要留給你一點想像的空間，那道料理中還有魚骨、貝殼、烏賊、九層塔。或許等這封信寫完，我就可以品嘗這道菜肴了。

我好像因此懂得了，爲什麼六朝時代，謝赫和鍾嶸要用「品」這個字來談論繪畫與詩。

我好像也因此懂得了，爲什麼文藝復興以後，城市的中產者同樣用「品味」這個字來品評音樂、文學、藝術，甚至人們的髮型、服飾與儀容。

許多人誤會，以爲「品牌」就是「品味」。

「品牌」可能價格昂貴，但是，「品味」可以很素樸簡單，「品味」需要的不是物質的貴，而是心靈上的自信與從容。

「品牌」常常只是盲目的跟從流行，「品味」卻需要自己細心的學習與感受。

「品牌」是附庸風雅，「品味」是發現自己。一個社會，只有「品牌」，而無「品味」，其實是沒有「美」可言的。

我們的味覺在一生中有一個漫長學習的過程。

從童年甜味中學習了幸福的嚮往，從青春期的青澀少年時代，學習了失落、憂傷，感受到酸的味覺悠長的孤獨。

那個耽溺於啜飲檸檬水冰酸味覺的少年時代，離我已經很遙遠，但是，不曾消失。那青蒼而憂悒的心事，彷彿變成牆壁上一張泛黃的陳舊黑白照片，有點褪色了，但仍然輪廓分明，使我即使在即將衰老的中年，看到一名少年呆坐在一杯檸檬水前，兩眼發呆，啜著吸管，我便可以回到那昔日的心事，有許多理解與心疼，也知道這個少年，除了酸味，還有更辛苦的味覺在人生的後面，等他品嘗。

我說了「辛苦」嗎？

Y民，我們或許已經遺忘了，「辛」和「苦」都是味覺。

「辛」常常被記錄在漢藥和某些香料植物中。花椒以及胡椒都帶「辛」味，有一點刺激，有一點麻的觸覺，卻還不到「辣」。

在味覺上，「辛」、「辣」常常被合在一起。「辣」這個字本身有「辛」的部首，是更刺激性的「辛」味吧！

有時我想像那個被稱爲「神農氏」的古老年代，古老到還沒有歷史，沒有文明，古老到一切都還是像是洪荒中的神話。人類在曠野中行走。品嘗著不同的植物、礦物。有的甜，便歡欣了；有的酸澀，便皺起眉頭；有的辛辣，嘴唇舌頭都像被火燃燒了一般。他們走到海邊，一定記憶了那些岸邊白色顆粒的鹽的鹹味，他們一定也在山林間吃到一些植物的莖葉，吃著吃著，舌根泛起一片沉重的苦味，苦到咽喉，苦到腸胃裡，呼喚起記憶裡奇怪的一些痛，不是肉體上的痛，是心靈上失去希望的痛，好像愛過、擁抱過的身體忽然不再動了，不再有笑容，不再發出聲音，如何搖動，都沒有反應。那守護著屍體的人，從喉頭嘷叫出聲音，好像心裡很痛很痛，好像心裡有個空空的洞，怎麼也塡不滿，他們忽然記憶起來，那個「痛」這麼像這種植物根莖咀嚼時的苦味，便把「痛」和「苦」接連在一起。

所以，丫民，「苦」是一種味覺嗎？或者，「苦」已經從味覺擴大，包容了許多生命中複雜的痛的記憶。

辣，也是一種味覺嗎？

我們卻常常形容一種女性叫「辣子」，像《紅樓夢》裡的王熙鳳。有原始野性的生命力，性格熱烈顯明，甚至有肉體上欲望的刺激性。

我們把這樣帶著原始野性欲望的女性叫做「辣子」、「小辣椒」，形容她們很「潑辣」，或者做事手段很「毒辣」。

「辣」的味覺遺留在人類的記憶裡，強烈而且鮮明。

「辣」，很少用來形容男性，男性即使很野，卻不會被認爲「辣」。「辣」的味覺中似乎還有逾越規範的某種叛逆性，更具備原始動物性的挑逗與引誘。

現代漢語中有「辣妹」一詞，仍然看得出，「辣」的味覺依然連屬在女性身上。

男性主導的文明，女性受到更多規範與壓抑，一旦背叛約束的禮教，便顯現出「辣」的味覺本質。

有些地區的食物料理是以辣味出名的。印度咖哩中的辛辣，辛香多過於辣。東南亞泰國料理中多把辣味調和在酸味中，彷彿也使辣味降低了火爆的刺激性。

中國北方及西北方的辣，常常是正宗的辣。用熱油爆炒的辣，加鹹味的辣，都使辣更原始、更純粹。那種辣，有時近於酷虐的痛，一般人難以理解，爲什麼這樣的酷辣會是美味，但嗜好者卻常常上癮，無法戒除那痛中的快感。

ㄚ民，我想到了原籍中國北方的母親。她的辣椒都是自己種的。特別挑選夠辣的朝天椒，留下種籽，栽培了以後，等待收成。朝天椒很小，一個一個，椒尖朝上，鮮紅鮮紅，在一叢叢尖尖的綠葉中，特別醒目。

母親摘下這些辣椒，在牆頭曬乾，用杵臼搗成細粉末，用熱油炸，一屋子都是辣味，逼出鼻涕眼淚。我一直抗議，無法了解母親味覺上這樣的怪僻。

她吃麵就用這種辣油佐食，不需要任何其他食物，或者塗抹在饅頭上，厚厚一層，叫做「辣椒漢堡」，一面吃，一面流眼淚，大呼過癮。

母親老年，胃病加腎臟病、高血壓又兼糖尿，醫生嚴厲禁止辣椒，但她戒不掉，常常和全家人做辣椒保衛戰。

ㄚ民，母親過世後，我在想，味覺裡存在著一些鄉愁的魔咒嗎？

味覺是這麼漫長的人類記憶裡的癮，像一種傷癒後的疤痕，總是留在身體上，如何也忘不掉啊！

安逸幸福的地區，很難了解徹底的味覺上的「辣」與「苦」。頂多是在「甜」中加上點「酸」而已，畢竟只是少年的憂悒吧，那憂悒分量不重，離「辣」和「苦」的滄桑都很遠。

你熟悉的麻辣，「麻」來自花椒，更近觸覺，把觸覺上的麻，加上味覺上的「辣」，唇舌間便真如火燎一般。

一個朋友，每次吃麻辣鍋，吃完就送醫院，他有嚴重的胃潰瘍，但他戒除不掉，我無法了解他的癮。

味覺裡有我們潛意識裡揮之不去的生命記憶嗎？

我注意到嬰兒在一段成長的時期，任何東西都往口中塞，大人常常慌忙掏出來，告誡道：「這怎麼能吃！」

人類在初始的階段，並不知道什能吃。那神話中的「神農氏」，便在曠野中嘗百草，一日而數百次死亡。神話故事荒謬可笑，但卻使我想起那艱難求活的人類的初期的悲哀。

我在味覺裡經驗了甜、酸、鹹、辣、苦。

我在自己的生命裡也經驗了甜、酸、鹹、辣、苦。

我和大多數人一樣，不喜歡苦味。小時候吃藥，總是很難，要用糯米紙包裹，要包糖，吃的時候閉氣不敢呼吸，還是難以下嚥。

母親總是在吃完藥獎賞一顆好糖做鼓勵。

那時候母親四十幾歲，她從中學時代就遇戰亂，大多數時間把課程停了，幫忙抬傷兵，替傷兵寫家信。「寫著寫著，念著內容的傷兵沒有聲音了，抬頭一看，已經死了。」

母親少女時代便經歷著這些戰爭的故事。她結婚時正是中日戰爭，婚宴剛結束，那一幢酒樓便在轟炸中成了廢墟。

我青年時，不能了解母親爲什麼那麼愛吃苦瓜。苦瓜切成丁，加上黑色臭臭的豆豉，加上辣油、鹹極了的醃魚乾，一起用熱油爆炒，連飛騰起來的氣味中都使我覺得好像堵在喉頭，臭、鹹、辣、苦，混合成一種難以形容的滋味。

母親要我嘗一點，我抵死不從。我覺得這樣的味覺簡直是自虐。

母親不知道爲什麼說起戰爭，說起父親在前線，她帶著兩個孩子逃難，火車擠滿了人，她一手夾一個孩子，卻怎麼擠也擠不上去，車站外面滿滿都是轟炸後沒有收的屍體，破破碎碎的，有的腸子飛掛在樹枝上。

「想了一想，還是要擠上火車，逃出去。」她說。

她便把兩個孩子從窗戶口扔進車去，她想：只要孩子可以到安全的地方就好。

孩子掉在擠得密密麻麻的難民的頭頂，大家咒罵著，又從窗口扔出來。

母親一口一口吃著我覺得難以下嚥的臭辣又鹹的苦瓜。

我沒有問她後來如何保全了兩個孩子，如何逃到了安全的地方。

我好像有一點懂了她味覺裡的辣與苦，好像懂了一點那味覺上的記憶多麼真實的深沉。

ㄚ民，我們是不是太幸福了，很難懂味覺裡特殊的經驗。

母親逝世以後，我從來沒有想到，我竟無端愛吃起苦瓜來了，覺得那在舌根喉頭上停留不去的一種苦味，那麼像母親臨終時我把她擁抱在懷裡的重量。

那麼沉重的苦味，你會忽然覺得，甜味太輕浮淺薄了，酸味也只是瑣碎，你可能會覺得連辣的激動都沒有，只是一點鹹，一點苦，好像不知不覺淚水流到口角，知道眼淚是有味覺的。

ㄚ民，我不知道，持續的活著，生命裡還有什麼滋味可以品嘗。

有一天一個法國朋友教我吃乳酪，法國的乳酪有三百多種，一般帶乳香又有一點點發酵以後的酸和臭的乳酪，像Camembert[3]，我都能接受。但是他要我

---

[3] Camembert：是一種法國白黴圓餅形乾酪，卡芒貝爾於一七九一年被Marie Harel發明。正宗的卡芒貝爾，應該用生奶製成，表面有遍布的發黴的白毛，內部是黃色的，故稱金銀幣。

試一種極臭極臭的乳酪，一打開包裝，一股嗆鼻的臭，白黃的乳皮上結著厚厚一層綠灰色的霉，我的視覺和嗅覺都警告我，這是不能吃的東西。我的法國朋友切了一塊，放進口中，慢慢咀嚼，我從他的表情看到細緻的變化，好像腐爛發霉的生命裡被他找到仍然存在的滿足。他望著目瞪口呆的我說：「你知道，每一個古老文化，到了最後，食物味覺的精品都是品嘗『臭』。」

丫民，我後來去了紹興，因爲我少年時熱愛魯迅的小說吧，這裡是他的故鄉。也因我景仰的秋瑾吧，她在這裡的一處廣場被砍頭身亡。我刻意繞到廣場，人來人往，沒有太多人記得這個悲慘的故事。我想到魯迅把這個故事寫成他的小說《藥》。人們拿著饅頭沾剛砍頭的人血，他們相信可以治肺癆。我聞到一陣陣極臭的氣味，是物質腐爛敗壞到極致的難以忍受的臭。當地朋友笑著說：「紹興人愛吃臭味，霉臭的莧菜稈，霉臭的豆腐，孵了一半的臭蛋，霉千張[4]……」我好像懂了一些魯迅，懂了一點他的沮鬱、苦悶，好像連吶喊的力氣

---

❹霉千張：一名霉千層，產於上虞崧廈一帶。據傳，清代崧廈鎮所產之霉千張，被宮廷譽為「奇菜」。具有獨特的風味，是豆製品中的佳品。製作流程是：挑選優質黃豆浸脹，用石磨磨成漿汁，再用文火把新鮮豆漿燒熟，用鹽滷打花（而不是用石膏），打花後倒在一張事先鋪好的土粗布上壓乾水分，做成薄、勻、燥的「千層衣」，再把「千層衣」疊齊，切成長方形小條，下面墊上乾淨的秈稻稻草），上面壓一塊豆板，把它放在較暖的地方，黴化後即可食用。

都沒有，好像生命陷在愚昧腐爛的泥淖，在臭爛裡窒息沉淪，沒有拯救。

那個夜晚，我隨當地朋友吃了「三霉」、「三臭」❺，喝了許多黃酒，他們讚美我「終於了解紹興了」。我酒酣耳熱，一個人走在街上，夜涼如水，不知道爲什麼無端走到秋瑾砍頭的廣場，一個人都沒有，一盞路燈，竟然是壞的，我在路燈下大吐起來，滿臉涕淚，一地都是嘔吐出來腐臭餿酸食物的殘敗渣滓。

丫民，「臭」眞的是古老文明味覺的精品嗎，我還不確定，我要不要去品嘗那生命敗壞腐爛裡難堪的滋味。你覺不覺得巴黎畫派的蘇丁（Soutine）❻他的畫裡就有一種腐臭難堪的滋味？

❺三霉、三臭：臭豆腐、梅干菜以及霉莧菜梗。

❻蘇丁（Soutine）：柴姆．蘇丁（Chaïm Soutine，一八九三年一月十三日—一九四三年八月九日）是一位生於白俄羅斯的猶太裔法國畫家。他對在巴黎的表現主義繪畫思潮有很大貢獻。他擅長把世界上的物體轉化成又厚又稠的刺激性筆觸和色彩，以及誇張扭曲變形的面貌。將自己的悲困的痛苦具體化，以繁茂誇張的顏料筆觸、扭曲變形，表現創作意志及困頓的存在感。

賞析

在臺灣，「談美」，蔣勳是第一人，他認為美就像是一種信仰，而他用佈道的心情傳播對美的感動。作家張曉風女士讚賞蔣勳為「臺北風流人物」，是從容、雍雅、慧黠、自適的人，也是一個恭謹謙遜的善述者。

蔣勳在〈人生，要做「痛」的功課〉（《30》，二〇一一年十一月號）一文中說道：「我覺得今天我們年輕的世代要理解一件事，那就是單一味覺都是貧乏的，人生必須是酸甜苦辣、五味雜陳，才能擁有豐富。童年時，因為舌尖味蕾成熟所以愛吃糖，糖是寵愛也是幸福；青少年發育後，舌的兩側酸性味蕾開始成熟，所以青澀年少喜歡吃酸的，因為酸是一種淡淡的失落感；鹹是一種勞苦，它是血與汗的味道；辣是一種熱情，也是瘋狂與叛逆，所以《紅樓夢》人物王熙鳳精明幹練，別稱鳳辣子；苦則是一種莊嚴，是舌根的味覺，也是最後成熟的味蕾，由於苦最不容易理解，也是最沉重的，所以大家都不要，但是苦卻是人生最後最穩定的力量。」如果一個人的一生只吃甜是不幸的，但，一生只吃苦也是不幸的，必須是甜酸鹹辣苦的豐富，才能構成多姿多采的人生。

味覺的酸、甜、苦、辣、鹹等，是身體感官中能品嘗到的各種味道，妙的是也能拿來形容心情。五感中，看的（視覺用眼）、聽的（聽覺用耳）、聞的（嗅覺用鼻）、觸摸的（觸覺用身），幾乎都是用來感受身外之物，而味覺要感受的，則是食物進到體內，我們用舌尖、舌面、舌側、舌根來細細品味各種不同的味道，就好比當心靈面對要進到心中深處的人事時地物時，所體會到的感受。或許是這樣的相似，味覺往往用來比喻人們起起伏伏、百轉千迴的心情。當生活的煩悶與一成不變讓人忘卻如何用心感受一切事物，在這樣近乎自我麻木的狀態下，味蕾似乎也跟心靈一起罷工了，此時不管是什麼食物都是食之無味；反之，心靈的豐富細緻，在人生的種種況味中，我們好像也能吃出幸福、憂悒、悲苦，或腐敗這些不同層次的滋味。

蔣勳的這篇文章，雖然講的是味覺，但卻充滿視覺意象，不管是清晨起床為自己做菜的場景、呆坐在一杯檸檬水前的少年，還是母親的逃難回憶，都是如此清晰明朗的畫面。人生苦短，人生無常，就如苦瓜進到口裏，你無法閃躲它的苦。一如蘇東坡的句子：「回首向來蕭瑟處，也無風雨也無晴」（〈定風波〉），經歷了生命的種種，甚而包括腐臭難堪，到頭來的了悟方知：活在這世間，就是在品嘗一切，而要品嘗，就用心地嘗吧，進而找到「心靈的自信與從容」，依心而活，方能人間愉快，品味生活！

張淑芬老師　撰

〈壯遊〉

孟樊

題解

〈壯遊〉此篇一九九九年二月二十六日發表於《自由時報．副刊》，文中多方引據典籍，主要在闡述作者對於「壯遊」的看法。所謂壯遊，在歐洲歷史脈絡中，主要是指自文藝復興時期以後，歐洲貴族子弟所進行的一種文化傳統的旅行，此種風尚後來也擴展到中歐、義大利、西班牙等國富有的平民階層，尤其盛行於十八世紀的英國。至於"Grand Tour"之譯為「壯遊」，典故係出自杜甫的《壯遊》一詩。

文章首先是從朋友C與家人的中歐之行寫起，經過了一個半月的漫長遊歷，返國之後，友人C竟然夜不成寐，「決定將後半生的事業轉而挹注在中歐市場」，作者從這裡打住了故事脈絡，繼之論述「壯遊」對一個人的影響，對於東西方旅行家的深刻意義。這篇文章中也涉及許多的經典，例如畢克里斯（Sheila Pickles）所編的《壯遊》（The Grand Tour）、徐弘祖的《徐霞客遊記》、余秋雨《文化苦旅》等等，考察源流、辨證古今中外之異同，稱得上是一篇「學者散文」。

作者

孟樊，男，本名陳俊榮，籍貫臺灣嘉義，一九五九年九月二十八日生於嘉義新港。政治大學政治系學、碩士，臺灣大學三民主義所（今國家發展所）博士。曾任《臺北評論》雜誌主編、《中國時報．人間副刊》編輯、聯經出版公司企畫主任、桂冠圖書公司副總編輯、《人間福報》及《聯合晚報》主筆、時報文化出版公司主編、石頭出版社總編輯、輔仁大學中文系、南華大學出版管理所兼任助理教授、揚智文化出版公司總編輯、佛光大學文學系助理教授兼系主任。並曾於佛光人文社會學院建立當代詩學中心，擔任主持人和當代詩學研究中心主任。現任國立臺北教育大學語文與創作學系教授。

孟樊研究主題與專長為現代詩、臺灣文學現象、文學理論與批評、當代文學批判理論與臺灣當代文學思潮。論述主要以文學理論專注於新詩的理論和詩作的批評，並兼及文學現象的探討。除著力於臺灣文學與社會的觀察、批判外，孟樊也針對當前臺灣的文化出版現象加以評論，引起一定程度的重視。曾開設「文學理論」、「現代詩研究」、「現代詩創作」等課程。出版有《臺灣中生代詩人論》、《臺灣後現代詩的理論與實際》、《文學史如何可能——臺灣新文學史論》、詩集《從詩題開始——孟樊小詩集》、《S.L.和寶藍色筆記》、與散文集《知識份子的黃昏》、《飲一杯招魂酒》等。

課文

朋友C頭一次帶著妻兒去了一趟中歐，維也納、布達佩斯、布拉格、華沙、克拉科夫諸城，分別盤桓了數日，旅行足足一個半月。這次形同他的「破冰之旅」的行程，無論就時間或路途來說，都是他生平最長的一回，沿途所見、所聞、所思，遠遠超出他的想像。返台後，他竟然一反常態地連續數日失眠，而失眠則無關時差，他說。

歐洲風光旖旎❶，人文薈萃❷，尤其是匈牙利的鄉間景致、湖畔迷情，最令他印象深刻。「旅行是一種滌洗，是一種探索。我可以花一個早上坐在平整如鏡的小湖邊看高巒的倒影、飛鳥掠過半空的蹤跡；或站立參天的針葉林間，爲一隻小麋鹿不期然的出現，屏息長久不敢出聲驚動；或倚著欄杆注視千萬活水的瀑布，從雲煙的山頭雷轟傾瀉，濺起無窮的溼寒，又落在曠古的青苔上，注入冷澗，終於緩緩流去，切過開滿黃花的草原，向海洋的方向。」詩人楊牧❸這段旅遊心境的寫照，終於讓他有了親身體驗的機會。爲什麼失眠呢？原來思如泉湧的他，胸有塊壘❹，正在考慮做人生中一次最大的抉擇，歐洲人文美景的感

❶旖旎：柔和美麗。

❷薈萃：聚集。

❸楊牧：本名王靖獻，臺灣花蓮縣人，一九四〇年出生，臺灣著名詩人及散文作家。早期深受浪漫主義詩人的影響，經過留美生活的洗禮，開始對社會進行關注。楊牧三十二歲以前的筆名為葉珊，三十二歲之後，更改筆名為楊牧，可以看作是純粹的浪漫情懷與兼含人文關懷的分水嶺。其詩作曾被譯入英文、德文、法文、日文、瑞典文、荷蘭文。曾任麻塞諸塞大學及華盛頓大學助理教授、國立東華大學文學院院長、中央研究院中國文哲研究所特聘研究員兼所長，現任國立政治大學臺灣文學研究所講座教授、國立東華大學榮譽教授。曾獲吳三連文藝獎、國家文藝獎、紐曼華語文學獎、蟬獎等重要獎項。

❹胸有塊壘：比喻心中有所鬱積。

動倒在其次。

然而，C的決定將後半生的事業轉而挹注在中歐市場上，無疑是因爲來自布拉格人文美景的撞擊，而旅途中從華沙開往布拉格的夜行火車上被搶的意外插曲，並無損於日耳曼人民予他的良善印象。那天，一個風和日麗悠閒的午後，在一間有著維多利亞英倫風味[5]的茶館，淡淡的大吉嶺茶香中，聆聽他那眉飛色舞的旅遊見聞，還讓我差點出了神。

不如說C的這趟破冰之旅是一場「壯遊」吧，如果你讓我用一句話來形容的話。但，什麼是「壯遊」呢？楊牧在同名的一篇文章中曾約略提及，壯遊的英文字叫grand tour，是十七世紀的英國詩人一生中至少必須體驗一次的旅行，他們要「到歐洲大陸去度過一段敏感時光，才算完整地成長了」。原來是英倫三島久懸於歐陸之外，歐陸的風光與人文，包括巴黎街頭的咖啡館、塞納河畔的可頌、阿爾卑斯山的山巒湖泊、普羅旺斯的田園、蔚藍海岸的陽光、威尼斯

❺維多利亞英倫風味：所謂「維多利亞風格」是指十九世紀英國維多利亞女王在位期間（Alexandrina Victoria, 1837-1901）形成的藝術復興的風格，此期因為工業革命之發展，財富的擁有與身份的提昇，促始新興中產階級在住宅建築上標榜他們的成就，因此以裝飾為主的「維多利亞風格」應運而生，他們重新標榜與詮釋古典美學，例如對於中世紀的歌德風格加以推崇與流行。

的水道、羅馬梵蒂岡的教堂……凡此林林總總❻，莫不對英吉利海峽彼岸的貴族、文學家、藝術家，構成「致命的吸引力」，尤其是浪漫派❼的詩人，這種遠渡重洋所做的人生壯遊，既浪漫又偉大（romantic and great），詩人的神采之筆因壯遊而神聖而流傳千古。

我手邊正好有一本畢克里斯（Sheila Pickles）編的名爲《壯遊》（The Grand Tour）的旅遊小品文選集，記錄著從十八世紀以來文人雅士關於旅行遐思、見聞，短文、雜記，甚至還有小詩，配合著一幅幅生動的彩畫，雋永、莞爾，深富啓迪性，光看五十三頁〈穿越黑森林〉（Walking Through the Black Forest）一文的配圖，靜謐的森林，彷彿可以聽得見小河淌水涓涓流出的聲音，茂密的樹叢中洩漏的數道陽光，似乎要透出紙頁來，還有濡溼的氣息，令我愛

❻林林總總：形容眾多，語出唐代柳宗元的〈貞符〉：「惟人之初，總總而生，林林而群。」

❼浪漫派：浪漫主義（Romanticism）是開始於十八世紀德國的藝術、文學及文化運動，發源於一七九〇年工業革命開始的前後。浪漫主義注重以強烈情感作為美學經驗的來源，並且開始強調如不安及驚恐等情緒，以及人在遭遇到大自然的壯麗時所表現出的敬畏。浪漫主義是對於啓蒙時代以來的貴族和專制政治文化的顛覆，以藝術和文學反抗對於自然的人為理性化。浪漫主義重視民間藝術、自然以及傳統，主張一個根基於自然的知識論，以自然的環境來解釋人類的活動，包括了語言、傳統、習俗。浪漫主義受到了啓蒙運動的理念影響，也吸收了中世紀文化復古的藝術成分。

不釋手。這書首頁開宗明義便指出：

壯遊首先出現在十八世紀，那時富有家庭的孩童被送到歐洲去完成他們的教育，學習藝術，並擴展其視野。浪漫派詩人，拜倫、雪萊、濟慈與白朗寧，因而發現地中海予人所帶來的樂趣，寫下大量有關義大利和希臘的詩篇；而這也同樣吸引了美利堅的作家與藝術家，比如馬克吐溫和亨利詹姆斯。這種情形致使歐洲之遊在維多利亞時代，對美利堅人而言，也像不列顛人一樣，變得很時髦。

維多利亞時代英美人士的歐陸壯遊——尤其是浪漫派詩人，肇始時間被楊牧往前多推算了一個世紀。我並非在做考據，壯遊始自十七或十八世紀並不重要。有趣的是約翰生博士說過一句話：「不是住在義大利的人，總是有低人一等(an inferiority)的感覺」，就是因爲如此，所以才有一大群人揚帆遠涉長靴形半島的各國城鎮；即便當時的旅途有多險惡、交通情況有多困蹇，仍舊抵擋不住作家、詩人、紳士、淑女去探究這個古老的歐陸世界。

的確，壯遊一開始就帶有探究的動機，而且這探究更富有「實現理想」的意味；然而，究竟是什麼樣的理想呢？旅行的目的難道是楊牧在前文中諄諄告誡年輕詩人的——是要充實自己，為了體驗人生，為了考察文化，為了回饋鄉土，甚至為了報答國家（至少他對這些不表懷疑）？換言之，誠如那位年輕詩人所鄙夷的卻為楊所苟同的這一句話：「為旅行而旅行是一件可恥的事」。偉哉，壯遊——原來遊之所以為壯，蓋因其具遊以外之目的也。

我於是想到明末著名的旅遊家徐霞客（徐宏祖）❽的遊記。《徐霞客遊記》是一部綜風景導遊、科學考察、文學描繪、歷史實錄於一體的「奇書」。徐霞客從廿二歲年輕時代起即出遊，三十多個寒暑之間，馳騁數萬里，足跡遍及大江南北，至五十五歲身染重病，雙足俱廢，始被送回鄉梓，半年後旋與世長辭。這位一生以旅遊為志業的「奇士」，從其以日記體撰寫而留下的這部奇書的內容來看，已非單純「遊記」一辭可概括，後人甚至認為它是「認識明末社會情況最直接的信史」。徐霞客之遊當初也許是「為遊而遊」，唯其遊已超出遊之本身所

❽徐弘祖：即徐霞客（一五八七年—一六四一年），字振之，祖籍江西南昌，是明代著名的地理學家和旅行家。徐氏縱遊舉國南北，跋涉了許多前人未到的荒野地區，往往露宿於荒野。足跡遍歷北京、河北、山東、河南、江蘇、浙江、福建、山西、江西、湖南、廣西、雲南、貴州等十六省，所到之處，探幽尋秘，並著有遊記，記錄觀察到的各種現象、人文、地理、動植物等狀況。

能承載，而進入科學史、社會史以至於文化史的範圍了，壯哉！斯遊。

但徐霞客的壯遊卻也令人困惑。如同畢氏所說，壯遊之遊，本身即是一樁悠閒的餘暇活動——所以拜倫的壯遊隨身要跟著五名隨從——在馬車上悠哉游哉地翻翻書，讀累了隨手窗簾一掀，探探疾馳的景物，然後菸斗離嘴，緩緩吐出一口細細的煙霧，好不愜意！想來徐霞客如何有此等氣定神閒、老神在在的功夫？而拜倫、雪萊、濟慈等人的浪漫情詩，又那來「冶科學史、社會史與文化史於一爐」啊！

壯遊更不必以終生爲志業，遊若至斯境地，則不言「爲遊而遊」也就奇怪了，徐霞客自不必爲我輩壯遊之楷模。然而，確實有不少人曾抱過旅行全世界（每一個國家和地區）的懷想，看過報紙的報導，知有洋人費了十幾二十年的功夫，胸懷壯志要踏遍全球每一角落，迄今仍汲汲於旅途中；不說洋人，以我所知，我輩即有胡榮華氏[9]，前後也花了好多年的時間，單騎走天涯，自行車足

[9] 胡榮華：臺灣第一位騎單車環遊世界的先驅，一九五四年出生，他從一九八四年三月十八日出發，騎著第一代「藍駝」穿行除了南極大陸以外的六大洲、途經四十國，於一九八七年四月十九日回國時，總騎程是比繞行地球赤道一週還長的四萬二千六百八十六公里；此後於一九八九至九〇年有「藍駝江山萬里行」，一九九二至九三年又有「穿越歐亞非」的壯舉。

跡遍及五大洲。他出家門時幼子尚在襁褓中，返回故里時一個會跑會叫的孩子對著他卻喊不出「爸爸」兩字，可以想見當時那近鄉情怯、斯人獨憔悴的模樣。

胡氏後來也留下幾本記錄旅遊的著作，但給我的感覺似乎少了點什麼。少了什麼？一時也說不上來。壯遊之為壯，不在時間之長短，還在那分旅遊本身所帶來的厚重感，楊牧自述說，他寧願選擇一個沒事的週日，帶著妻小，開車不超過兩小時到一個遊客不常涉足的地方，選定一座木屋旅棧，將被褥安頓好，然後徒步到幽靜安寧的角落去散步，或在海岸的沙灘，或登河流懸崖之上，看路旁的小生物，鳳尾草、蘆荻花、空中鳥飛、水中魚躍。黃昏時分在屋前生火烤肉，喝喝啤酒，看他兒子在草地上奔跑；天黑後等他們都上床，還可以就燈前寫作，聽野外的蟲聲和激激水流。坦白說，這樣子的旅遊太不食人間煙火了，欠缺的正是那分厚實感。楊牧或有自知之明，始戲稱「那是休閒度假，不是旅行」，更不是壯遊。單騎行萬里的胡榮華，缺的大概也是這個吧？

缺的或許就是我此刻案頭上擺著的余秋雨的《文化苦旅》。《文化苦旅》書上說，作者發現自己特別想去的地方，總是古代文化和文人留下較深腳印的所在，說出了他心底想遊的山水並不完全是自然山水，而是一種「人文山水」。這就對了，壯遊之所以為壯，壯在其遊者為人文山水而非自然山水，人文山水當然也包括自然美景，但在山川之外，兼有文物的部分，在文物之外，更有風俗習尚者，在風俗習尚背後，還有常民之心，一個民族的性格等等。我們做一次壯遊，摩娑著的除了當地的山川文物，還有它的民俗人心。

C的中歐之行，吸引並導致他下了人生中重要決定的，絕非捷克的山川文物而已，由一個文化的激盪而迸發出的商機火花的啓示，才是他這趟壯遊的關鍵所在。如是休閒度假，豈能有這種厚重感？年近四十即將步入中年的我們，當知其決定至關重要，而這層彼此會心的領悟，跟我們的年齡或不無關係吧！悟性須來自歲月的積累與淬煉，那麼壯遊之壯，也和年歲之壯沾上一點邊，尤其要在旅行中攫取那分厚重的感覺，非有長時期經驗、知識、磨難的培養與鍛鍊不爲功。不提《文化苦旅》作者的壯年之齡，就說最近正紅的一本也是遊記的書《旅行就是一種SHOPPING》吧，新新人類的作者給出的那種輕飄飄的感覺，相形之下，就是少了那麼一點「壯」。

如果在年歲上斤斤計較壯遊之壯，那麼我可能就要被目爲八股了。想當初拜倫、雪萊、濟慈等人，到歐陸壯遊時，雖非爲小留學生，年紀也都是青春年少，詩的光采一樣亮麗輝煌，「少」遊也可以和壯遊劃上等號。至於C和我的年紀，勉強可列入「壯」遊的行列了。下回再出發，希望能和C同行，好教我再次親澤布拉格的芳香，重來一番壯遊。

賞析

〈壯遊〉此篇主要在闡述作者對於旅遊的看法。旅遊有很多種方式，可能也存在各種不同的動機或目的，這一篇散文所寫的旅遊哲學，既是異國風景人文的旅遊經歷，卻也有書本上與文化上的意蘊存焉。

就異國風景人文的描寫而言，文中僅以「歐洲風光旖旎，人文薈萃，尤其是匈牙利的鄉間景致、湖畔迷情，最令他印象深刻。」寥寥數句交待。可是，作者卻引用了一大段楊牧的文字，來闡述朋友C的旅行經驗：「我可以花一個早上坐在平整如鏡的小湖邊看高巒的倒影、飛鳥掠過半空的蹤跡……」孟樊於此以閱讀楊牧的經驗，取代了自己實際的旅行經驗，是此篇散文非常特殊的作法。

為什麼說是「取代了自己實際的旅行經驗」？文中所謂的「朋友C」，指的人正是作者自己，作者原名陳俊榮，因此以C作為代稱。這種作法，正如魯迅於文章中也常以「朋友L」，作為與自我對話的投射對象。

因此全文並不真正想講述自己的旅遊經驗，而在於反芻與補充楊牧的觀點，從實際經驗提升到形而上的思考，甚至是中西文化的比較。

就反芻而言，孟樊總結云：「不如說C的這趟破冰之旅是一場壯遊吧」，然後採取了楊牧對於「grand tour」的定義，說這樣的旅行對於十七世紀的英國文學家與藝術家如何重要，且說明浪漫派詩人的作品，因壯遊而神聖而流傳千古。這個觀點，實際上與孟樊對於現代詩的研究與嚮往是有關的，也因此他對於同樣身為詩人楊牧的說法，便有「先得我心」之感。

就補充而言，楊牧解釋壯遊主要是從歐洲或英國人的觀點出發，但孟樊則援引了畢克里斯（Sheila Pickles）所編的《壯遊》（The Grand Tour）、徐弘祖的《徐霞客遊記》、余秋雨《文化苦旅》等等，帶進了美國與中國的傳統觀點。在如此觀點下，孟樊主張旅行不該只為了旅行，「遊之所以為壯，蓋因其具遊以外之目的也」。所以提到徐霞客時，孟樊要特別標舉其遊「已超出遊之本身所能承載，而進入科學史、社會史，以至於文化史的範圍了」。甚至，孟樊評論胡榮華的著作說「給我的感覺似乎少了點什麼。少了什麼？…欠缺的正是那分厚實感。」文中也同樣以缺乏旅遊的「厚實感」，來評論楊牧的「休閒度假」。

文章最後，孟樊則借用余秋雨的《文化苦旅》，講述在自然山水之外，還另有「人文山水」，主張「壯遊之所以為壯，壯在其遊者為人文山水而非自然山水。」因此主張這樣的深度旅遊，還需要留意於風俗習尚、常民之心、與民族性格等等文化層面。

孟樊如此論遊，不僅從歐洲文學藝術史之發展、與詩壇前輩楊牧所論觀點，清楚地考察「壯遊」之定義與源流；且又援舉傳統文人為例，辨證古今中外旅遊觀點之異同，稱得上是一篇精彩的「學者散文」。

蒲彥光老師　撰

〈來到巴黎的康有為〉

詹宏志

題解

〈來到巴黎的康有為〉一文選自詹宏志《人生一瞬》輯二〈地方〉，此書分〈時間〉與〈地方〉兩輯，如同書中簡介所言：「輯一是生命時間軸下的凝思與追憶，輯二則是旅程地景上片刻的忘我與不可忘懷。」對作者而言，寫作此書，正是因為：「年歲漸長，記憶發酵」、「人生一瞬，記憶如落英飄遠」，因此，《人生一瞬》可說是「他在時間的洗鍊、沈澱下，坦然地面對自己內裡、自我審視，首部半自傳性散文集。」

旅行，是許多人生命歷程中都曾有過的經驗。面對旅行，每個人的動機、想法與方法也未必相同。詹宏志此文即是藉由康有為的旅行，提出他對旅行的看法。首先他認為動機、理由，都會影響旅行的品質，接著以康有為和他的旅行動機、方法作對比，再以年輕的朋友和他的旅行地點作對比，說明包括動機、心態、理由、方法，甚至是年紀，都會影響旅行的進行方式及過程中的所見所聞！當然，這沒有對錯，有的只是每個人的切入點不同而已！

作者

詹宏志（一九五六年～），臺灣省南投縣人，臺大經濟系畢業。現職是PChome Online網路家庭國際資訊股份有限公司董事長，也是網路家庭出版集團和城邦出版集團的創辦人。

詹宏志擁有超過三十年的媒體工作經驗，曾任職於聯合報、工商時報、中國時報、遠流出版公司、滾石唱片、中華電視台、商業週刊等媒體單位，任職期間曾策劃或編輯的書刊超過千種，並曾創辦《電腦家庭》、《數位時代》等超過四十種的雜誌。此外，也擔任過臺灣許多出版及資訊相關產業協會的理事長、董事及理監事等職，是國內最早重視數位文化與出版的重量級人士之一。二〇〇八年獲得新聞局第二屆數位出版金鼎獎「評審委員會特別獎」，評審委員的評論是：「詹先生的創新精神與未來視野，使得他的種種嘗試不論成功或失敗，都有助於激發臺灣數位出版的無窮能量。」對他在數位出版的努力與貢獻，給予極大的肯定。

詹宏志也是臺灣著名的作家、意見領袖、電影人、編輯及出版人，著作多元，包括小說評論、社會趨勢報告及散文等類型，作品有《兩種文學心靈》、《趨勢索隱》、《創意人》、《趨勢報告》、《城市觀察》、《城市人》、《閱讀的反叛》、《人生一瞬》、《綠光往事》、《偵探研究》、《旅行與讀書》等書。亦曾策劃和監製多部電影，如：《悲情城市》、《戲夢人生》、《牯嶺街少年殺人事件》、《獨立人生》等。

課文

在上海古籍出版社的《康有爲全集》裡，赫然發現收入了康有爲的〈巴黎登汽球歌〉一首，想像一位旗服長辮的清朝人物坐在熱氣球上，突然間康有爲那種熱情、好奇、冒險、帶一點浮誇張揚的性格又鮮活起來。

康有爲是不是一位好的旅行者？我覺得不容易一言而決。首先，他並不是一位「自願的」旅行者，他的第一次出國旅行其實是「逃難」。

一八九八年八月六日反對變法的清廷保守派發動了戊戌政變，把光緒皇帝幽囚在瀛台，更殺譚嗣同等「六君子」於菜市口，但康有爲在前一天就被光緒急派出京（顯然是暗地救他的意思），他乘船南下，在英國人的保護下逃到香港；九月他前往日本居住，但日本政府受清朝外交壓力，不得不道德勸說康有爲離開，康有爲乃在一八九九年轉赴加拿大溫哥華；一九〇〇年他移往新加坡，一九〇一年改寓檳榔嶼，一九〇二年更遷往印度大吉嶺，幾年的流亡生涯，幾乎都在大英帝國的庇蔭之下。一九〇三年他再回香港，一九〇四年，也就是光緒三十年，他興起壯舉，乘船由印度洋入地中海，才開始他著名的歐洲十一國之遊。

康有爲在歐洲的旅遊範圍很廣，加上他多年流亡各地的經驗，他自己也頗感驕傲，甚至相信自己是中國人當中走得最遠最廣的人，他說：「夫中國之圓首方足，以四五萬萬計，才哲如林而閉處內地；若我之游蹤者，殆未有焉。」（中國人口總數有四、五億，人才很多但都局促在內地，像我這樣旅行廣闊的人，歷史上從來沒有。）

但是康有爲的旅行與西方人的旅行理由不同，甚至是順序顛倒的。在旅行史上，西方人是「國強而後外遊」，康有爲卻想要「外遊而後強國」。西方人的旅行，是發現、闖入與征服，先是意志、體力的探險與試煉，卻往往繼之以殖民與帝國；但康有爲的旅行，他自稱「其將令其攬萬國之華實，考其性質色味，別其良楛❶，察其宜否，制爲方，采以爲藥，使中國服食之而不誤於醫耶？」也就是說，他的旅行理由，是把自己視爲另一位「耐苦不死之神農」，必須親嚐各國制度百草，才能替中國富強的道路找到秘方。（這個理由後來給了許多不要臉的議員們出國考察的藉口，每年花掉我們很多錢。）

也許是因爲想得不同，就看得不同。正因爲康有爲急急忙忙要找到強國的答案，對那些旅途上一眼看起來不像是答案的文化經驗與異國情調，反而常常失之交臂。初次來到巴黎的康有爲，就是一位對巴黎極其失望的旅客。康有爲本來聽說「巴黎繁麗冠天下」，對巴黎充滿期待，可是等到他親臨目睹之後，發現宮殿未見瑰麗，道路未見整潔，賽納河的味臭骯髒更讓他大吃一驚。

巴黎不是唯一讓他大吃一驚的地方，事實上，歐洲每個強國都讓他經歷了一場「文化震撼」。譬如康有爲來到義大利，對義大利的建築頗爲失望；他本

❶楛：形容物品粗劣不堅固，音ㄎㄨˇ。

來聽説古羅馬的建築妙麗，十分嚮往，但實際觀察之後，發現使用的都是石材泥版，「不知開戶牖❷以導光」，簡直和黃土高原的窯洞沒有兩樣，比起中國的雕樑畫棟可差得遠了呢。但地中海地區陽光充足，你想辦法要的是陰涼與通風，誰還再多開戶牖以導光呢？

康有爲來到雅典，也是一個有趣的故事。康有爲是中國「西化運動」的元祖，而希臘是「泰西❸文明」的搖籃，兩者相遇本應有一些碰撞的火花吧。康有爲自己也期望很深，他説他「裹十日之糧而來」（準備了十天的旅費），不料到了雅典，看到的都是斷壁殘垣和窮人敗市的破落景象，他走了一兩個時辰「呑雅典八九」（走遍了雅典百分之八、九十），敗興而返。他想找的是強國的答案，但希臘和中國一樣，已經家道中落；如果康有爲要找的是古蹟和廢墟，貧窮和屈辱，中國又何必他求，咱們後院還不多嗎？

在康有爲的心目中，柏林的街道最寬闊整齊，有大國的氣派，而紐約的摩天大樓的未來前瞻，最具富國之象，世紀初兩個新生的強國（德國與美國），

❷牖：窗戶，音ㄧㄡˇ。

❸泰西：本指極西之處，明、清時期，對西方歐美國家多稱之為「泰西」。

才是康有爲眞正想要尋找的答案，遊記裡就清清楚楚反映出這些他覺得有意義的視覺符號。

康有爲何以覺得巴黎不好玩？（我問這個問題的時候，《康有爲全集》還沒有出版，當時我還不知道他跑去登熱氣球了。）我猜想，問題可能出在「旅行方法」上，他在巴黎雇了車，他自己說「日在車中，遍游其勝」。只從車窗看出去的巴黎，一種毫不介入的旅行方法，現在可能任何一位年輕的自助旅行者都可以告訴你，這不是了解或體會巴黎美妙的最好途徑；他們會建議你坐坐咖啡館，逛逛大街小巷，吃吃家庭小餐館，享受各式各樣的大小博物館，如果你日在車中，想找一個強而有力的視覺符號，恐怕只有巴黎鐵塔供你「拍照存證」了。

在康有爲遊巴黎的九十年後，我也來到巴黎，住在一位朋友爲留學的女兒購置的公寓裡。早上起來，我散步幾條街去買剛出爐的「Baguette」（棍子麵包），假裝巴黎人一樣吃早餐；白天我在外閒逛，有許多呆坐咖啡店的時光。有時候也逛到傳統市場，看著五顏六色的甜椒和翠綠肥美的蘆筍，以及各種向我召喚的奇花異果，我在這裡享受了另一種假想的生活。我沒有救國的答案要尋找，我只要短暫變成另一個人就行。

爲什麼談旅行的時候，康有爲的故事會鑽進我的腦中？因爲即使是一位最銳利聰明的思想家如康有爲，旅行起來也很難超越他的家鄉和他的時代。我們都是「帶著家鄉去旅行的人」，你所看到的異鄉，其實都是和家鄉對照過後的異鄉，你忍不住要人家「户牖以導光」。你甚至心中已有一定要看的東西，家鄉有一個迫切的答案要尋找，康有爲就看不下去希臘的古蹟殘垣，他當然就不是臨景弔史，寫出《廢墟之歡愉》（Pleasure of Ruins,by Rose Macaulay, 1953）的人。

「往上旅行」還是「往下旅行」？有時候要看一個國家的位置而定，但更多時候源於一個內心盤踞的心事。我認識的許多年輕朋友，有時候不能了解爲什麼我後來的旅行總愛往更落後的地方走去；對他們來說，更文明、更美麗、更強大（也就是消費文化更發達）的社會，才是他們想要去的地方。他們熱愛東京、紐約、倫敦、巴黎，以及這些城市所代表的世界中心形象；但聽到古晉[4]、拉合爾[5]、孟買、納若比[6]、基多[7]等這些僻遠生疏的地名，卻未必能激起他們想

[4] 古晉：馬來西亞砂勞越州的首府，位於婆羅洲砂勞越州西端砂勞越河畔，也是砂勞越州最大城市和馬來西亞第四大城市。

[5] 拉合爾：旁遮普省的省會，位於印度河上游平原，是巴基斯坦的第二大城市，僅次於舊都喀拉蚩。

[6] 納若比：或作奈若比，是肯亞的首都，位於肯亞中

要旅行的熱情。

他們還年輕、希望無窮，總想知道更美好的事物在哪裡，更美好的生活應該像什麼樣子；但我心境已老，想知道的卻是老靈魂的來歷，另種文明的可能，以及艱困生活的意義。

賞析

〈來到巴黎的康有為〉作者詹宏志藉由康有為到巴黎及歐洲的旅行，和他自己的巴黎之行，思考了關於旅行的動機、理由、方法與心態等問題。

文章一開始寫他發現了康有為的〈巴黎登汽球歌〉，因此想像康有為「熱情、好奇、冒險、帶一點浮誇張揚的性格又鮮活了起來」，短短數語似已寓含著一個旅行者應有的心態。但下段文風一轉，康有為是不是一位「好的旅行者」，則不是容易評斷的，因為他的旅行並非是「自願」，而是「逃難」。可見，作者認為影響旅行的首要因素應與動機有關。那麼，一個「好的旅行者」究竟要具備什麼條件呢？在這裡，作者並沒有直接說明，而是繼續敘述康有為的旅行故事。

康有為於戊戌政變前，離開自己的國家，開始他的歐洲之遊，並以自己是中國人中走得最遠、

南部高原地區。

⑦ 基多：厄瓜多爾首都，位於該國北部，距離赤道僅二十四公里，是世界上距赤道最近的首都，但因地處海拔二千八百五十二米的高度，所以氣候宜人，四季如春。

最廣的人而感到驕傲。但作者卻有不同的看法，他說：康有為的旅行和西方人的旅行理由不同，甚至是順序顛倒的。西方人是「國強而後外遊」，康有為卻想要「外遊而後強國」。也因為「想得不同」，自然造成「看得不同」的結果。康有為的旅行是要找強國的「答案」，凡是與「答案」無關的事物，都不會引起他的注意，不管是所到之處的文化經驗、異國情調，或是建築、古蹟，都無法吸引他的目光。只有柏林寬闊整齊的街道，和紐約的摩天大樓，才是康有為心中有意義的視覺符號，因為他們具有大國的氣派和富國之象，德國和美國是世紀初的兩個強國，也是康有為真正想要尋找的「答案」。

除了動機、心態、理由，直接影響旅行的所見所聞，作者還提出了「旅行方法」也是不可忽視的一環。作者認為康有為坐車遊巴黎是一種「毫不介入的旅行方法」，更藉年輕的自助旅行者來說，這不是一個了解或體會巴黎美妙的最好途徑。反之，應該是要融入當地的生活，才能真正體會一個地方的美好。因此，下段作者現身說法，以自己的巴黎旅行作對比，說他散步去買剛出爐的棍子麵包、坐坐咖啡店、逛逛傳統市場，他「享受了另一種假想的生活」、讓自己「短暫變成另一個人」，這正是融入當地生活的具體作法。

最後作者提出，旅行很難超越每個旅行者所在的家鄉和他所處的時代，因為「我們都是帶著家鄉去旅行的人」。因此，「往上旅行」還是「往下旅行」？有時候要看國家的位置而定，但更多的時候是受盤踞於內心的心事所影響。作者又對比年輕朋友喜歡往更文明、更美麗、更強大（也就是消費文化更發達）的地方旅行，因為他們還年輕、希望無窮；而他總愛往更落後的地方走去，因為心境已老，想知道的是老靈魂的來歷。這些都沒有對錯，只是每個人旅行的動機、態度與方法不同罷了！

那麼，文中提出的「好的旅行者」，究竟應該具備哪些條件？作者只提出他對旅行的看法，其餘的，就留給讀者自己省思了！

林立仁老師　撰

附錄　閱讀與寫作

導論

現今大學國文課程一般皆歸之通識課程，視之為基礎課程、共同課程或核心課程，或者因應時代需求而進行課程名稱及授課內容的異動，但不管歸類為何，在課程設計理念中，不僅強調提昇學生的語文能力，更期望藉由各種教學活動或課餘活動的進行，提昇學生歸納分析、演繹推理、邏輯批判、創意思考……等能力，使之成為兼具專業素養與人文素養的大學生，擁有關懷社會、族群與世界之視野。在這過程中，「閱讀與寫作」常常扮演了重要的腳色！

眾所周知，大量的閱讀有益於學生增廣見聞，擴大視野；勤於寫作則能訓練學生思辨能力、提升表達能力；二者結合，更可引領學生體會生命、豐富生命，終至關懷周遭的人、物、事，對學生多元智能的發展，必有積極正面的意義。對這個世代的學生而言，相較於閱讀文本，電腦或手機的世界往往更吸引他們的目光。因之，在推動相關活動時，若能與課程結合，或是讓學生有自由的揮灑空間，通常較易產生共鳴。

每一個國家都有其「經典」，在「經典」中蘊含了文化、倫理道德、乃至民族文化的核心價值，因此，閱讀經典對學生人格的形塑必有潛移默化的影響。正如黃俊傑在〈知識的深化與生命的深化：論提升大學通識課程的策略〉一文中提出「知識的深化」與「生命的深化」是深化大學通識教育課程的兩個途徑，其中「生命的深化」，則可以藉由「經典研讀而提振人文精神，引導學生生命內省」，進而達到通識教育喚醒人文精神的目的。在閱讀經典的過程中，我們可以看到文化蘊涵之智慧，更鼓勵學生用自己的創意、思辨能力重新詮釋經典，賦予經典不同的面貌，而不只是呆板的背誦。為了提升學生自主學習能力，增加對「經典」的體會與運用，因此設計了「超『閱』經典」的競賽活動，期望透過此結合課程之活動，強化學生閱讀經典與解決問題之能力。當然，所謂的「經典」，自然可以含括東、西方的文史經典，也藉此打開學生的閱讀視野。

隨著行動導向、問題解決、社會參與式學習等概念的日漸成熟與受重視，在課程安排及活動設計上，也須有不同的思維。例如，「在地人的故事」的寫作計畫，就是期望學生跨出校園，經由實際的採訪過程，了解自己生長的地方及這塊土地上的人、事、物，進而對這片土地產生感情。同學們可以選擇用影像呈現，或是以報導文學的方式進行書寫。「人」成為這個競賽的重要元素，人的「故事」成為作品主體，他們需要有完善的事前規劃，包括設定主題、蒐集資料及擬定採訪題目；在過程中，也要有團隊合作的精神、善用設備的技巧，才能有完整的紀錄，更要用心傾聽「故事」，才能有深刻的感動與反思，進而產生「行動方案」。過程後半，無論是影片的後製或是採訪資料的彙整書寫，更是一項重大的工程，不僅有助於提昇學生的寫作能力，也是一種跨領域的學習。

在為了讓學生對於學校所在地（新北市泰山區）及校名由來有進一步的了解，我們特別在「閱讀與寫作」這個單元中放進〈明志書院文獻史料選〉，「明志書院」素有「北臺首學」的美譽，在文獻中可以看到先賢捐資興學的精神，更可以讓學生感受以「明志」為校名的深刻意涵。

此外，我們選了兩篇學生的作品，第一篇施閔嘉同學的作品，是「超『閱』經典」的得獎作品，從經典名句「同聲相應，同氣相求」（《易經．乾卦．文言》）、「德不孤，必有鄰」（《論語．里仁》）出發，除了回應題目，更進一步省思大學教育可以為未來的生活墊下什麼基礎。第二篇黃珮綺、謝沛洺、蘇湘雲三位同學〈巷弄裡的古琴聲－蘇輝煌訪談記錄〉，是「在地人的故事」寫作組的得獎作品，敘說古琴師蘇輝煌老師的人生故事，有學琴的歷程，更有對他的母親及兩位影響他至深的老師的思念之情，是一篇很有溫度的感人作品。

上大學前，同學們面臨升學壓力，許多的學習常以記誦為主，所學只留存於記憶中，既無法活用於生活中，更難以內化為自己的生命智慧。上了大學，學習環境、學習方法、學習態度皆不同於前。因此，老師們期望藉由多元化的教材、學習活動及課餘活動的安排，擴大學生的視野，提昇他們的思考、判斷及反省能力，並培養終身閱讀、自主學習的習慣與能力。「閱讀與寫作」，正傳遞出這樣的訊息與效益！

林立仁老師　撰

明志書院文獻史料選

胡焯猷、胡邦翰、楊廷璋

題解

位在新北市泰山區明志里明志路的「明志書院」有「北臺首學」的美譽，「明志」一詞，典出自諸葛亮〈誡子書〉：「夫君子之行，靜以修身，儉以養德，非澹泊無以明志，非寧靜無以致遠。夫學須靜也，才須學也，非學無以廣才，非志無以成學。」（《諸葛亮集．文集》卷一）書院以「明志」為名，旨在期許學子恬靜寡欲、勤儉養德，為學要立志高遠，以希聖希賢為理想。

本選文錄自《明志書院案底》第一卷，本卷為乾隆二十八、九年（一七六三、一七六四年）建立明志書院的檔案史料。明志書院文獻史料選，計輯錄明志書院的創辦者胡焯猷〈願捐莊業以建義學呈文〉、明志書院促成者護理北路淡防同知胡邦翰〈募題建立義學簿序〉、明志書院賜名者閩浙總督楊廷璋〈興直保新建明志書院碑〉三篇。

作者

胡焯猷

胡焯猷字攀林，汀州永定（今福建永定縣下洋鎮中川村）人。官方文書中稱「永定縣貢生」，《臺灣通史．胡焯猷傳》稱「以生員納捐例貢」，生卒年不詳，據胡焯猷乾隆二十八年（一七六三年）〈願捐莊業以建義學呈文〉自述：「猷籍隸汀州，寓居淡水。青年創業，已荏苒乎七旬；白手成家，實經營乎半世，茲將歸里。」則可推論約生於清康熙三十二年（一六九三年）前後。

胡焯猷約在乾隆初年來臺，定居於淡水廳興直堡山腳（今新北市泰山區）。乾隆十三年（一七四八年），胡焯猷和林作哲、胡習隆等三人，合組「胡林隆」墾號，向淡水廳申請開墾興直堡成子寮、五股、水碓、山腳、貴子坑、坡角、丹鳳、營盤一帶，即今新北市五股區、泰山區及新莊區北邊，據尹章義《新莊志卷首・新莊臺北平原拓墾史》推定：「胡林隆」墾號開墾的水田超過三百二十四甲，耕作佃戶當在一百一十戶以上。

胡焯猷一生致力臺北平原開墾事業，累積相當財富，也成為當地領袖人物，其人樂善好施、熱心公益。乾隆十七年（一七五二年），獻地建大士觀於新直山西雲巖（五股觀音山西雲寺）；乾隆二十五年（一七六〇年），在新莊米市捐建關帝廟（新莊老街武聖廟）。

乾隆二十八年（一七六三年）胡焯猷鑑於北臺無學校，淡水文風未啟，以致於學子必須遠赴彰化就學，實有諸多不便與困難，便慨然捐獻水田八十餘甲，和山腳的莊園、房舍、水塘等創辦明志書院，成為北臺第一所書院。今書院大門門聯（民國一〇四年重新刻石為聯）：「窮理致知反躬實踐傳聖道應尊朱夫子」與「捨宅作祠捐資興學惠鄉里當效胡先生」，乃對朱熹治學精神及胡焯猷造福鄉里的義舉，獻上無限追思與尊崇。鄉人感念他為地方所做的一切，於是祀於明志書院正堂，與紫陽朱夫子一起同享供奉。胡焯猷可謂臺灣提倡教育、設立書院的第一先生。

胡邦翰

胡邦翰（一七一二年～？），字雄白、懋文，號左原，浙江餘姚人。康熙五十一年（一七一二年）生，卒年不詳。乾隆十七年（一七五二年）壬申恩科進士。曾任山西寧武縣知縣、福建平和縣知縣（今漳州市平和縣）。乾隆二十六年（一七六一年）調任臺灣府彰化縣知縣，翌年兼署臺灣府淡水撫民同知（又稱「護理北路淡防同知」，簡稱「淡水同知」）。乾隆二十八年（一七六三年）陞泉州府金門通判，再署永春知州及興化知府，任內皆有政績。

胡邦翰擔任彰化縣知縣任內，實心為政，無日不軫念民艱，興利除弊，頗多建設。如立清莊法，編查民番，修彰化縣學，設留養局惠被貧民等。此外，還在八卦亭山下捐園地一甲四分設置義塚，以澤枯骨。而減則一案，惠最無窮。水沙連（南投縣竹山鄉社寮一帶）荒埔，開墾成田，已報陞科，乾隆二十七年（一七六二年）左右因濁水溪氾濫成災，田多崩壞，民無可耕，賦課未除，追逋日至。邦翰聞之，為陳大府，述苦狀。適時任福建巡撫署理閩浙總督的定長（一七〇五至一七六八年）巡臺抵彰化，乃竭力詳陳，並親自陪同勘災，跋涉畎畝，不辭勞瘁，總督憫其誠，奏請豁免荒田數千甲、供課數萬石，並請減則課稅，詔報可。又胡邦翰曾在乾隆二十七年（一七六二年）秋巡視水沙連堡田園時，捐置山租的一部份作為竹山連興宮媽祖廟的香火之資；當地鄉民感念其德澤，遂在連興宮後殿附祀胡邦翰與定長的長生祿位。

乾隆二十八年（一七六三年）護理北路淡防同知期間，大力促成北臺首學「明志書院」的創建，撰有〈募題建立義學簿序〉、〈明志書院引〉以為嘉勉胡焯猷義學。

楊廷璋

楊廷璋（一六八九年至一七七二年），生於康熙二十八年（一六八九年），漢軍鑲黃旗人，字奉峨。雍正七年（一七二九年）由筆帖式授工部主事，十一年，遷廣西桂林府知府。乾隆二年

（一七三七年），遷左江道。十五年，擢按察使。二十年，遷湖南布政使。二十一年，擢浙江巡撫。

乾隆二十四年（一七五九年）四月，擢閩浙總督（一七五九至一七六四年），疏請酌改要地塘汛及巡哨章程。勘定臺灣墾荒程章，彰化縣沿山番界車路、旱溝外，各有溪溝、水圳、山根為界；其無溪圳處，則挑溝、築土牛為界。淡水廳一帶，前僅於隘口立石；今酌依山傍溪，並挑溝、堆土牛分界。又於彰化沿邊、淡水設隘寮二十八處。乾隆二十五年（一七六〇年）曾繪製「臺灣番界圖」（又稱「臺灣民番界址圖」）；乾隆二十九年（一七六四年）四月，賜名胡焯猷所捐興直保山腳義學為「明志書院」，並撰文置立「興直保新建明志書院碑」。任內聘沈廷芳纂修《福建續志》九十二卷，於乾隆三十三年刊行。又奏請濬寬湖州府泖港，以便水利。乾隆二十八年（一七六三年）十二月，授體仁閣大學士。

乾隆三十年（一七六五年）六月，以工部尚書出署兩廣總督（一七六五至一七六七年）。乾隆三十二年（一七六七年）三月，授刑部尚書，旋任直隸總督，請準撥通倉米賑濟直隸受災各縣。乾隆三十七年（一七七二年）卒，贈太子太保，諡勤愨。著有《餘集》二卷。

課文

〈願捐莊業以建義學呈文〉胡焯猷

竊惟道重儒宗❶，四海文風炳蔚❷；制明理備，千秋治教光昌❸。沐聖朝養士❹之恩，民懷鼓舞；蒙列憲作人❺之化，户被弦歌❻。惟茲北淡偏陬❼，實東寧僻壤❽。左山右海，疆土維遙。賈販農耕，士風未振。良以地方固陋，以故文教勿

❶道重儒宗：以儒學為道統。

❷炳蔚：文采鮮明顯耀。

❸治教光昌：政治教化光明昌大。

❹養士：培養人才。

❺列憲作人：列憲，即頒行法令。作人，即教育人民，培育賢才。

❻戶被絃歌：比喻政治清明，禮樂教化普及。絃歌指禮樂教化，《論語．陽貨》：子之武城，聞弦歌之聲，夫子莞爾而笑曰：「割雞焉用牛刀。」子游對曰：「昔者偃也聞諸夫子曰：『君子學道則愛人，小人學道則易使也。』」子曰：「二三子！偃之言是也，前言戲之耳。」

❼北淡偏陬：指新莊位處淡水廳北部僻遠之地。陬，音ㄗㄡ，原有「角落」之意。

❽東寧僻壤：東寧，明永曆十五年、清順治十八年（一六六一年），南明延平郡王鄭成功擊退荷蘭人後，改赤崁地區為「東都明京」，設承天府，轄有天興、萬年兩縣，實際轄區為臺灣南部。明永曆十八年，清康熙三年（一六六四年）鄭經仍奉已滅亡之南明的永曆年號，改東都為東寧，東寧成為全臺之稱呼，同時改天興、萬年兩縣為州。僻壤，偏僻荒遠的地方。

彰。至興直一保⑨，尤塹屬巨鎮⑩，秀靈⑪特異，形勝⑫斯開。屏列坌山⑬，半壁⑭依爲外險；湖連磺水⑮，全江控在偏隅⑯。平原闢萬頃膏腴⑰，足徵富庶⑱；市肆聚千家煙火，具見繁滋。鑿井耕田，久安樂土；漁歌畋史⑲，漸啓人文。第⑳因義學久湮㉑，以致師承㉒無自。雖彰山以南㉓之黨塾㉔，設教咸有名賢㉕，而大甲以北㉖之孤

⑨興直保：又作「興直堡」，為清代至日據時期，今新北市新莊、三重、泰山、五股一帶之行政區名稱。其轄區為今淡水河西岸平原，西以林口臺地為界。

⑩塹屬巨鎮：指新莊為淡水廳轄下之重鎮。塹，竹塹，即今之新竹，雍正元年（一七二三年）淡水設廳，至乾隆二十一年（一七五六年）廳治始自沙轆移設到竹塹。屬，管轄、治理。

⑪秀靈：即鍾靈毓秀，謂美好的風土誕育優秀人物。

⑫形勝：指山川壯美之地。

⑬坌山：即八里坌山，在今新北市淡水區。坌，音ㄅㄣˋ。

⑭半壁：半山腰。

⑮磺水：即磺溪，屬淡水河水系，因上游有硫磺而得名。

⑯全江控在偏隅：康熙三十三年（一六九四年）發生康熙大地震，臺灣北部今三重、蘆洲一帶陷落，形成湖泊，史稱「康熙臺北湖」或「臺北大湖」。此地震使新莊成為當時淡水河重要內港，在清朝乾隆嘉慶年間，有著「千帆林立新莊港，市肆聚千家燈火」的盛況。

⑰膏腴：形容土地肥美。

⑱足徵富庶：徵，驗證、證明。富庶，人民眾多而物資富足。

⑲漁歌畋史：漁畋，指捕魚打獵。畋，音ㄊㄧㄢˊ，有「打獵」或「耕種」之義。「漁歌畋史」，或謂「漁歌畋食」，以耕營田地為生。《尚書．多方》：「畋爾田」。唐．孔穎達疏：「治田謂之畋，猶捕魚謂之漁。今人以營田求食謂之畋食。」

⑳第：作副詞用，但、儘管。

㉑義學久湮：義學，私人募集款項，為公眾所設免收

寒㉗，負笈㉘苦於道遠。是以有志之士，難得成材，可造之資，嘗多中輟㉙也。

猷籍隸汀州㉚，寓居淡水。青年創業，已荏苒㉛乎七旬㉜；白手成家㉝，實經營乎半世。茲將歸里㉞，竊慕休風㉟。欣逢駕㊱抵新庄，首崇文學，猷願將手置興直保、興直莊、竹圍房屋、魚池㊲等項充作義學，又年收租穀㊳陸百餘石㊴，永作

學費的學校。乾隆十一年（一七四六年）時，當時八里坌巡檢虞文桂即在新莊設置義學，但不久即因八里坌巡檢署改設於新莊街，故將義學改為衙署。虞文桂，盛京人，於乾隆九年（一七四四年）擔任八里坌巡檢一職。湮，沒落、埋沒。

㉒師承：師徒相傳學術或技藝的系統。文中指新莊子弟苦無接受教育之處所。

㉓彰山以南：彰山，指今彰化市八卦山臺地一帶，即彰化縣以南之意。

㉔黨塾：指鄉學。古代地方組織以五百家為一黨。

㉕名賢：有名的賢人。

㉖大甲以北：清代自雍正九年（一七三一年）始割臺中大甲溪以北之刑名、錢穀悉歸淡水廳同知管理，因以為地域之劃界。

㉗孤寒：指出身低微或家境貧寒無依之士人。

㉘負笈：背著書籍，比喻出外求學。

㉙中輟：中途停頓。

㉚汀州：胡氏為今福建省武夷山脈以東永定縣人。

㉛荏苒：時間漸漸過去。

㉜七旬：十歲為一旬；七旬即七十。

㉝白手成家：沒有憑藉，僅靠自己的力量創立家業。

㉞歸里：辭官歸隱。

㉟休風：美好的風氣。

㊱駕：對他人的敬稱，文中指胡邦翰。

㊲魚池：直至光復前後明志書院尚有兩口魚池埤塘，主要用來養殖魚苗之用。

㊳租穀：租米。指收租的稻米。

㊴石：音ㄉㄢˋ，量詞，計算容量的單位，十斗為一石。

膳修膏火之資㊵，自乾隆貳拾玖年爲始。懇舉董事㊶，悉交經理㊷。所有印契、莊基、糧額、租數，同各佃姓名，另造清冊呈送。伏乞通詳立案㊸，勒石㊹莊前，俾得㊺長存，冀無廢墜。從茲橫經庶士㊻，盡沐鈞陶㊼，即猷慕義微忱㊽，與叨榮㊾幸矣！切呈等情㊿。

㊵膏火之資：喻求學的費用。

㊶董事：主持其事。

㊷經理：經營管理。

㊸伏乞通詳立案：伏乞，向尊者懇求、祈請。伏，敬詞。通詳，舊時下級向上級申報之文書。立案，在政府機關註冊登記。

㊹勒石：立碑為證。

㊺俾得：使得。

㊻衡經庶士：橫陳經籍之人，即授業讀書的學生。

㊼鈞陶：用鈞製造陶器，比喻造就人才。鈞，製作陶器時所用的轉輪。

㊽慕義微忱：慕義，嚮慕道義。微忱，自稱些微心意的謙詞。

㊾叨榮：用作謙詞，謂貪得光榮名聲。叨，音ㄊㄠ。同「饕」，貪也。《莊子．漁父》：「好經大事，變更易常，以掛功名，謂之叨。」《後漢書．盧植傳》：「豈橫叨天功以為己力乎！」

㊿切呈等情：切，急迫、急促。等情，指上述事項，乃古時公文、文契用語，常用於下級機關向上級機關呈文終了之語。

〈募題建立義學簿序〉 胡邦翰

古者自王宮國都，下至閭巷[51]，莫不有學。薄海內外[52]，罔不率俾[53]，職是道也。我朝列聖相承，重熙[54]累洽，國學[55]鄉學[56]，董以師儒[57]之官，而書院山長[58]、義學塾師[59]，封疆大吏[60]，守土有司[61]，靡不[62]承上旨以創興修舉，廣人文化成之

51 閭巷：指里巷，鄉里。

52 薄海內外：泛指海內外廣大地區。

53 率俾：擇善而從之。俾，音ㄅㄧˋ，通「比」，從也。《尚書．君奭》：「海隅出日，罔不率俾。」《禮記．樂記》：「王此大邦，克順克俾。」鄭玄注：「俾當為比，聲之誤也。擇善從之曰比。」

54 重熙累洽：謂前後功績相繼，累世升平。重熙，舊時用以稱頌君主累世聖明之詞。累洽，謂太平相承。《文選．班固〈東都賦〉》：「至于永平之際，重熙而累洽。」張銑注：「熙，光明也；洽，合也。言光武既明而明帝繼之，故曰重熙累洽也。」

55 國學：古代指國家設立的學校。《周禮．春官．樂師》：「樂師掌國學之政，以教國子小舞。」

56 鄉學：古代地方學校，古稱為「庠序」，與「國學」相別。《孟子．梁惠王上》：「謹庠序之教，申之以孝弟之義。」《漢書．董仲舒傳》：「立大學以教於國，設庠序以化於邑。」

57 師儒：古代指教官或學官。《周禮．地官．大司徒》：「四曰聯師儒，五曰聯朋友。」鄭玄注：「師儒，鄉里教以道藝者。」

58 山長：宋元時為官立書院置山長，講學兼領院務；明清時改由地方聘請。清末改書院為學堂，山長之制乃廢。

59 塾師：指舊時私塾的教師。

60 封疆大吏：亦作「封疆大臣」、「封疆大員」。明代都指揮使、布政使、按察使和清代的總督、巡撫總攬一省或數省的軍政大權，類似古代分封疆土的

效也。

淡屬爲臺北邊隅[63]，士之習於文者益寡。自大甲至雞籠[64]，綿亙[65]幾及千里，有司馬以分刺[66]，無校庠[67]以育才，考課例彰邑[68]錄送書院之建於郡彰者，有志之士，負笈維艱[69]。

興直保在淡屬適中之地，四面環山，平原衍派，龜崙[70]數峰，天然鬱秀[71]。凡內地人民之東渡者[72]，必至於是而止。故前人請議設縣屬[73]，經費不足而寢[74]。

諸侯，故稱之。

61 有司：指官吏。古代設官分職，各有專司，故稱之。

62 靡不：無不。靡，無、沒有之意。

63 邊隅：邊緣。

64 大甲至雞籠：指從臺中大甲溪以北至基隆等地。

65 綿亙：連接、連續不絕。

66 有司馬以分刺：司馬，此指淡水廳同知。唐制，節度使屬僚有行軍司馬。又於每州置司馬，後世稱府同知曰司馬。分刺，出任。

67 校庠：指地方學校。《孟子．滕文公上》「設為庠序學校以教之，庠者養也，校者教也，序者射也。夏曰校，殷曰序，周曰庠。」宋．朱熹《四書集注》：「庠以養老為義，校以教民為義，序以習射為義，皆鄉學也。」

68 考課例彰邑：指考核學生的成績按照彰化縣縣學舊規慣例。《新唐書．選舉志上》：「吏民子弟學藝者，皆送于京學，為設考課之法。」

69 負笈維艱：指出外遠到彰化縣縣學求學極為艱難。

70 龜崙數峰：泛指林口臺地各座山峰。龜崙，指今桃園市龜山區。

71 鬱秀：茂密秀麗。

72 內地人民之東渡者：此指自福建福州東渡北臺之人。

戶口眾則弦誦[75]多，使不立學，將何以興教化而善風俗，此守土者[76]慨然興思[77]也。

胡君焯猷，汀人也，寄居淡水，經營創業，迄數十年。一旦以立學自任[78]，捐莊業房屋爲學舍，又以田[79]八十甲[80]餘，計收穀[81]陸百餘石，爲生徒之費[82]，開臺北未有之宏規[83]，實爲不朽盛事[84]。余既爲之通詳立案[85]矣，但莊屋卑

73 議設縣屬：提議增設縣（廳）所屬行政機關加以管理興直保地區。淡水設廳初設於雍正元年（一七二三年），將原諸羅縣轄區虎尾溪以北設彰化縣，同時設置臺灣府淡水捕盜同知負責稽查北路，兼督捕務。雍正九年（一七三一年），始正式分割大甲溪以北至雞籠劃為轄區，專歸淡水同知管理，改官職為臺灣府淡水撫民同知。同時又增置彰化縣屬巡檢一員、淡水廳巡檢一員。

74 寢：停止、廢置。

75 弦誦：弦歌誦讀，指詩禮教化。

76 守土者：指作者自己，胡邦翰乾隆二十六年（一七六一年）調任臺灣府彰化縣知縣，翌年兼署臺灣府淡水撫民同知。

77 興思：猶言構思。

78 立學自任：將辦學當作自身的職責。

79 田：耕種用的土地，指有水可灌溉的水稻田。

80 甲：臺灣的地積單位。一甲等於十分，一分等於二百九十三點四坪，所以一甲等於二千九百三十四坪。又一公頃等於一萬平方公尺等於三千零二十五坪。

81 穀：指收租的稻米。

82 生徒之費：指作為書院學生學習費用。生徒原為唐代科舉取士制度之一，後引申為書院學生之泛稱。《新唐書．選舉志上》：「取士之科，多因隋舊，然其大要有三：由學館者曰生徒；由州縣者曰鄉貢；皆升于有司而進退之，…其天子自詔者曰制舉，所以待非常之才焉。」

83 宏規：宏偉的規模、偉大的典範。

陋弗稱[86]，祀朱夫子神位[87]於中堂，設肄業[88]各舍於兩翼，一切器具并竈庖湢[89]，必完必美，則固藉好義者[90]解囊[91]之功也。今胡君樹之先聲[92]，我知必有慕義無窮、聞風興起者[93]，則擴而充之，他日設縣[94]議行，安見發軔[95]之基，不即爲邑博士弟子負舍菜地[96]哉。是則有望於二三同志也已。

84 不朽盛事：永存不朽之大事、美事。不朽，不磨滅、永存。《左傳．襄公二十四年》：「大上有立德，其次有立功，其次有立言，雖久不廢，此之謂不朽。」三國．魏．曹丕《典論．論文》：「蓋文章經國之大業，不朽之盛事。」

85 通詳立案：通詳，舊時下級向上級申報文書。立案，備案。指胡焯猷捐獻莊業宅舍與水田八十餘甲等創辦義塾之事。

86 卑陋弗稱：指莊屋房舍建築低矮簡陋，與其他書院宏偉建築不對稱。

87 朱夫子神位：指南宋朱熹神位。朱熹（一一三〇－一二〇〇年），南宋徽州婺源人（今江西婺源），生於福建路尤溪縣（今屬三明市所轄）。是宋代程朱理學集大成者，尊稱朱子，又稱「紫陽先生」。

88 肄業：修習課業。古人書所學之文字於方版謂之業，師授生曰授業，生受之於師曰受業，習之曰肄業。

89 并竈庖湢：并，聚合。竈，指爐灶，供烹飪、烘焙之用。庖，廚房。湢，音ㄅㄧˋ，浴室。《禮記．內則》：「外內不共井，不共湢浴。」鄭玄注：「湢，浴室也。」宋．曾鞏〈繁昌縣興造記〉：「寢廬庖湢，各以序為。」

90 好義者：指看重道義之仁人義士。

91 解囊：謂拿出錢財以幫助他人。

92 先聲：指事先前導者。

93 聞風興起者：聽到風聲即起響應的人。

94 設縣：增設新的縣份，將淡水廳提昇為淡水縣。

95 發軔：比喻事物的開端。

96 菜地：即采地。古卿大夫因官受封的采邑。

〈興直保新建明志書院碑〉楊廷璋

粵[97]惟[98]世道之昌，迺[99]極文明之盛。國家奄有[100]九有[101]百二十餘年，列聖[102]相承，治隆[103]化洽[104]。皇帝[105]孕虞育夏[106]，甄殷陶周[107]；甫飭戎車[108]，拓疆萬里；神武

97 粵：助詞。句首發語詞，無義。

98 惟：助詞。也作「唯」、「維」。用於句中以調整音節。《尚書・召誥》：「無疆惟休，亦無疆惟恤。」

99 迺：在判斷句中，相當於係詞「是」。南朝梁・劉勰《文心雕龍・原道》：「辭之所以能鼓天下者，迺道之文也。」

100 奄有：統治、擁有、占有，多用於疆土。

101 九有：九州、指天下。《詩・商頌・玄鳥》：「方命厥后，奄有九有。」《毛傳》：「九有，九州也。」

102 列聖：指歷代帝王、諸皇帝。即指清代乾隆之前的順治、康熙、雍正各朝。

103 治隆：政治清明，社會安定、經濟繁榮。

104 化洽：教化普沾。漢・蔡邕〈司空文烈侯楊公碑〉：「功成化洽，景命有傾。帝乃震慟，執書以泣。」

105 皇帝：指當時的乾隆皇帝。

106 孕虞育夏：孕育，養育、滋養。虞夏，指有虞氏之世和夏代。《禮記・表記》：「虞夏之質，殷周之文，至矣。」

107 甄殷陶周：殷周，指商朝、周朝。甄陶，化育、培養、造就。漢・揚雄《法言・先知》：「甄陶天下者，其在和乎！」

108 甫飭戎車：剛剛下令齊備兵車，準備戰事。甫，方才、剛剛。飭，音ㄔˋ，命令、告誡、齊備、完備。《史記・五帝本紀》：「信飭百官，眾功皆興。」裴駰《集解》引徐廣曰：「古『敕』字。」《廣雅・釋詁》：「飭、戒、……備也。」戎車，兵車，引申指戰事。《尚書・牧誓》：「武王戎車三百兩，虎賁三百人。」

丕著[109]，文德彌照[110]；五緯珠聯，二紀璧合[111]；光被四表[112]，瑞應乾垣[113]；宇內同文[114]，海外有截[115]。

興直保[116]者，遠隸臺灣[117]，僻居淡北[118]，風土秀美[119]，氣象[120]鬱蔥[121]。髦俊萃

109 神武丕著：神武，為英明威武之意，多用以稱頌帝王將相。《漢書．敘傳下》：「皇矣漢祖，纂堯之緒，實天生德，聰明神武。」丕著，大著。

110 文德彌照：禮樂教化像光芒四射，遍照天下。文德，指禮樂教化；與「武功」相對。《論語．季氏》：「故遠人不服，則修文德以來之。」彌照，光芒遍照。

111 五緯珠聯，二紀璧合：即珠聯璧合，本指一種天象。語出《漢書．律曆志上》：「日月如合璧，五星如連珠。」後以比喻眾美畢集，相得益彰。五緯，金、木、水、火、土五星。東方歲星，南方熒惑，西方太白，北方辰星，中央鎮星。清．夏炘《學禮管釋．釋十有二歲》：「五緯之名，木曰歲星，火曰熒惑，土曰填星（填通鎮），金曰太白，水曰辰星。二紀，謂日、月。

112 光被四表：指皇帝的聖德美名，充滿披溢於天下。四表，指四方極遠之地，泛指天下。《書．堯典》：「光被四表，格于上下。」

113 瑞應乾垣：天下各地應驗祥瑞之兆。乾，指天、日。垣，星空。乾垣亦泛指天下。

114 宇內同文：天下同用一種文字，指全國一統，政權穩固。同文，同用一種文字。《禮記．中庸》：「書同文。」宇內，天下之意。

115 海外有截：有截，齊一貌、整齊貌。有，助詞。《詩經．商頌．長發》：「相土烈烈，海外有截。」鄭玄箋：「截，整齊也。」此處「海外」指臺灣。

116 興直保：又作「興直堡」，為清代至日據時期，今新北市新莊、三重、泰山、五股一帶之行政區名稱。其轄區為今淡水河西岸平原，西以林口臺地為界。

117 遠隸臺灣，隸屬福建省臺灣府。

118 僻居淡北：位居在淡水廳北部偏僻、邊遠之地。

臻[122]，弦歌聿起[123]，向文慕義[124]，實繁有徒[125]。夫結想業精，不如居肆[126]；懷寶遠馳，莫若驅鑣[127]；使鼓篋[128]者樂群[129]，擔簦者[130]時術[131]。創興講席[132]，詎曰緩圖[133]。志在聖賢[134]，義利不淆於慮[135]；心存經濟[136]，王霸[137]必究其原。爰標明志之名，冀

119 風土秀美：風俗土地秀麗美好。

120 氣象：景色、景象。

121 鬱蔥：草木蒼翠茂盛貌。

122 髦俊萃臻：髦俊，才智傑出之士；髦，音ㄇㄠˊ。萃臻，聚集、匯集。

123 弦歌聿起：弦歌，指禮樂教化。聿起，迅速地興起。聿，音ㄩˋ。

124 向文慕義：崇尚文學，仰慕道義。向，仰慕、崇尚。

125 實繁有徒：人數眾多。

126 結想業精，不如居肆：指念念不忘、反覆思念如何精進學業，不如到學校學習，以獲得學問與技術。結想，指念念不忘、反覆思念。肆，作坊、店鋪、市集。《論語．子張》：「百工居肆以成其事，君子學以致其道。」

127 驅鑣：驅馬奔馳。南朝．梁．王僧孺〈為蕭監利求入學啓〉：「竊以矯首伺飛，不如修弋；跼足念遠，莫若驅鑣。」

128 鼓篋：本擊鼓召集學生，開篋取出書籍，古時入學的一種儀式。《禮記．學記》：「入學鼓篋，孫其業也。」鄭玄注：「鼓篋，擊鼓警眾，乃發篋出所治經業也。」此借指負笈求學。篋，音ㄑㄧㄝˋ。

129 樂群：謂與友朋相處無違失。《禮記．學記》：「一年視離經辨志，三年視敬業樂群。」

130 擔簦：背著雨傘奔走、跋涉者。形容生活貧賤者。簦，音ㄉㄥ。

131 時術：時時學習。《禮記．學記》：「『蛾子時術之』，其此之謂乎！」

132 創興講席：指創辦明志書院。講席，本高僧、儒師講經講學的席位。亦用作對師長、學者的尊稱。

133 詎曰緩圖：豈可說慢慢地再來謀劃、計議嗎？詎，副詞，表示反詰，相當於「豈」、「難道」。

134 志在聖賢：立志效法聖賢。

135 慮：思想、意念。《孟子．告子下》：「人恒過，

成致遠之器[138]。

於戲[139]！往昔荷蘭鳩據[140]，鄭氏蟻爭[141]，斯固虎狼之窟宅[142]，鯨鯤之淵藪[143]也。今則海不揚波[144]，野皆樂土，易戰功以禮樂[145]，化甲胄爲詩書[146]，摩義漸仁[147]，山

然後能改；困於心，衡於慮，而後作；徵於色，發於聲，而後喻。」

136 經濟：經世濟民。

137 王霸：指王道與霸道。

138 爰標明志之名，冀成致遠之器：典出自諸葛亮〈誡子書〉：「夫君子之行，靜以修身，儉以養德，非澹泊無以明志，非寧靜無以致遠。」書院以「明志」為名，旨在期許學子生活恬淡樸實、不慕榮利，以表現自己高尚的情志；修養要清靜寡欲、專心致志，才能成就有所作為的人才。爰，於是，助詞。用在句首或句中，起調節語氣的作用。澹泊：恬淡寡欲、簡樸真實。寧靜：清靜寡欲、不慕榮利。諸葛亮〈誡子書〉應繼承前人之說而成金玉名言，如《文子．上仁》：「非淡漠無以明德，非寧靜無以致遠，非寬大無以并覆，非正平無以制斷。」漢．劉安《淮南子．主術訓》：「是故非澹薄無以明德，非寧靜無以致遠。」等之說。按：諸葛亮之子諸葛瞻，字思遠。

139 於戲：感嘆詞，同「嗚呼」之語。於戲，音ㄨ ㄏㄨ。

140 荷蘭鳩據：即鳩占鵲巢。指鳩不自築巢而強居鵲巢．藉此比喻荷蘭人占領臺灣之意。

141 鄭氏蟻爭：指鄭成功父子在臺灣從事反清復明政治運動。蟻爭，比喻微末的爭鬥。

142 虎狼之窟宅：指壞人、匪類盤踞的地方。此指荷蘭人是西方帝國主義的侵略者。

143 鯨鯤之淵藪：淵，魚聚之處；藪，獸聚之處。泛指人和事物集聚的地方。此指鄭成功在臺灣立「東都明京」、設承天府。鯨鯤暗用「海上騎鯨人」典故。傳說鄭成功是鯨魚轉世，鄭成功去世當天，海上漁民看見鄭成功騎乘白鯨往外海而去。

144 海不揚波：比喻天下太平。

145 易戰功以禮樂：易，改變。戰功，戰爭中所立的

川生色[148]。聖朝愷澤之敷[149]，聲教之遠[150]，載籍史冊[151]，未獲前聞。猗歟[152]休哉[153]！余備位[154]臺衡[155]，恭膺[156]節鉞[157]，遙遙臺海，賜履[158]及焉。樂觀書院之成，有拜手[159]揚言[160]，與多士賡歌[161]太平之化而已。是舉也，舍宅捐租[162]，永定貢生胡焯

功勞。禮樂，禮節和音樂。古代帝王常用興禮樂為手段以求達到尊卑有序遠近和合的統治目的。《禮記・樂記》：「樂也者，情之不可變者也；禮也者，理之不可易者也。樂統同，禮辨異。禮樂之說，管乎人情矣。」

146 化甲冑為詩書：化，化解、改變。甲冑，指戰爭，甲，用皮革、金屬等製成的護身服。冑，古代作戰時戰士所戴的頭盔。詩書，本指《詩經》和《尚書》，泛指書籍。《左傳・僖公二十七年》：「《詩》、《書》，義之府也；《禮》、《樂》，德之則也。」

147 摩義漸仁：指受仁義教化所習染。

148 生色：增添光彩。

149 愷澤之敷：和樂的恩澤分布在天地四海。愷，和樂、和善的樣子。愷音ㄎㄞˇ。敷，傳佈、分布。《禮記・祭義》：「夫孝，置之而塞乎天地，溥之而橫乎四海。」

150 聲教之遠：指天子的聲威和教化遠播四海之外。

151 載籍史冊：典籍與史書。載籍，書籍、典籍。《史記・伯夷列傳》：「夫學者載籍極博，猶考信於六藝。」。

152 猗歟：通「猗與」，嘆詞，表示贊美。《詩經・周頌・潛》：「猗與漆沮，潛有多魚。」鄭玄箋：「猗與，歎美之言也。」

153 休哉：稱贊、贊美，美善之辭。

154 備位：自謙充數之詞。

155 臺衡：握有宰相之權柄，當時楊廷璋為閩浙總督。

156 膺：承擔、接受。

157 節鉞：符節及斧鉞，古代出兵征討時，天子授給大將以示威信的信物。

158 賜履：指君主所賜的封地。

159 拜手：亦稱「拜首」，古代男子跪拜禮的一種。跪

猷功不可泯[163]，書以為來者勸[164]。

賞析

中國最早的官辦書院開始於唐朝，清朝入主中原，擔心私人書院講學會發揮民族意識，傳播反清思想，所以對書院嚴加管理。雍正十一年（一七三三年），正式明令各省建書院，改採鼓勵態度，書院漸興。清朝廣設書院類似現代地方文教機構，以培養參加科舉人才為主。直到庚子後新政，將全國書院改制為新式學堂，書院制度才全面瓦解。

臺灣的書院，自康熙年間施琅創設西定坊書院開始，而明志書院的創建與漢民族在臺灣的開發拓墾息息相關，南臺灣在明末即陸續有大量移民進入，北臺灣則遲至清康熙中後期才正式開始進入墾荒的階段。而淡水設廳，始於雍正元年（一七二三年），巡臺御史吳達禮奏請諸羅北路增設彰化縣，並設淡水廳，稽查北路，兼督彰化捕務。至雍正九年（一七三一年）增置淡水廳同知，之後數

後兩手相拱，俯頭至手。清．顧炎武《日知錄．拜稽首》：「古人席地而坐，引身而起，則為長跪。首至手則為拜手，手至地則為拜，首至地則為稽首，此禮之等也。」

160 揚言：大聲地說。《史記．夏本紀》：「皋陶拜手稽首揚言曰：『念哉，率為興事，慎乃憲，敬哉！』」

161 賡歌：酬唱和詩。賡，音ㄍㄥ。

162 舍宅捐租：胡焯猷捐興直保、興直庄竹圍房屋魚池等項充作義學，暨水田八十餘甲，年收租穀陸百餘石永作膳修膏火之資。

163 功不可泯：對北臺文教的貢獻永不消滅。泯，消失、消除。

164 勸：獎勉、鼓勵。

十年，新莊平原地區已為「淡北巨鎮」，惟因距廳治竹塹太遠，地處極北，煙火雖繁而人文未振，雖然在乾隆十一年（一七四六年）八里坌巡檢虞文桂曾於新莊街尾設義學一所，因講堂稀少且功能不彰，而被移用為巡檢衙署，義學因此被迫廢止。

乾隆二十八年（一七六三年）胡焯猷鑑於北臺無學校，文風未啟，以致有心向學者，必須遠赴彰化就學，實有諸多不便與困難，時年七十歲的胡焯猷，便慨然捐出位於平頂山腳的莊業宅舍：瓦屋一進五間，廂房十二間，與水田八十餘甲做為學產，在興直保山腳創辦義學。同年三月底呈文護理淡防同知胡邦翰，胡邦翰認為「永定貢生胡焯猷以手創興直保庄房田甲捐充書院，復傾囊倒篋增建屋宇，使多士弦誦有所，膏火有資，淡北人文，蔚焉興起，洵令淡第一盛事也！」（〈明志書院引〉）胡邦翰喜其勇於義，特別嘉揚其志，於同年八月初移文至閩浙總督，後來總督回文：「逐一確查繪圖定議。」當時的淡防同知已改由夏瑚擔任，其以「該處設立義學，誠為淡北之要務」，建議「以書院嘉名」，其建議獲上級同意。乾隆二十九年（一七六四年），總督楊廷璋立碑記其事，明志書院方得「書院」之命名；得賜書院之名，「足重千秋不朽」（〈明志書院引〉）。明志書院的設立，較北臺第二座書院，艋舺「學海書院」（道光二十三年，一八四三年）的設立要早了約八十年，明志書院之創建，誠是北臺文教之肇始。

乾隆三十四年（一七六九年）另外一位重要的捐獻者是新莊中港厝監生郭宗嘏，捐長道坑、八里坌二處水田一百六十一甲六分，園二十九甲二分，計田園一百九十餘甲給予書院，每甲田徵租六石，每甲園徵租三石，共徵租穀一千五百五十七石二斗，悉充學租，部分作為崇建淡水廳學宮之經費，並盼准淡水廳學額能「就廳考送」，不要依附彰化縣學。短短數年間，明志書院成為臺灣經費最充裕的書院。

由於淡水廳治設在新竹，明志書院位置在北臺；歷任淡水廳同知以距廳治太遠，「士途不便」，議在廳城南門內別建。乾隆四十六年（一七八一年）淡水廳同知成履泰以郭宗嘏所捐穀銀，遷建明志書院於竹塹城西門內蔡姓地基（今新竹市西大路和西門街交會口附近），道光九年（一八二九年）同知李慎彝重新改建。而興直保舊地，距新建書院較遠，留為租館，仍聽生童照舊肄業，後更名為「新莊山腳義塾」。

明志書院正式在泰山僅十八年，之後遷移新竹，在竹塹地區大量培育人才，蕩啟文風，功不可沒。然而新竹明志書院在日治時代「市區改正」計畫中被拆除殆盡，遺跡已蕩然無存，而泰山明志書院卻在地方士紳及文史工作者的熱切維護下，規模猶在，今尚存正屋三間，中廳供奉「紫陽朱夫子神位」，兩側陪祀「貢生胡焯猷祿位」、「監生郭宗嘏祿位」；今以「全臺唯一主祀儒學大師朱熹之祠堂」，列為歷史建築加以保存。明志書院的興建，見證了北臺灣的拓墾史與客家人的招墾史，而民國五十二年（一九六三年）台塑集團創辦人王永慶在泰山創辦明志工專，發揚先賢捐資興學的奉獻精神，沿續明志學脈，更為臺灣技職教育立下豐碑典範。

郭秋顯老師　撰

超閱經典題目

【問題】：臺灣是一個高水準、高道德的國家，從不自外於「地球村」，在許多關鍵時刻都樂於伸出友誼之手。在孔子的思想中，道德是一種無形的潛在力量，能在人與人之間產生極大的感應力。這種感應力來自於「同聲相應，同氣相求」（《易經・乾卦・文言》）的自然現象。

在《論語・里仁》孔子曾言：「德不孤，必有鄰。」有仁德的人，一定會有志同道合的朋友，絕不會孤立無援。

自二〇一九年至今，世界各地接連發生許多事情，有中美貿易大戰、香港反送中運動、新冠肺炎疫情……等，臺灣能否在新的國際局勢底下，保有自由與民主，得到一定的國際支持？這是值得大家深思的議題。

請回答以下問題（六百—一千字爲限）

一、問題剖析：（百分之三十）

面對題目所引經典與問題，你的看法如何？是否有其他經典章句，可以支持你的觀點？

二、問題解決：（百分之五十）

從國家、社會或個人的不同層面，你認為可以採取什麼可行且有效的對應之道？是否有其他經典支持你的看法？

三、問題延伸：（百分之二十）

面對生活中的困境？在大學教育這個階段，可以為我們奠下什麼基礎？

超閱經典

施閔嘉

一、以新冠肺炎疫情為例，臺灣的防疫的確減低了本國的國內感染力，數天的「零確診」引來國際關注，且有世界衛生組織的官員點名臺灣是亞洲防疫的成功範例之一，即便部分世界衛生組織的官員依舊不接納臺灣，還是能在國際間留有一席，如同孔子所言：「德不孤，必有鄰。」

臺灣被邀請參與世界衛生組織，並有資深官員檢討中國不該阻礙本國參與國際組織，「見賢思齊焉，見不賢而內自省也。」我想，世衛發覺了「防疫」大於「政治」，因而做出這樣的決定。由此可知，在新的國際局勢下，臺灣依然會保有原有的自由與民主，而在國際支持方面也越來越被看見，「正人務本，本立而道生，」相信臺灣穩住腳一定能更加茁壯。

二、以國家角度看待臺灣，除了做好原本的措施，也需強化其他較為薄弱的部分，將整個國家搬上台，以自己爲傲；另外對外繼續採取積極的態度面對，持續發佈臺灣相關報導、文章，包含衛生、經濟與觀光，推動外交成長，就像《孟子》「人皆可以爲堯舜。」努力不間斷，成功必定會找上門。

而從社會方面來看，對於國家的政策提出想法，也主動爲國家做好形象宣傳，增加曝光度。最後也是最重要的，身爲臺灣的一份子，想要民主與自由，得到國際認同與支持，不僅僅要做好本份，我想每個人都能爲社會盡一份力，落實上級倡導的事項，並積極參與活動，其實都能擴大臺灣的國際地位。

「不積跬步，無以成千里，不積小流，無以成江海。」每個人都像是那「跬步」、「小流」，若人人皆能爲臺灣盡份力，「千里」與「江海」便離我們不遠了。這樣看似輕鬆容易的方法實質難以進行，然而小小一步能成千里，願大家能發現自己，也讓國際看見臺灣。

三、

臺灣在國際中一直處於劣勢，面對生活中的困境，我想身爲大學生的我們透過大學自由的教育，更能提出自身想法。多個社會運動中，主要領導者都是大學生，在大學教育中，提供了我們多元的管道表達己身對校園政策的想法，而出了社會，依然有那些管道，只是人們忽略了。

在大學教育階段，面對到的生活困境，最直接的幫助就是上述的表達了吧！此外，多元的上課方式也帶我們體會不同事情的樣貌，在學生時期瞭解各面向的解決辦法，爲將來出社會奠定基礎，大學慢慢引領我們走向社會，在未來，我們將有更豐富的知識面對不同的挑戰。

綜合以上所有問題討論，現今處於自由民主世代的我們更應積極爭取，並運用學生時期所奠下的基礎做延伸，無論是面對國際上的困境抑或是生活中的挫折，「盛年不重來，一日難在晨。」努力把握將不留遺憾！

在地人的故事——寫作組得獎作品

黃珮綺、謝沛洺、蘇湘雲

課文

目錄

對於這次採訪，對方本來是想推辭的，他說，我們對學琴的人來說太年輕了，有點不適合。當然也有可能包含他還在守喪的因素。

當我們詢問方便錄音或錄影時候，他說，除了作業就不要外傳了，因爲這種東西已經被炒得太過火了，就是它變成謀利的工具了，對琴人來說當然不贊成這種現象，人是眞正有興趣的才學，沒興趣的就算了。

而這次採訪是當作在舉辦雅集，所謂的雅集就是到一個地方去，自己帶琴或者是別人帶琴，並且都會備有茶點。傳統上沒有音樂會只有演奏會，有音樂會是因爲受到歐洲美國的影響。而彈琴的人基本上就是專心，跟表演不一樣，表演是要會很多首，可是彈琴的不是，我們把一首專注的彈好就好。

古琴傳統上就是漢族裡比較特殊的樂器，它的音量非常的小，所以外面風吹草動、雜音，甚至呼吸的聲音可能都比它大。所以它不太適合一般人學，如果是喜歡熱鬧的人，不適合，要是很喜歡搖滾樂的，那非常不適合。它通常是比較慢的，有人聽一聽就睡著了，古琴有快曲，但也不是講求快速的。

一、自我介紹

我很小的時候就住在這裡的樓下，大概我五歲的時候，樓下是我爸爸媽媽他們從雲林上來台北打拚了一陣子之後，很開心的買了這間房子。

樓下有很多的回憶，像是媽媽小時候幫我洗澡，那時候的記憶我都還記得，她問我，幼稚園想讀哪一間？那時候大哥是讀芎林幼稚園，二哥去讀天主教的幼稚園，我回答媽媽說我要讀傳統的幼稚園，所以我讀的是明德幼稚園，就是現在的文昌祠；我們讀書那時候，文昌祠也還在喔。我決定讀傳統的而不是天主教的都會有影響，不要小看選擇幼稚園這個小事，因爲會接觸到的東西是完全不一樣的。因爲幼稚園的關係，我從小就在古蹟裡面長大，所以我對這些傳統東西多少都有興趣。

二、今年貴庚

我屬龍丙辰年。屬龍的在華人世界是不幸的，因爲會比較多人，相對競爭比較大，但反過來從正面的觀點就是你的學習的機會比較多，傳統中有的人會禁忌其他的生肖，可是屬龍的他就不禁忌，因爲如果以傳統角度來看，屬龍會帶來好運，我想是個迷思，但也說不定有。

三、婚姻狀態、與家人的相處及學習工作歷程經驗

我已經結婚了，也有兩個孩子，都在讀小學，一個今年要畢業了。他們每天的活動就是打電玩，他們媽媽也會跟他們一起打，我都說成何體統。我那個年代也有電動，但我媽媽絕對不可能跟我一起打，她一定是：快點做功課快來吃飯。所以時代不同當然也有個別差異，但每個人對自己孩子的期待或是陪伴不太一樣，這個什麼時候的人都一樣。

我做過兩類型的工作，一個就是教育的工作，我很小就當家教老師了，誤人子弟那種，明明自己不會也教人家。我大一的時候沒錢讀書，大家聽說你是台大的，有人就會送孩子來，或者是經由我爸爸媽媽介紹去教人家。當然現在回顧那時候是沒辦法，家裡需要錢，也不懂事，如果有現在這個環境條件，我絕對不做那種事，雖然錢很好賺，但是對孩子不見得是好的。

我年輕的時候我算是蠻努力的，想說只有家教而已，不然去做正式的老師好了，所以我台大畢業後就去考研究所，之後考上台師大開始半工半讀。我的英語能力很差，但研究所都看英文的，所以讀的亂七八糟，被訓得很厲害，即使如此我還是要感謝台師大科教組的老師們，他們雖然沒有給我學位，可是給我很好的訓練。之後十幾年的工作，我覺得那是基礎，如果你沒有經過訓練的話會很糟糕，所以鼓勵你們有

機會還是好好讀書。

四、對古琴的看法

其實我對古琴沒什麼興趣。

本來就想說就算了，老師說我不適合女孩子的曲子，說我粗枝大葉，老師知道我學不像，我看現在很多彈琴的都是女孩子，也感覺這個比較適合女孩子學。直到老師走了之後，師母講了一句：沒有，比較適合男孩子學。師母這樣一講，我就再練看看。

老師走了之後我確實比較用功，他在的時候，我覺得既然他彈那麼好，我聽他彈就好了啊，練也是練個樣子應付老師，而老師在兩年多前端午節那時走了，當時其實都有心裡準備，就是癌症，多發性骨髓癌。那時候他的課我都還有去，他跟我們講話還有說有笑的，可是住院沒幾天就走了，走了之後我就沈澱一段時間。而自己會的就只是菜鳥級的基本功，後來想把比較古老的曲子練起來，雖然很好聽，但是要練很難、很辛苦，古人的世界與現在的世界差距太大，要修這個領域的東西，必須進入他的世界，心境才會比較相映。

五、學習古琴的歷程

我先找到製琴師，他現在也有教琴，但我問他的時候他還沒有在教，只有自己做琴，他認識一個在輔大宗教系的師伯，可是那個師伯還是要叫我的老師師兄，所以不敢收我。那時候我的老師相中我，覺得我很適合。他的後事我也有陪伴完成，只是對我們來說老師走得太快，雖然老師說他會的東西都教我們了，可是我們要練好久，而且有的東西老師在跟不在會有差。十幾年前我就跟我的老師開始學習，中間斷斷續續的，因為那時候還有在工作，途中也有覺得不適合想放棄。我讀的是夜校，再加上要早起，學完琴之後還要去工作很累，導致有停一段時間，而老師交代我，要我忙得差不多後記得去找他，我有記住這句話；但工作不太順利，後來結束了工作就回去找他，還好我及時回去，如果再晚兩年就沒辦法了。剛剛那兩首曲子，尤其觀世音菩薩讚是老師活著的時候最後教給我的曲子。他教給我的東西很多，但有些比較高深的曲子，他傳給我時，我還沒進入那個境界。

葉紹國和陳國燈，這兩位都是我的老師，兩位都得了癌症，兩位也都六十幾歲就走了，我學琴的過程中，遇到這兩位老師，雖然葉老師沒有實際教過我，可是他對我很好，他有提醒我重要的事，而實際教我彈的是陳國燈老師。

我大學從來沒聽過也沒有看過琴，是三十歲左右，不曉得為什麼在我房間裡撿到這捲卡帶，聽了這捲卡帶後才接觸琴的。起初並沒有興趣，我連那是什麼都不曉得，只知道我喜歡聽這個東西，它能讓人在忙碌一整天之後沉澱下來。學琴路上就是莫名其妙，好幾次我就是不想學，可是因緣就又再接上去了。

六、在學習古琴中遇到開心的事及挫折

開心的事當然是如果我練會了一首曲子，就等於我又保存了一首曲子，但老師也走兩年多了，我沒把握將老師教給我的完全學會。就像是我做一道菜，做出來如果跟我媽媽做出來的一樣，我也會很開心。到了我這個年紀就會知道，人走了，能保存到他的東西是很難得的，同樣的道理，因爲古琴這個東西，很少人會。

而學古琴最大的收穫是無意間錄到我媽媽的聲音，我在練琴的時候她剛好在客廳聊天什麼的，我本來是要錄我的曲子，聽聽看自己練得好不好，無意間就錄到她的聲音，那個聲音就變成是我媽媽活著的時候唯一的聲音。從現在的觀點來看我覺得那個東西很珍貴，因爲人走了，就沒有聲音了，媽媽去世了當然不是件開心的事，可是因爲學琴錄到她的聲音，這件事是開心的，是金錢買不到的。

至於挫折也有一大堆，譬如說力量不夠或者是練太頻繁，有的聲音發不出來。最常被問到的就是你學這做什麼，你不用這賺錢你學這做什麼。我們常常會帶著這種

觀念，但我喜歡它就是單純的喜歡它。

七、古琴的意義

對我來說是有很大的意義，至少我有一個好老師，他走了能夠多接一首是一首。本來想說老師走了就覺得算了，我看起來不適合，但師母一句「男生比較適合」後，我就繼續練，也領悟到師母的意思；像我剛剛彈的指法叫抽音，我力量已經不夠了，女生可能會更吃力。

八、幸福的定義及認為彈古琴是幸福的嗎

當然是每個人追求的不一樣啊，但是你有機會聽琴練琴、有機會分享，從佛家的觀點來講，它就是福報。而你們有很大的福報，才會到這裡來。

當然人生的幸福有很多種，孟子說過「父母俱在」，那也是人生很大的幸福，像我們已經有長輩不在了，就能深深體會這句話的意義。而傳統上也有五子登科的幸福，現在房價那麼貴，能有房子也是很大的福報，也是很大的幸福。

每次有雅集我都會把自己整理得特別好，因爲我覺得去聽是很享受的，而且又能學習到很多東西，對我來說是很大的幸福。然後我也建議如果生活過得去，盡量不

要做生意及從政，我覺得這兩種工作不是福報。

關於他的演奏，他前面演出兩首，是他老師走了之後他比較專心練的兩首，第一首叫做觀世音菩薩讚，是他的老師改編佛教本來就有的曲子，將它譜入琴中，用琴來演出。最後可能興致來了，又稍稍彈了兩首還在練的曲子。

〈**觀世音菩薩讚**〉

老師當然是信佛的，我們同儕也會跟著信，不是說盲目的跟著信，就是說你必須要自己選擇要不要信；他要挑學生當然也要看有沒有緣分，有的老師程度比較高，他會觀察或者是會預測你將來會不會跟他比較接近，如果不接近那沒有用，比如信基督教那學觀世音菩薩讚做什麼，若信天主教那更不對啊，雖然勉強可以詮釋，可是怎樣就詮釋不好。我因爲老師走了媽媽跟著走了，這段期間其實傳統上來說是在守孝的期間，守孝期間就是有點像防疫期間，能夠少出門就少出門，除非不得已。

〈**臥龍吟**〉

就是描寫漢朝末年的諸葛亮，作曲的老師也是中國大陸那邊的，他現在好像還活著，比我的老師年長，是女性，當過那邊的政務委員，是很大的官喔，他是當過官的人，但這首曲子是他寫的，然後曾經被當作是某齣戲的主題曲。

〈關山月〉

葉紹國老師活著的時候有演出，他這輩子錄的好像就唯一這一首，他特別錄這首他有他的用意，他是教授，在淡大任教，他留在這個世間上好像就這一首，我是他的學生，這一首我一定要會，但是我也沒那麼熟練，因爲它比較快，對我這種比較遲鈍的人來說，它已經是相當困難的曲子了，我的老師就開玩笑說它要閉關三個月才練得會〈關三月〉。這是李白寫的詩，唐朝那時候就是戰爭嘛，他雖然不喜歡唐玄宗，可是他也覺得戰爭不好，有感而發就寫這首詩。然後不曉得是清朝末年還是民國初年某位老師譜成這個琴曲。

〈望春風〉

這一首就是日本統治臺灣的時候，寫詞的是李臨秋老師，鄧雨賢老師寫的曲，我的老師陳國燈先生，把它變成七線琴演出的曲子。這首曲子它會讓我的老師去把它辛苦的弄出來，當然是因爲它的旋律非常好聽。

1. 在採訪過程中，他現場演奏四首曲子，那聲音彷彿有種魔力使我越來越專注去聆聽它、感受它所述說的故事，印象最深的是望春風，它比我之前聽的任何版本更有人情味，更加貼近當時年代少女心中所想、所思慕之人。

然後我覺得自己最需要改進的地方是主動跟禮貌方面，我應該更積極詢問對方問題，並且用有禮貌的方式詢問。下次若還有類似的採訪作業時，我要多去尋找受訪者的資料，思考更有深度的問題。—黃珮綺

2. 經過這次的訪談，讓我更瞭解傳統文化及古琴，從與受訪者訪談及彈琴的過程中，能感受到他對母親及老師的思念之情，而在聽他述說以前的故事及回憶的時候，讓我明顯感受到他對母親的愛和對老師的感謝，令我非常感動。經過這次的訪談，讓我收穫良多，除了學習到如何訪問外，也讓我感受到人與人之間的溫度，這是在現在的社會中很難得的事情。

除了感謝這次在地人故事的訪談報告能讓我們能學習到那麼多之外，更謝謝這次答應我們訪問的蘇輝煌古琴師，因爲他的答應才促使這次的訪談那麼成功！—謝沛洺

3. 對於這次訪談，過程中他不斷的提起母親與老師，畢竟兩人相繼過世，能感受到他對老師的尊敬與母親的思念；透過話語間也能猜到他年少時經歷許多挫折，並且讓他有深刻的體悟。印象最深刻的是，他說錄到母親的聲音那時候，激動之情

溢於言表，那大概是整場訪問下他情緒最高昂的時刻了。我想能留住某些消逝的事物，就算是一丁點，不管任何人都會覺得無比開心吧，對於傳統文化也是相同的。

與古琴的合照，是琴師拍攝的，而他本人因為有了避世之心而不願入鏡。

國家圖書館出版品預行編目資料

文藝涵養與表達／明志科技大學寫團隊主編.
-- 三版. -- 臺北市：五南圖書出版股份有
限公司, 2021.09
面； 公分
ISBN 978-626-317-057-5（平裝）

1.國文科 2.讀本

836 110012853

1X8P

文藝涵養與表達（第三版）

主 編 — 明志科技大學編寫團隊
編輯團隊教師群 — 林立仁、郭秋顯、張淑芬、蒲彥光、
李桂芳、李慧琪、陳玲碧、葉衽榤
楊穎詩
企劃主編 — 黃惠娟
責任編輯 — 魯曉玟
封面設計 — 韓衣非
出 版 者 — 五南圖書出版股份有限公司
發 行 人 — 楊榮川
總 經 理 — 楊士清
總 編 輯 — 楊秀麗
地 址：106台北市大安區和平東路二段339號4樓
電 話：(02)2705-5066 傳 真：(02)2706-6100
網 址：https://www.wunan.com.tw
電子郵件：wunan@wunan.com.tw
劃撥帳號：01068953
戶 名：五南圖書出版股份有限公司

法律顧問 林勝安律師

出版日期 2016年9月初版一刷
2019年8月二版一刷
2021年9月三版一刷
2024年8月三版五刷
定 價 新臺幣520元

經典永恆·名著常在

五十週年的獻禮——經典名著文庫

五南，五十年了，半個世紀，人生旅程的一大半，走過來了。
思索著，邁向百年的未來歷程，能為知識界、文化學術界作些什麼？
在速食文化的生態下，有什麼值得讓人雋永品味的？

歷代經典·當今名著，經過時間的洗禮，千錘百鍊，流傳至今，光芒耀人；
不僅使我們能領悟前人的智慧，同時也增深加廣我們思考的深度與視野。
我們決心投入巨資，有計畫的系統梳選，成立「經典名著文庫」，
希望收入古今中外思想性的、充滿睿智與獨見的經典、名著。
這是一項理想性的、永續性的巨大出版工程。
不在意讀者的眾寡，只考慮它的學術價值，力求完整展現先哲思想的軌跡；
為知識界開啟一片智慧之窗，營造一座百花綻放的世界文明公園，
任君遨遊、取菁吸蜜、嘉惠學子！

五南
WU-NAN
全新官方臉書
五南讀書趣
WUNAN
Books
since1966
Facebook 按讚
1 秒變文青
五南讀書趣 Wunan Books
★ 專業實用有趣
★ 搶先書籍開箱
★ 獨家優惠好康
不定期舉辦抽獎
贈書活動喔！！！